두번째 지구 타이드

두 번째 지구

타 이 드

이경 장편소설

네오픽션

차례

내 이름은 아인.
나는 타이드의 프랑켄이다.

리

본

타이드에 착륙하고 3일째 되던 날, 나는 지구력으로 거의 60년에 달하는 '롱 슬립'에서 각성했다. 장기 인공동면 부작용으로 동면 이전의 기억을 전부 잃은 채였다.

　각성 당시 내가 들어 있던 동면 캡슐의 데이터는 대부분 유실되어 있었다고 한다. 남은 데이터를 뒤져 끼워 맞춘 정보에 의하면, 나는 애로우가 지구를 출발하고 11년가량 지난 시점에 입면(入眠)한 듯했다.

　"캡슐에 부착된 데이터 저장장치가 파손되는 일은 드물긴 하지만, 아예 없는 일도 아니에요. 파손 상태로 보아선 그 시기가 가장 유력해 보이네요."

　최초의 혼란을 덜어준 것은 푸호였다. 내 각성과 기계 신체 연결을 담당했던 엔지니어는 앳된 얼굴에 동그란 안경을 걸치고 있었고, 실내에는 가사를 알아들을 수 없는 전자음악이 시끄럽게 울리고 있었다.

바이오센서와 케이블이 내 몸 여기저기에 주렁주렁 매달려 있었다. 푸호는 동그란 회전의자에 앉아 스크린에 송출되는 내 생체 신호와 기계 신호를 처음 보는 악보처럼 뜯어보았다.

"그 시기란 게, 어떤 시기죠?"

내가 되묻자 푸호는 대답 대신 녹색 불이 들어온 콘솔 버튼을 눌렀다. 나중에 알았는데, 그건 말단 신경 연결 검사가 시작된다는 뜻이었다.

오른손 새끼손가락에 깃털처럼 가볍고 간지러운 것이 닿았다. 깜짝 놀라 고개를 들어 보았지만, 검사대 위에 놓인 내 기계손은 덩그러니 혼자였다. 다른 검사대 위에 둔 나머지 금속 팔에서 뻗어 나온 구리 케이블 두세 가닥이 손목 단면에 실처럼 연결돼 있었다. 깃털은 어디에도 없었다. 그냥 엔지니어가 케이블에 주입한 전기 신호가 정해진 회로를 따라 달리며 뇌로 정해진 정보를 번역해 보낸 것뿐이었다.

"아, 기억이 없으시니까…… 애로우에서 보통 '그 시기'라면 내전 때죠. 역사상 선내가 가장 혼란했던 시기. 저도 거의 기록으로 접하긴 했지만요."

검사 결과에 만족한 엔지니어가 활짝 웃자 그의 얼굴이 더 어려 보였다.

"연결 상태 양호합니다. 기계 신체의 감각 수준은 캘리브레이팅 룸에서 조정하시면 돼요. 부활 축하드려요!"

검사대에 누워 있다가 기계 신체를 얻어 프랑켄으로 부활한 것. 그게 내 첫 기억이다.

기억을 잃고 장기 인공동면에서 깨어나는 건 이상한 경험이다. 정보와 감각이 범람하는 세상이 압도적인 현실감을 자랑하는 동시에, 정작 세상 가운데 선 나 자신은 텅 빈 상자라는 자각이 있다. 그건 눈꺼풀을 닫는 순간 먼지가 되어 흩어질 것 같은 느낌이다.

기억에 없는 풍경이 등장하는 꿈을 종종 꾸는데, 꿈속 풍경은 이렇다. 지구의 어느 삼림이나 애로우 대온실인 듯, 무성한 덤불에 무리 지어 핀 꽃송이들이 시야를 메우고 있다. 꿈이 흑백이라 그런지 아니면 실제로 색깔이 그런지 모르겠지만, 꽃송이들은 별처럼 하얗고 덤불은 우주처럼 검다. 나는 바닥에 모로 누워 꽃들을 쳐다본다. 그게 다다. 필름이 바닥난 영사기처럼—라이가 알려준 비유다—나는 검은 덤불에 핀 하얀 꽃 무리만 하염없이 바라보다 잠에서 깬다.

타이드력으로 벌써 500일이 훌쩍 넘는 기억이 새로 쌓였는데도, 나는 다른 꿈을 꾸지 않는다.

다행히 타이드에선 기억상실이 그리 큰 문제를 일으키지 않는다. 인지능력 저하, 감각소실, 신경성 마비, 조직괴사, 언어 망각 같은 다른 롱 슬립 부작용과 나란히 놓고 보면, 기억상실 은 오히려 대응하기 쉬운 편에 속한다고 할 수 있다. 과거의 기억이 불완전하더라도 타이드의 현재를 사는 데는 문제가 없다. 지구에서 출생하여 생의 대부분을 우주선에서 보낸 사람들도 이 낯선 행성과 그곳에서 펼쳐질 삶에 관해선 거의 아무것도 알지 못했다. 기억이 있든 없든, 모두가 공평하게 무지했다는 말이다.

그런 의미로 애로우의 사람들은 타이드에 착륙한 순간 다시 태어난 것이나 다름없었다. 미지의 세계에서 어떻게 생존하고 번영할지 하나부터 열까지 스스로 고안해내야만 하는 나이 먹은 신생아들. 그러니 기억이 없는 진짜 프랑켄 신생아 쪽이―역시 라이가 자주 드는 비유였다―훨씬 잘 적응할 수 있었는지도 모르겠다. 내게는 처음부터 이 세계 하나뿐이었으니 말이다.

글로스는 내게 기억과 함께 생일도 사라졌으니 아무 날이나 고르라는 농담을 하곤 했다. 낯간지러워 차마 터놓고 말하지 못했지만, 사실 내겐 남몰래 생일로 정한 날이 있다.

그건 타이드 착륙 28일째, 행성 상륙 훈련 종료식을 거행한 날이다. 종료식은 행성의 천구(天球)를 일주한 태양이 대양으로 가라앉는 29시 정각을 기해 시작될 예정이었다.

타이드의 태양은 지구보다 느리게 뜨고 느리게 진다. 자전 주기의 차이 때문이다. 타이드의 자전주기는 38시간. 지구의 자전주기를 24시간으로 계산한다면, 타이드가 제자리에서 한 바퀴 도는 동안 지구는 한 바퀴하고도 반쯤 더 도는 셈이다. 이 행성의 항성과 위성이 달리는 하늘길도 그만큼 더 길다.

지구보다 긴 하루를 가진 행성의 풍경은 아름답다. 두꺼운 안개 위로 짙은 보라와 선명한 파랑이 번지는 아침, 초록을 띤 깊은 파랑으로 눈부신 낮, 타는 듯한 주황과 보라로 찬란한 저녁과 새까만 하늘 가득 별이 총총한 밤.

행성 상륙 훈련 7일 차 이른 아침, 우리는 처음으로 우주선에서 나와 땅을 밟았다. 개조가 완료되지 못해 보조 장치를 덕지덕지 붙인 헤비 슈트를 입은 채로는 뛰기는커녕 제대로 서 있기도 힘들었다. 타이드의 중력은 지구보다 1.5배가량 무겁다. 인공중력 발생기를 가동해 지구 중력 수준을 유지하는 선내 환경에 익숙해진 감각에는 다소 버겁게 느껴지는 차이다. 어찌어찌 지상 보행 훈련을 이어가던 중 선두 대원의 수신호를 따라 등 뒤의 고원을 돌아보았을 때, 마침 적동색 광구(光球)가 검은 지평선을 청금색 파편으로 쪼개며 솟아오르고 있었다. 라이는 그것이 살면서 자기가 본 일출 중 가장 아름다운 것이었다며 두고두고 감탄하곤 했다.

그러나 나는 새하얀 광장을 둘러싼 수많은 아치형 문 아래로 들어온 사람들이 천 개의 머리를 가진 뱀처럼 갈라져 각자

정해진 자리를 찾아 서던 종료식 광경이 타이드의 어떤 일출보다도 아름다웠다고 기억한다.

그날 애로우 승조원 8206명 전원은 종료식을 거행하기 위해 우주선 최상층의 광장에 모였다. 엔진 룸, 컨트롤 스테이션, 대온실, 가이아 챔버 등 핵심 기간 시설을 지키기 위해 남은 필수 인력이나 부상, 질병, 치료 등의 사유로 메디컬 베이를 벗어나지 못한 이들은 홀로그램 형상을 빌려 참석했다. 코마 상태의 중환자나 애로우 보안법 위반 혐의로 구금소에 유치된 위반자와 적대자들까지도 그날은 눈 감은 채 움직이지 않는 홀로그램으로 나타나 사람들이 보는 가운데 광장의 한 자리를 차지했다.

타이드 착륙 이래 애로우 승조원 전원이 한자리에 집결한 날은 그날이 처음이자 마지막이었다. 나는 한 단 높은 단상에서 드넓은 광장을 꽉 채운 사람들을 내려다보고 있었다. 기계 폐가 밀어 올리는 숨이 막힐 정도로 벅찼고, 한편 이유 모를 불안으로 목덜미에 소름이 돋았던 기억이 난다. 아마 그 자리에서 비로소 애로우의 대규모 인구를 처음 실감했기 때문에 무의식중에 위축됐던 것 같다. 한데 모인 8천여 명이 웃고 떠드는 음성과 몸짓이 단상 위로 해일처럼 밀려들었는데, 그중 내가 알아들을 수 있는 건 극히 일부에 불과했다.

문득 검사대에서 처음 눈 뜨던 감각이 되살아났다. 가장자리가 먼지처럼 흩날리는 의식을 그러모아 무의미한 소음의 세계로 뛰어들던 감각. 고작 눈 뜨는 것만으로 기력을 완전히 소진했던 기억.

"긴장되니, 아인?"

엄습한 불안을 떨치기 위해 목을 까딱이고 팔을 가볍게 흔들자 나란히 서 있던 라이가 어깨를 잡아주었다. 오래도록 놀려먹을 건수를 잡았다는 듯 장난스러운 눈동자가 아흔일곱이라는 생물학적 나이에 맞지 않게 소년처럼 반짝였던 기억이 난다. 기억을 잃어버린 바람에 할 줄 아는 게 없던 내게 애로우의 역사부터 메인터넌스 베이에 딸린 T 보급창에 새로 받은 신분증명서를 제시하고 내부 필터 카트리지나 냉각순환액, 외피 보수용 코팅 시트 따위의 보급품을 수령하는 방법 같은 사소한 부분까지 자상히 가르쳐준 사람. 라이는 자타가 공인하는 나의 타이드 아버지였다.

"아니요. 어, 사실, 조금요."

답을 얼버무린 나는 라이가 더 물고 늘어지기 전에 시선을 바깥으로 돌렸다. 광장을 360도로 감싼 플렉시글라스 너머로 종이를 반으로 접은 듯 둘로 쪼개진 풍경이 펼쳐졌다. 일몰이 시작된 하늘은 진분홍과 군청의 스펙트럼이었고, 그 아래선 진흙 바다가 녹아내린 금속처럼 출렁였다. 진흙의 점도가 높은 탓에 파도는 둔중한 상승과 하강을 반복했는데, 멀리서 보면 마치 살아 움직이는 언덕의 무리가 끝없이 펼쳐진 늪을 헤매는 광경처럼 보이기도 했다.

이유는 모르겠지만 나는 그 풍경이 완벽한 시뮬레이션 같다고, 그래서 가짜 같다고 생각했다. 센트럴 라이브러리에서 보던 지구의 바다와 새삼스레 다른 모습이어서였을까? 아니면 이제부터 앞장서서 저 속에 뛰어들어야 한다는 압박감이 강해서였을까?

기억을 되짚어보아도 잘 모르겠다. 어쨌든 나는 라이에게 바깥이 가짜 같다느니 어쩌니 하는 멍청한 감상을 조그맣게 주절거렸다. 목이 뻣뻣해질 정도로 고조된 긴장감을 누그러뜨리기 위한 나름의 대책이었다.

"이 세상에 가짜는 없단다, 아인. 언제나 네가 선택하는 것이 진짜야."

"그게 무슨 소리예요, 가짜는 가짜고 진짜는 진짜지……. 정답과 오답도 별개잖아요. '신체의 70퍼센트 이상이 기계인 프랑켄이라도 타이드에 나갈 때는 슈트를 입어야 한다. 맞다, 틀리다? 살 겁니까, 아니면 살아 있는 매 순간 귀한 생명 유지 자원이나 낭비하다 죽을 겁니까?'"

내가 일부러 '행성 환경 2' 수업을 담당했던 호시 교관의 냉소적인 말투를 흉내 내자 라이가 웃음을 터뜨렸다. 백발백중이었다.

"입어야지. 암, 입어야지."

웃느라 헐떡이는 숨 사이로 라이가 정답을 내놓았다. 만일 타이드에서 사용하는 중장비 기계류처럼 표면에 부식 방지 처리를 완료했다면, 그 부분은 외기(外氣)에 노출해도 괜찮다. 그러나 표면 처리를 하지 않은 기계 신체나 기계로 대체되지 않은 인체는 슈트 없이 노출될 경우 치명적인 손상을 입는다. 타이드의 대기가 지구 출신 유기체뿐만 아니라 금속에도 유해하게 작용하기 때문이다.

그 후로도 그는 한참을 더 키득거렸다. 생각할수록 재밌는 기억이 꼬리를 물고 떠오르는 모양이었다.

"그때 그, 마리사가 호시 교관 앞에서 컴프레서를 세 개째 보기 좋게 날려먹었을 때 말이다. 내가 이런 꼴이나 보려고 여기 왔나 하는 게 아주 교관 이마에 떡하니 쓰여 있더구나. 젊은 친구가 백 년은 늙은 얼굴을 하고선, 어찌나 가엾던지."

멈추지 않는 웃음에 급기야 앞쪽 높은 단상에 서 있던 대의원단 뒷줄 의원들이 노골적으로 얼굴을 찌푸리고 돌아보는 바람에 나까지 입술을 꽉 깨물었던 기억이 선명하다.

내가 순서를 제대로 기억하고 있다면, 라이의 웃음이 잦아들 즈음 웅장한 뿔나팔 소리가 종료식의 개시를 알렸던 것 같다.

유색 보석으로 장식된 하얀 의례용 제관(帝冠)을 쓰고 금실로 수놓인 긴 옷자락을 발끝까지 늘어뜨린 사람이 광장 중앙에 마련된 가장 높은 단상을 올랐다. 고개를 치켜든 의장이 계단을 한단 한단 오르는 동안, 군중의 소음이 사라진 광장에는 정적이 내려앉았다.

꼿꼿한 자세로 단상에 선 의장은 역광을 받아 검은 그림자처럼 보였다. 그의 뒤에서 타이드의 태양이 지고 있었다. 두 번째 간조를 맞이한 바다가 그림처럼 아름다웠다. 지표와 가까운 곳에 둥그스름하게 굳어진 진흙 섬들이 머리를 내밀었는데, 낙조에 물든 꼭대기가 연분홍으로 빛나고 있었다. 태양이 곧 수평선 너머로 모습을 감추면 뒤이어 타이드의 '큰 달'이 창백한 은회색 광선을 흩뿌리며 떠오를 것이었다.

광장 곳곳에 푸른 제복을 입은 이들이 식순이 적힌 긴 두루마리를 하얀 장대에 걸어 들고 서 있었다. 거기 적힌 대로라면 주홍색을 띤 '작은 달'이 떠오를 즈음 예식이 끝날 듯했다.

"존경하는 애로우의 여러분."

한동안 말없이 광장을 굽어보던 의장이 입을 열었다. 낙조의 잔광이 스민 광장 허공에 대형 홀로그램이 투사되었다. 애로우였다. 전장 5120미터, 폭 2400미터, 높이 1105미터의 층상형 성간 우주선을 100분의 1 비율로 축소한 입체 환영이 군중의 머리 위를 천천히 미끄러졌다.

"우리는 드디어 이곳에 왔습니다. 오래전 지구에서 말살당한 인간의 자유를 다시 꽃피울 곳, 인류의 새로운 장이 펼쳐질 곳. 우리는 인간이 번영할 새로운 행성에 도착했습니다."

또렷한 발음이 광장에 퍼졌다. 새하얀 바닥 타일 패널에 부착된 시청각 보조기기에 그의 음성이 실시간으로 전사되었다. 그러나 성량을 증폭하는 보조기기는 사용되지 않았으므로 사람들은 의장의 낮은 목소리를 듣기 위해 숨소리도 죽이고 귀를 기울였다.

"존경하는 애로우의 여러분. 타이드에 이르는 기나긴 여정에서 우리는 귀중한 목숨을 많이 잃었습니다. 지구를 떠나는 배에 탑승했던 최초의 승조원은 21188명이었으나 그로부터 25987일, 71년 1개월 17일이 지나 마침내 정식 행성 상륙을 앞둔 오늘, 우리는 8206명입니다."

의장이 익숙한 지구력을 사용해 여정을 헤아리는 동안, 뒤집힌 사다리꼴 형태의 하얀 우주선은 무한대 기호를 그리며 허공을 유영했다.

나를 포함한 모두가 마치 처음 보는 것처럼 그 우주선을 우러러보았다. 훈련 내내 내외부 구조를 숙지하기 위해 배율을 바꿔가며 지겹도록 뜯어보았던 우주선과 머리 위를 헤엄치는 우주선은 같은 우주선이었다. 그러나 드넓은 광장에 어울리는 규모로 펼쳐진 홀로그램은 개인 기기의 조그만 디스플레이에 갇힌 픽셀 형상에서 느끼지 못했던 존재감을 발산했다.

미지의 항성계로 막 진입하려는 이 우주선에 앞으로 일어날 일은 모두 잘 알고 있었다. 처음에는 보이지도 않을 만큼 작은 점으로 나타났던 항성계의 네 번째 행성 홀로그램이 빠른 속도로 확대되는 동안, 반대로 우주선 홀로그램은 빠르게 축소되어 행성을 겨누어 날아가는 화살처럼 변했다.

행성의 남반구가 광장을 짓누를 정도로 확대되자, 시시각각 변화하는 바다의 복잡한 무늬 사이에서 육지를 알아볼 수 있게 되었다. 바다에 침식되지 않은 단단한 땅들은 행성의 적도에서 중위도에 걸친 벨트형 지역에 점점이 흩어져 있었다. 우주선은 그중 가장 큰 약 1천만 제곱킬로미터의 대지, 행성의 적도에 바싹 붙은 고원을 향해 파란 불길을 내뿜으며 추락했다. 무서운 속도로 확대되는 바다와 그에 둘러싸인 땅의 환영이 군중을 덮쳤다. 바야흐로 애로우의 타이드 착륙이 재현되고 있었다.

마음이 약한 사람들은 눈을 질끈 감고 환영을 피하거나 머리를 감싸고 신음했다. 홀로그램은 축이 틀어진 우주선이 지면과 충돌하는 트라우마적인 순간을 사려 깊게 건너뛰었다.

"여러분, 우리는 이 땅에 무사히 착륙하지 못했습니다."

우주선은 고원에 얹힌 모양으로 비스듬히 기울어 미끄러지다 정지했다. 선체의 3분의 1에 해당하는 선미 부분이 고원을 감싼 진흙 바다에 처박힌 채였다.

"마지막 순간까지 자기 위치를 지킨 승조원 510명의 귀중한 목숨과 대체 불가능한 자원이 소실되었습니다. 애로우의 일부가 진흙 바닷속에 잠겼습니다. 우리는 실패한 착륙의 대가로 많은 것을 지불해야 했습니다."

충격으로 파괴된 부위를 통해 들이닥치는 진흙 조류, 행성 대기권 진입으로 발화하거나 그을리고 벗겨져 누더기가 된 선체 외벽, 아수라장이 된 컨트롤 스테이션과 부서져 바깥으로 열려버린 게이트, 터진 격납고에서 새파란 허공으로 빨려나가는 머신들, 마지막 보호벽까지 내려 격리한 대온실 등 우주선이 입은 피해를 상징하는 몇몇 순간들을 스케치한 다음, 홀로그램은 가장 결정적인 장면을 재현하기 시작했다.

단상 아래 펼쳐진 광장이 진흙이 범람하는 정육각형 공간으로 바뀌었다. 그 중앙에 검은 공 같은 물체가 놓여 있었다. 바닷속에 잠긴 선미에 위치한 메인엔진 룸의 홀로그램. 검은 공 같은 물체는 추락과 충격을 감지한 비상 폐쇄 프로토콜이 발동된 결과, 수십 개의 차단벽으로 겹겹이 쌓여 정지된 제3엔진이었다. 사람들의 한숨과 흐느낌이 환영의 복판에서 흘러나왔다.

"이 단상에 오르기 직전, 저는 제3엔진 평가 등급이 4등급에서 6등급으로 하락했다는 공식 보고를 받았습니다. 여러분, 애로우는 제3엔진을 잃었습니다."

6등급, 기능 불가. 애로우에서 6등급 판정은 반영구적 상실을 의미했다. 장장 71년에 이르는 세월 동안 거대한 우주선을 지탱해온 메인엔진 3기 중 1기가 사라진 것이다. 홀로그램이 투사되는 내내 침묵하고 있던 라이가 처음으로 무거운 한숨을 쉬었다.

파도치는 진흙에 잠긴 엔진 룸을 다각도에서 재현해 보인 후, 홀로그램은 어둠 속으로 녹아들듯 사라졌다. 어느새 은색 달빛이 광장에 넘실대고 있었다.

조명이 밝아지자 천장의 플렉시글라스가 불투명해지며 흰

바탕에 금색 테두리를 두른 원을 가로지르는 금색 화살 문양이 나타났다. 예각을 이룬 직선으로 조합된 화살 문양은 대문자 'A' 형태를 띠었다. 애로우를 상징하는 마크였다.

"그러나, 존경하는 애로우의 여러분. 지금 이 순간만은 여기 함께 살아남은 서로의 얼굴을 마주하고 순수히 기뻐합시다. 서로의 얼굴에 깃든 영광의 미래를 바라봅시다. 우리 인간에게는 과거를 바꿀 힘이 허락되지 않았습니다. 우리 인간에게 부여된 유일한 힘은, 원하는 미래를 도래시키는 힘입니다."

의장은 새까만 눈으로 군중 한 명 한 명을 꿰뚫을 듯 응시하며 연설을 이어나갔다.

"우리 앞에는 새로운 땅이 펼쳐져 있습니다. 인간의 터전을 세우기 위해 개척해야 할 대지가, 인간의 역사로 편입해야 할 무한한 시간이 펼쳐져 있습니다. 우리는 지금, 이 행성을 인간의 세계로 변화시키기 위한 위대한 투쟁의 문턱에 서 있습니다."

그는 한 손을 들어 올려 우주선 바깥의 어두운 진흙 대양과 별이 빛나기 시작한 검은 하늘을 가리켰다. 광장에 모인 8천여 명이 그가 가리키는 곳으로 일제히 시선을 돌렸다.

"우리는 기꺼이 위대한 투쟁의 굴레를 짊어질 것입니다. 한 대의 순정(純正)한 화살과 같이 일치단결하여 인간의 새로운 미래를 열어갈 것입니다."

그때 푸른 제복을 입은 이가 내게 다가와 "올라가실 때입니다"라고 속삭였다. 나와 라이가 가장 높은 단상에 올라설 순서가 임박했다는 뜻이었다.

나는 목과 허리를 세우고 신체를 가지런히 정렬했다. 어깨에 걸친 예복이 한쪽으로 비뚤어지지 않도록 매무새를 바로잡고, 두 발을 작게 굴러 신체의 무게중심이 바로잡혀 있는지 확인했다. 그때쯤 나는 목 아래로 연결된 기계 신체를 타고난 몸처럼 움직일 수 있었지만, 심한 스트레스를 받거나 긴장했을 경우 연결 상태가 '깜빡'일 때가 있다는 것도 숙지하고 있었다. 그럴 때 기계 신체와의 연결을 회복하기 위해선 땅을 단단히 딛고 일어서는 게 제일 빨랐다. 중력의 반대편으로 몸을 세우면 머리를 중심으로 한 방향감각이 가장 먼저 돌아오고, 그럼 의식 속에서 희미해졌던 팔다리도 불이 켜진 듯 선명하게 돌아왔다. 라이는 그냥 피아노 치듯 손가락만 움직여도 된다고 했지만, 그건 라이 같은 사람에게나 가능한 요령이다. 이 광장의 절반을 차지한 프랑켄 대부분은 기계 신체와의 연결을 확고히 하려면 나처럼 때때로 전신을 움직여야 했다.

내가 신체를 점검하는 사이에 의장은 군중과 함께 애로우가 지구를 떠나 이곳에 이르기까지 거친 험난한 여정을 되짚고 있었다. 헤아릴 수 없이 많은 별을 지나치고 우주의 심연을 건너 마침내 약속된 땅에 도달하는 신화적인 여정이 홀로그램으로 재현되었다. 장엄한 환영 속에서 의장은 인고의 항행을 견디고 애로우를 수호하여 목적지에 살아 도달한 4406명 선발대

의 노고에 깊은 감사를 표했다. 그리고 그들이 앞으로 열어나
갈 새로운 삶을 독려했다.

단상에 오를 준비를 마친 나와 라이가 첫 번째 계단에 섰을
무렵, 의장의 연설은 우리 후발대의 존재 의의와 역사적 임무
를 상기하는 대목으로 넘어갔다. 그는 척박하고 적대적인 외
계 행성 환경에 맞서 인간 능력의 최대치를 발휘하고 위대한
인간 정신을 현현하기 위해 기꺼이 위험한 장기 인공동면과
기계 신체로의 변환을 선택한 3800명 후발대원의 용기를 상찬
했다.

"결국은, 누군가 눈 감을 필요가 있었는지도 몰라."

단상 옆, 계단을 빽빽이 둘러싼 인파 속에서 누군가 중얼거
렸다. 고개를 돌려보았으나 길고 하얀 예복을 똑같이 걸친 사
람들 사이에선 누가 내추럴이고 누가 프랑켄인지조차 알아보
기 어려웠다.

"존경하는 여러분께, 지금 이 자리에서 저는 애로우의 이름
으로 위대한 투쟁이 시작되었음을 선언합니다."

의장이 군중을 향해 두 팔을 뻗었다. 그러자 군중의 머리 위
로 진흙탕에 뒤덮인 행성의 현재 모습과 나란히 미래 상상도
가 투사되었다. 파란 바다와 녹색 대지를 하얀 구름 띠가 휘감
은 미래의 홀로그램은 애로우가 떠나온 과거와 닮아 있었다.
광장이 떠나갈 듯한 환호가 이어졌다.

환호 속에서 나와 라이는 단상에 올라 의장을 마주하고 섰

다. 의장은 우리에게 후발대 커맨더 직위의 표식인 황금 리본을 수여했다. 그가 새하얀 옷깃에 언제나 달고 다니는 황금 리본과 똑같이 세공된 아름다운 상징물이었다.

우리는 황금 리본에 손을 얹고 애로우의 총의로써 커맨더의 직위를 받아들임을 공표했다. 그 순간부터 나와 라이에게 애로우의 의지를 받들어 3800명 후발대원과 그들이 건설할 베이스를 지휘할 권한이 공식적으로 부여되었다.

각자 준비한 짧은 수락 연설을 마친 후, 나와 라이는 지상에 존재하는 유일한 인간 공동체를 향해 몸을 돌려 나란히 선 다음, 최초의 후발대 선언을 소리 높여 외쳤다.

"우리는 미래를 선택할 수 있다!"

그것은 애로우의 미래를 최전선에서 개척해나갈 새로운 인간 집단의 탄생이 공식적으로 선포된 순간이자, 나 자신이 태어난 순간이기도 하다. 우리가 미래를 선택할 수 있다면, 나는 시작을 선택할 수 있었다. 생물학적 출생의 순간이나 죽음 같은 롱 슬립에서 깨어났던 각성의 순간이 아니라, 이 행성에 함께 살아남은 인간들 앞에서 황금 리본을 받고 후발대를 통솔해 타이드를 개척하여 인간 번영의 새 미래를 열어가라는 존재의 목적을 부여받았던 그 순간, 지금의 나는 태어났다.

라이, 화신, 글로스, 살라민 그리고 나. 우리 다섯 명, 17번 크루쇼크는 착륙 7일째, 본격적인 행성 상륙 훈련이 시작되던 날 처음 만났다. 그날 아침, 휑하니 넓은 시뮬레이션 룸 벽에 심어진 가느다란 뷰 글라스 너머의 하늘은 짙은 회색이었다. 항성이 보낸 빛과 열이 행성의 두꺼운 겨울 대기를 뚫지 못한 탓이었다.

"안녕하십니까. 전달 내용이 많으니 거두절미하고 시작하겠습니다. 에, 먼저, 아시다시피 후발대 여러분은 타이드 테라포밍의 원점이 될 베이스 건설에 투입될 것이며, 선발대는 베이스가 완성되기까지 선내에 머물며 후방 보급과 지원 역할에 충실할 것입니다. 이에 따라 훈련 내용이 상이한 관계로 선발대와 후발대는 별도의 조직에 속하여 상륙을 준비합니다. 후발대 여러분은 앞으로 크루쇼크 단위로 훈련을 마친 후 각자 자리에 배속될 겁니다. 상세 훈련 일정은 아직 유동적입니다만, 앞으로 적어도 20일은 넘게 찰싹 붙어 다녀야 하니 얼굴 익히십시오. 마침 크루쇼크별로 모여 앉았으니 간단히 인사 나눌 시간 드리겠습니다."

몹시 피곤한지 눈 그늘이 턱까지 늘어진 교관이 입을 떼자마자 누군가 번쩍 손을 들고 스프링처럼 튕겨 일어났다. 바로 내 앞자리였다. 선내 활동복에 감싸인 그의 동그란 엉덩이가 내 코앞에서 춤추듯 실룩였다.

"크루쇼크가 뭔가요?"

또다시 동면 캡슐에 들어가 누운 것처럼 조용한 3800명 앞에서 벌떡 일어나 모르는 단어를 당당히 질문할 용기를 갖춘 사람. 그가 바로 글로스였다. 교관은 누가 이다지도 기본적인 걸 묻는지 어이가 없다는 얼굴을 우리 쪽으로 돌렸다가 곧 입을 다물고 의미심장하게 고개를 끄덕였다. 글로스가 선글라스를 끼고 있었기 때문에, 교관은 이 사람이 롱 슬립의 부작용으로 시력뿐만 아니라 지력을 잃었을지도 모른다는 가능성을 떠올렸던 것 같다.

"에, 크루쇼크는 단체라는 뜻입니다. 향후 모든 훈련 일정이 크루쇼크 단위로 부여될 테니, 이곳에서의 최초의 운명 공동체라고 해둡시다."

"오."

글로스가 자리에 앉으며 탄성을 올렸다. 그리고 곁에 앉은 사람, 화신의 두툼한 옆구리를 쿡 찔렀다. 그러자 화신이 뭐라고 면박을 주는 듯했는데, 글로스는 그를 무시하고 상체를 뒤로 틀어 앉았다. 뒷줄에는 나와 살라민, 라이가 어색한 침묵 속에 앉아 있었다.

"들었지? 우리, 운명 공동체래. 최초의 운명 공동체끼리 앞으로 친하게 지내보자."

"대체 뭘 들은 거야? 훈련이 끝나면 뿔뿔이 흩어질 사이라고. 단체라니까. 임시 단체."

화신이 꼬투리를 잡자 글로스는 분위기 망치는 소리 작작하라며 눈을 뾰족하게 떴다. 그러나 퉁명스레 뱉은 말과 달리 화신은 글로스를 따라 인사를 순순히 건네왔다. 노골적으로 귀

찮아하는 표정이긴 했지만 말이다. 서로 사이좋게 험담을 주
고받는 모습이 남매나 오랜 친구, 혹은 풋풋한 연인 같은 느낌
을 주었다.

나와 살라민, 라이는 그에 대한 화답으로 어색하게 눈길을
주고받은 다음 다시 침묵을 지켰다. 라이는 짐짓 우리에게 먼
저 인사할 기회를 양보했던 것 같고, 나는 무슨 말을 해야 할지
몰라 입을 다물기로 했던 것 같다. 결국 어중간한 침묵과 글로
스의 기대 어린 눈빛을 견디지 못한 살라민이 먼저 잘 부탁한
다며 입을 뗐고, 우리는 그걸 신호탄 삼아 일곱 살짜리 아이들
처럼 돌아가며 자기소개를 했다. 마침 다른 크루쇼크들도 비
슷한 과정을 거쳐 자기소개 단계에 돌입했기 때문에, 휑하게
느껴졌던 시뮬레이션 룸이 증류실 가마처럼 빠르게 시끄러워
졌다. 때문에 내가 인사할 마지막 즈음에는 별로 말할 것도 없
으면서 거의 소리를 질러야 했다.

나의 최초의 운명 공동체도 그렇게 탄생했다. 와글거리는
소음 속에서 서로를 알아보면서. 우연인지는 모르겠지만, 그건
나의 탄생으로 정한 순간과 많이 닮아 있었다.

돌이켜보면 그날은 후발대 전원이 처음으로 한자리에 집결
한 날이기도 했다. 우리는 각자 짧게는 42년에서 길게는 70년,
타이드에 이르는 긴 항행 대부분을 롱 슬립 베이에 나열된 동
면 캡슐에서 흘려보내고 일어난 참이었다.

캡슐에서 사망하지 않고 무사히 눈뜬 후발대원은 3800명으로, 대부분 기계 신체로의 변환을 선택한 이들이었다. 만일 내추럴이—애로우에서는 기계 신체로 변환한 사람을 '프랑켄'이라는 별명으로 불렀다. 이에 대비해 타고난 인체를 유지한 사람들에게는 '내추럴'이라는 별명이 붙었다—25년을 초과하는 장기 인공동면에 들어갈 경우, 기하급수적으로 치솟는 사망률은 제쳐두고라도 각성한 신체가 떠안아야 할 부작용이 치명적이라는 것이 애로우 기계 신체 연구소의 결론이었기 때문이다.

기계 신체 연구소는 롱 슬립을 견디기 위해 신체에서 쉽게 손상되고 부패하여 유기성을 상실하고 마는 생체의 비율을 줄여 부동액 탱크에 보존하는 방식을 고안했다. 이에 따라 롱 슬립을 준비하는 사람들은 가장 먼저 각성 후 기계로 대체할 신체 부위를 선택하라는 권고를 받았다. 선택된 부위들은 입면 1단계에서 일괄 제거되어 가이아 챔버의 유기 자원 순환 시스템으로 투입되었다. 그건 애로우가 지구를 급히 탈출하느라 제한된 분량밖에 준비하지 못했던 선내 생명 유지 자원의 소모량을 획기적으로 절약하는 한편, 장기 인공동면이 수반하는 부작용 역시 유의미하게 줄이는 방법이었다. 불안정한 장기 항행에 발생 가능한 변수를 가능한 한 억제하는 동시에 항행 종료 이후를 예비할 수 있는 대책. 당시 애로우 인구의 약 20퍼센트를 토막 내 최소 비용으로 보존하다가 부활시켜 기계와 연결한다는 발상은 애로우의 역량을 총동원해 찾아낸 최적해였다.

　연구소는 후발대 지원자들에게 신체의 70퍼센트 이상을 기계로 대체해야 한다는 지침을 주었다. 다만 사람들은 각자의 사정에 따라 각기 다른 부위를 대체하길 원했다. 왼팔과 하반신만 기계로 대체한 화신, 내부 주요 장기를 기계화한 대신 말초 감각 신경과 피부를 최대한 보존한 살라민, 양팔과 그에 연결된 상반신 일부 그리고 하반신까지 기계로 바꾼 라이처럼 사람들이 변환하길 선택한 부위는 서로 달랐다. 대부분 연구소 권고에 따라 안구처럼 정밀해 대체 효율이 떨어지거나 뇌와 가까워 절단·적출이 까다로운 기관을 피해 팔과 다리, 즉 신체 능력을 최대한 발휘할 수 있으면서 비교적 단순한 로직으로 포섭할 수 있는 부위를 기계로 변환하길 희망했다고 한다. 그러나 심각한 부작용을 감수하고 가능한 최대한도로 인체를 보존하길 원한 이들도 소수지만 존재했다.

　애로우 기계 신체 연구소는 왜 그렇게 비효율적인 방식을 밀어붙였을까? 대량 양산할 수 있는 표준형 기계 신체를 제작하고 거기에 사람들의 몸을 잘라 맞추는 편이 낫지 않았을까?

　나는 그런 의문을 안고 있었다. 남들과 달리 나 자신은 바로 그렇게 효율적인 방식의 기계 신체를 가지고 있었기 때문이다. 기억을 잃은 탓에 내가 왜 목 위만 남기길 선택했는지는 모르겠지만, 적어도 보존된 생체 조각과 일일이 연결해 제작해야 하는 개별 맞춤형 기계 신체보다는 나 같은 케이스가 변환

절차도 훨씬 쉽고 부작용도 덜할 것 같았다.

눈코 뜰 새 없이 몰아치는 행성 상륙 훈련 중 짬이 났을 때, 나는 그 의문을 라이에게 털어놓았다. 그러자 눈썹을 찡그린 라이는 잠시 말없이 내 미간을 뚫어지게 바라보았다. 할 말을 고르느라 시간이 필요한 듯했다.

"첫째로는 말이다, 애초에 기계 신체 변환 연구는 외계 행성 테라포밍에 투입할 무적의 노동자 군단을 생산할 목적으로 시작된 것이 아니란다. 기계 신체 연구소는 공장이 아니야. 그런 말을 들었다간 손발을 떨어대며 천박하다고 아우성칠 연구원들이 아직 남아 있으니 조심하렴. 처음엔 노화에 따른 인체 기능 저하, 불의의 인체 손상 같은 사태에 적극 대응하기 위해 출범한 프로젝트였어. 아주 고상한 의도였지. 어디까지나 지구에서의 인간다운 삶을 위한 연구로 출발했달까……."

나는 그의 설명을 경청했다.

"다만 적대적인 환경을 겨냥해 기능이 향상된 신체를 선제적으로 생산해낸다는 발상은, 어쩌면 애초부터 잠재해 있었는지도 모르겠다. 애로우 프로젝트를 공식화했을 즈음, 파이어니어스 컨소시엄의 기계 신체 연구는 연합국가의 주문에 맞춘 군사용 특수 보디(body) 양산 직전까지 나아가 있었으니 말이다."

거기까지 말한 다음, 라이는 내 눈치를 보듯 화제를 슬쩍 돌렸다.

"내가 연구원도 아니고, 그치들 속을 어떻게 알겠니. 하지만 내가 보기엔 말이다, 사람들의 희망에 따라 그들이 원하는 부분만 기계로 바꿔주는 게 나은 점도 있단다."

"어떤 점이요?"

"무엇보다 개인의 선택을 존중하는 과정이라는 점을 들 수 있지. 아인, 사람들이 죽을 위험을 무릅쓰고 후발대에 자원한 동기는 하나가 아니란다. 각자 다를 게다. 그러니 다들 자신의 동기에 맞는 몸을 원했을 거야. 인류 문명의 최전선을 개척한다고 자부한 이들도 있을 테고, 나처럼 뭐랄까, 노구의 한계를 벗어나고자 했거나, 외계 행성에 상륙한다는 멋진 사건으로 제2의 인생을 시작하고 싶었거나, 우주선의 지루한 폐쇄 순환 속에서 콧물 같은 합성 영양식을 먹으며 시간만 죽이다 죽긴 싫었거나, 한정된 보급을 둘러싸고 지속되는 갈등에 넌더리가 났을 수도 있고, 자신이 무력하게 느껴지는 현실에서 도피하고 싶었을 수도 있고 또는 어쩔 수 없이……."

"어쩔 수 없이?"

라이는 난처한 듯 손을 들어 이마를 긁으려다 멈췄다. 주름이 가득한 그의 이마에 이미 깊은 상처가 너덧 줄 패여 있었다. 재 가루 같은 딱지가 막 떨어져 나가려는 오래된 것도, 빠끔 벌어진 틈을 통해 인공 혈액의 분홍색으로 착색된 속살이 보이는 새것도 있었다. 아직 기계 신체 조절에 미숙한 때라 무심코 습관대로 이마를 긁을 때마다 힘이 과도하게 들어간 금속 손가락에 피부가 찢어진 흔적이었다.

"내 말은, 애석하게도 캡슐에서 사망한 478명을 포함해 4278명이었던 후발대 지원자 한 명 한 명에게 다 각자의 생각이 있었으리라는 뜻이란다. 그렇다면 4278개의 동기에 대응하는 4278개의 몸이 존재하는 편이 심리적 측면에서도 낫지 않겠니? 만일 이 많은 사람들이 제작 효율만 중시해 찍어낸 똑같은 몸을 달고 모였다면 자신이 대량 양산된 부품에 지나지 않는다는 사실을, 실은 우리가 마치 우리의 몸처럼 소모품에 지나지 않는다는 사실을 너무 심각하게 받아들였을지도 모르잖니."

"그런가요."

나는 수긍하고 고개를 끄덕였다.

"그리고 둘째로는, 각자의 기계 신체를 제작하는 편이 기계 신체 연구소의 장악력을 월등히 높일 수 있다는 이점이 있지. 표준 설계도가 존재하는 양산형 기계 신체라면 제작도 연결도 유지도 수월하겠지만, 개별화된 기계 신체라면 그걸 개별 생체와 조립하는 기술, 개체마다 상이한 신경 체계에 접속하고 감각 세계를 조율하는 기술, 그렇게 기계와 연결된 신체의 유지·보수를 위한 정밀 장비와 숙련 인력을 훨씬 절박하게 요구하게 되잖니.

결과적으로 우리의 기계 신체는 애로우 기계 신체 연구소의 역량에 완전히 종속되어 있어. 그게 선의든 악의든 아니면 다른 어떤 의도에서 비롯했든, 결과가 그렇단다. 시곗바늘이 움직일 때마다 연구소에 축적되고 있을 막대한 양의 데이터를 생각해보렴. 획일화된 기계 신체를 통해선 결코 획득할 수 없는, 인체에 대한 심오한 이해가 담긴 질 높은 데이터를 말이다. 아인, 우리는 기계 신체로의 대규모 변환에 성공한 최초의 인간 세대야. 앞으로 타이드에서 살아갈 인간은 우리 데이터에 기초해 성형될지도 모른단다."

기계 신체에 대해 기계 신체 연구소가 발휘하는 장악력은 다시 말해 후발대에 애로우가 발휘하는 장악력이었다. 그것은 후발대원 한 명 한 명이 애로우의 부품과 유사한 존재, 소모품에 가까운 존재라는 의미였다. 하지만 그때 내겐 라이의 설명에 숨어 있는 다른 의미를 읽어낼 능력이 없었다.

타이드 최초의 운명 공동체는 틈만 나면 게임판을 둘러싸고 앉아 떠드는 걸 정식 과업으로 삼았다. 알코올이나 니코틴 같은 전통 기호품이 씨가 마른 세상에서 훈련의 스트레스를 해소하려면 입이라도 움직일 필요가 있었기 때문이다. 행성 상륙 훈련 종료식 날, 그러니까 내가 남몰래 생일로 삼은 날도 우리는 일과대로 게임을 하러 모였었다. 우리 중 아무도―적어도 나는―그 자리가 마지막이 되리라고는 생각하지 못하고 있었다.

그날 밤, 나는 거추장스러운 예복에서 해방된 기분을 만끽

하며 화신의 개인실로 향했다. 복도로 고개를 내밀었던 살라민이 나를 발견하고 내가 온다는 사실을 실내의 친구들에게 알렸던 것 같다. 글로스가 "그럼 이 판 무효!"라고 선언하는 소리가 복도를 쩌렁쩌렁 울렸고, 뒤이어 뭔가 뒤집히는 소리가 들렸고, 화신이 짜증을 냈다.

소란을 뒤로하고 복도로 뛰쳐나온 글로스가 손을 흔들며 달려왔다. 품에 은색 컨테이너를 안고 있었는데, 안에서 뭔가 서로 부딪혀 잘그락대는 소리가 시끄럽게 났다. 처음엔 또 어디서 얻어낸 골동품 동전을 판돈으로 들고 왔나 싶었다. 그런데 그가 열어 보인 자그만 상자 안에는 뜻밖에도 형태와 색깔이 제각각인 작은 돌멩이 여덟 개가 들어 있었다.

"이거 타이드 자갈 아냐? 드디어 외계 반입물 개인 소지 허가가 났어?"

내가 놀라서 묻자 글로스가 컨테이너를 머리 위로 번쩍 들어 올렸다.

"방역, 격리, 방역, 격리, 검사, 실험, 검사, 실험, 검사, 실험, 방역, 격리, 최종 검사, 최종 검수, 최종 방역. 이제 얘들은 내 거야. 이 행성에서 일궈낸 최초의 진정한 사유재산이다, 이 말씀이지. 오직 외계 행성에 도착한 지질학자에게만 허락된 희귀한 종류의 영광이랄까."

"그 대단하신 지질학자는 돌멩이를 뺏기기 싫다는 이유로 판을 엎었어. 꼴찌였거든."

화신이 큰 소리로 투덜거리자 글로스가 거들먹거리는 태도로 귀를 막았다. 그리고 한 걸음 다가와 허리를 숙인 다음, 나만 들을 수 있는 작은 목소리로 속삭였다. "응, 쟤 말이 맞아." 그 어떤 화제로든 두 사람 사이에 껴서 시달리고 싶은 마음이 전혀 없었으므로 나는 고개를 끄덕였다.

　바닥과 벽에 고정된 침상, 책상, 의자, 캐비닛이 전부인 실내에는 발 디딜 틈도 없어 보였다. 방 주인과 최연장자의 권리를 각각 행사해 침상을 차지한 화신과 라이, 초토화된 게임판을 앞에 두고 바닥에 앉은 살라민이 차례로 인사를 건네왔다.

　"아인이 왔으니까 당연히 새 판을 깔아야지! 아인 없이 우리끼리 하는 게임이 무슨 의미람?"

　글로스가 신나 떠드는 동안 살라민은 강철 패널 바닥에 나뒹구는 주사위와 말을 거둬 정리하고, 화신과 라이 사이에 내가 억지로 비집고 들어가 앉기를 기다려주었다.

　"이번에도 지면 무슨 변명으로 판을 엎을지 기대되는데."

　"알면 덤비지 마. 내 귀여운 유리질 암석에 손대면 우주 끝까지 쫓아가 복수할 테니까!"

　"애초에 우주 끝까지 쫓아가 복수할 만큼 아끼는 걸 판돈으로 걸지 마. 바보냐."

　"그만큼 아끼니까 걸었을 때 두 배로 짜릿한 걸 왜 모를까, 바본가."

　화신과 글로스가 서로 마음껏 물고 뜯도록 내버려두고, 나는 살라민이 건네준 6면 주사위 한 쌍을 던졌다. 그날 내가 처음 던진 숫자는 3과 4, 합계 7. 나쁘지 않은 시작이었다. 돌멩이를 뺏기고 광분한 지질학자에게 복수당하는 사태를 피하기에 말이다. 아마 그날은 화신을 제외한 모두가 글로스를 실수로라도 이기고 싶지 않다는 일념으로 주사위를 던졌으리라.

글로스는 대체로 '이 행성에서 일궈낸 최초의 진정한 사유재산'처럼 터무니없는 판돈을 거는 경향이 있었다. 판돈이 올라갈수록 도파민도 많이 나온다는 것이 그의 지론이었다. 언젠가 벌어졌던 마작판—라이가 무슨 술수를 부렸는지 그 복잡하기 짝이 없는 고전 게임 세트를 패 하나 안 빠뜨리고 온전히 가지고 있던 대온실 관리자를 구워삶아 빌려 왔다—에서 글로스가 내추럴 필수 보급품목인 발열 슬리핑백을 판돈으로 내건 적이 있다. 인체와 기계의 비율에 따라 다르긴 하지만, 설사 신체의 80퍼센트까지 기계로 대체한 프랑켄이라 하더라도 영하 70도를 밑도는 타이드의 겨울밤을 맨몸으로 버텨내기란 불가능하다. 한정된 자원과 인력의 사용에는 엄격한 우선순위가 존재한다. 잔존 동력도 마찬가지다. 물, 공기, 자원을 순환시키는 폐쇄형 생명 유지 시스템, 환경 제어 공조 시스템, 인공중력 발생기 등에 비하면 개인실 냉난방 따윈 우선순위에서 보이지도 않을 만큼 밀려나 있다. 그러니 신체에 기계라곤 1퍼센트도 없는 글로스가 진다면 무슨 일이 일어나겠는가? 심지어 그는 마작 룰도 몰랐다. 우리는 곧장 발열 슬리핑백을 판돈으로 걸

수 없다는 판정을 내렸다. 글로스가 항의하거나 말거나, 만장일치로.

대부분이 프랑켄인 후발대에서 글로스 같은 내추럴은 눈에 띄는 존재다. 타고난 인체 그대로 롱 슬립을 감행했던 지원자 스물아홉 명 중 살아 눈뜬 건 단 두 명뿐이기 때문이다. 바늘구멍 같은 생존율을 뚫고도 시신경 손상 정도의 경미한 부작용에 그친 때문일까, 글로스는 가끔 자신이 불사신이기라도 한 것처럼 굴었다. 철저히 우연이 지배하는 주사위 게임에서조차 죽을 리 없다는 듯이.

하여튼 글로스는 큰 판돈을 거는 만큼 어떤 게임에든 열성적으로 임했다. 그래서 살라민이 준비한 그날의 주사위 게임 역시 종종 그랬던 것처럼 벌건 눈을 홉뜨고 달려드는 화신과 글로스 그리고 승패를 둘러싼 둘의 광기에 질려 조용히 패배할 궁리만 하는 나와 살라민, 라이로 자연스럽게 양분되었다.

"내일부터는 아인만 여기 남게 되네. 혼자 두고 가려니 마음이 좋지 않은걸."

다섯 플레이어의 손에서 주사위가 한 차례 돌았을 즈음이었다. 다갈색으로 칠한 리벳 토막을 말 삼아 세 칸 전진시킨 살라민이 그때까지 우리가 암묵적으로 피하고 있던 화제를 꺼냈다.

"살라민, 운명 공동체끼리 그런 섭섭한 말 하지 마! 우린 언제 어디서나 함께야, 그렇지? 베이스만 완성되면 아인도 그쪽으로 올 텐데, 뭘. 아인은 우리 커맨더잖아."

내가 대답하기 전에 잽싸게 말을 가로챈 글로스가 나와 눈을 맞추고 히죽 웃었다. 짙은 선글라스 너머로도 모두와 떨어져 혼자 애로우에 남게 된 내 심정을 훤히 들여다보는 눈치였다.

다음 날 새벽, 후발대 전원은 베이스 건설을 위해 고원으로 출발할 예정이었다. 베이스가 완성되면 각자 배속될 자리도 결정돼 있었다. 글로스는 애로우 행성 과학 연구소 지질학 분과 베이스 분소 2급 연구원, 살라민은 베이스 컨트롤 스테이션 1급 데크 오퍼레이터, 화신은 베이스 격납고 1급 머신 엔지니어로 지명된 임시 임명장을 수령했다.

그러나 후발대를 통솔할 두 커맨더에게는 각기 다른 임무가 부여되었다. 내 임무는 애로우 최고 의결기관인 의회와 협의해 후발대 운용 계획을 입안하고 구체화하는 것이었다. 따라서 효율적인 임무 수행을 위해 내 자리는 애로우 컨트롤 스테이션 내에 마련되었다. 한편 라이는 의회가 승인한 계획에 준하여 현장에서 베이스 건설을 지휘하라는 임무를 받았다. 즉, 나만이 다른 후발대와 떨어져 애로우에 홀로 남게 된 것이다.

글로스에게 대답을 뺏긴 나는 그냥 걱정하지 말라는 뜻으로 어깨를 으쓱해 보였다. 그러자 살라민도 미소 띤 얼굴로 나를 흉내 내어 자기 어깨를 으쓱 올렸다가 내렸다.

그때, 주사위 든 손을 슬슬 흔들고 있던 라이가 입을 열었다.

"항행 초기 수립되었던 외계 행성 테라포밍 계획 원안에 의하면, 행성에 일단 착륙만 한다면 우주선 유지에 필요한 필수 인력을 제외한 승조원 전원이 베이스 포인트에 투입될 예정이었단다. 삽 한 자루 들 힘만 있다면 누구나 상륙해 시티급 정착기지를 건설할 예정이었지. 선발대건 후발대건, 내추럴이건 프랑켄이건 살아 있는 사람이라면 누구나."

그리고 라이는 우리를 천천히 둘러보았다.

"그런데 다들 알다시피, 애로우가 처한 현실을 고려하면 원안을 고수하기 어렵게 됐구나. 단적으로 말하면, 생명 유지 자원이 부족하기 때문이지. 애로우는 예정에 없이 지구를 떠났고, 초기 예상보다 훨씬 길어진 항행을 견뎌야 했단다. 항행 중에도 애로우는 만성적인 자원 부족에 시달리고 있었어. 지금은 그에 더해 제3엔진이 망가진 탓에 71년 이상 유지해왔던 선내 항상성이 깨졌고, 생명 유지 자원 순환율도 크게 떨어졌지. 분석 보고서를 보니 65퍼센트 수준까지 떨어진 모양이더구나.

그러니 지금으로선 행성에 내추럴들을 작업하도록 내보내기엔 개조 슈트와 장비가 부족한 것도 문제지만…… 무엇보다 회수되지 못하고 바깥에서 소진되어버릴 생명 유지 자원량이 프랑켄에 비해 서너 배는 더 되리라는 예상이 지배적이야. 난 의회가 이 시점에서 가장 효율적인 계획을 숙고했다고 본단다. 네가 애로우에서 우릴 위해 해줘야 할 일이 많겠구나, 아인."

"애로우 기능이 정지하기 전에 터전을 다져야 하니까요. 결국 타이드 테라포밍은 시간과의 싸움이에요. 애로우가 먼저 소멸하느냐, 타이드가 먼저 개척되느냐. 모두 살거나, 모두 죽거나. 이렇게 말하고 보니 의외로 간단한 문제로 보이는걸요."

살라민이 깔끔하게 요점을 짚었다.

"그렇구나, 살라민. 사실상 이 드넓은 우주 어딜 가든 인간 만사가 간단히 보면 간단한 문제지. 그래도 여유가 없다는 게 못내 아쉬워. 여유가 없구나. 우리 어깨에 살아남은 인류의 운명이 걸려 있다는 건 부정할 수 없는 사실이구나. 아아, 내 말년의 세월마저 이리 무거울 줄이야! 그래도 기왕이면 다시 희망을 품고 걸어보련다. '우리는 미래를 선택할 수 있다!'"

너스레를 떨며 주문처럼 후발대 선언을 크게 외친 라이가 극적인 포즈로 주사위를 던졌다. 멈춘 주사위 윗면에 표시된 숫자는 6, 6. 숫자를 확인한 라이가 죽상을 썼다. 라이의 말은 이미 꼬리조차 보이지 않을 만큼 앞서가고 있었다.

라이가 말을 느릿느릿 옮기고 있을 때, 화신이 제 어깨를 옆에 앉은 내 어깨에 툭 부딪쳐왔다. 마치 태어나길 프랑켄으로 태어난 듯 그의 동작은 자연스러웠다. 동작만 두고 보면 내게 부딪친 어깨가 기계 쪽인지 아니면 타고난 몸 쪽인지 분간하기 어려울 정도였다.

"라이 말대로 우리 없인 애로우가 타이드로 진출할 가망 자체가 없어. 결과적으로는 후발대 성과에 따라 애로우의 미래가 결정될 테지. 그런데 그런 중책을 떠안은 커맨더가 리본을 달고 다닐 만큼 귀여운 자린 아니라고 보는데."

화신의 예리한 지적에 글로스가 살라민의 무릎을 팍팍 치며 웃었다. 살라민은 웃음을 참으려는 듯 얇은 입술을 깨물었지만, 입꼬리는 충분히 씰룩이고 있었다.

라이와 나는 하릴없이 서로를 쳐다보았다. 우리의 왼쪽 가슴에는 의장이 수여한 황금 리본이 박혀 있다. 종료식 직후 우릴 따로 데려간 엔지니어가 커맨더 표식의 파손·유실을 방지하고 식별성을 높이기 위한 목적이라며 기계 신체를 감싼 매끄러운 장갑(裝甲) 안쪽에 황금 리본을 고정해주었다. 설령 우리 얼굴을 모르는 사람이라도 황금 리본을 확인하고 소유자의 지위와 권한을 유추할 수 있도록 말이다.

마침내 할 말이 많은 화제로 바뀐 덕에 신이 난 글로스가 끼어들었다.

"그래, 얘가 낸 것치고는 동의할 만한 의견! 확실히 말이야, 리본은 좀 그렇지? 커맨더 표식이 필요하면 애로우 상징인 금색 화살 마크라도 돌려쓰면 될 거 아냐? 표식으로 뭘 준다기에 도대체 뭘까 두근두근했는데 거기서 갑자기 고색창연한 리본이! 우와! 팔락이는 모양으로 구부린 디테일 구석구석에서 촌스러움이 흘러넘쳐서 나까지 부끄러웠다고. 설마 그런 디자인도 의회에서 숙고하는 걸까? 예, 대의원 도나가 발언하겠습니다. 본 대의원은 리본이 좋다고 생각합니다. 왜냐고요? 예쁘잖아요. 예, 대의원 리버스가 재청합니다. 리본을 바람에 날리는 모양으로 정하면 좋겠어요. 왜냐고요? 진짜 예쁘잖아요, 하고?

애초에 그런 구식 사치품에 귀중 화물 적재 승인이 났다니 그게 더 놀라운 사실 아니냐고."

글로스의 익살에 쓴웃음이 절로 났다. 솔직히 나는 황금 리본이 타이드에서 찾아보기 힘든 고전적이고 우아한 문화적 상징인 것 같아 내심 마음에 들어 하고 있었다. 황금 화살 모양 표식이라고 해서 딱히 덜 촌스러울 것 같지도 않았고.

복잡한 감정이 드러난 내 얼굴을 본 화신과 살라민이 크게 웃었다. 심지어 그 촌스럽고 고색창연한 장식품을 나와 마찬가지로 가슴에 박아 넣은 장본인인 라이마저 박장대소를 했다.

"그러게, 확실히 고풍스럽긴 하네. 리본의 기원을 따지면 지구 시대의 파이어니어스 컨소시엄까지 거슬러 올라가지 않을까? 애로우 프로젝트를 발족시켰을 즈음엔 대륙을 아우르는 거대 조직으로 성장해 있었다지만, 기초는 민간기업이었으니까 말이야. 성과를 내면 사람들 앞에서 리본을 수여해주마, 부상으로는 높은 지위와 권한을 주마, 그런 식으로 요란하게 성적을 전시하면서 다른 성원을 자극하는 방식은 민간기업 특유의 유산이라고 봐도 틀리지 않겠지. 커맨더를 훈련 성적순으로 뽑은 데도 묘하게 지구 시대 조직 느낌이 묻어 있고."

살라민이 웃음을 삼키고 한 말엔 은근히 뼈가 있었던 것 같다. 그때 글로스가 내게 부지런히 눈짓을 보냈기 때문이다.

"하하, 성적순으로 세우면 살라민이 6등인가 7등이었지, 아마? 혹시 1등을 노리고 있었던 게냐? 미안하구나, 살라민. 나도 젊은 친구들에게 양보한답시고 노력했는데, 박사학위를 다섯 개나 보유한 지성인이다 보니 아무리 살살해도 2등은 해버리고 말게 되더구나."

라이가 농담으로 받아넘기자 살라민은 급히 손사래를 쳤다.

"그런 뜻은 아니었어요, 라이. 커맨더라는 중책을 결정하는데 어떻게 훈련 성적이 전부겠어요. 의회와 의장님이 숙고하신 결과라고 생각해요. 라이와 아인이라면, 저는 안심하고 믿고 따를 수 있어요."

하지만 그때 살라민은 1등을 노리지 않았다는 말은 하지 않았다. 차분한 얼굴 아래 의외로 강한 심지를 지닌 사람이니 진심으로 1등을 노렸는지도 모르겠다. 만일 나 대신 살라민이 커맨더가 되었다면 미래도 바뀌었을까?

"그럼 아인도 알고 보면 박사학위 몇 개씩 딴 천재였다거나, 그런 거겠지? 그게 아니면 무슨 수로 라이를 꺾고 1등을 하겠냐고. 아인, 기억이 돌아오면 우리한테 제일 먼저 알려줘야 해."

주사위를 손에 굴리며 재잘거리던 글로스가 문득 생각난 듯 새로운 화제를 꺼냈다.

"그러고 보니 내가 저번에 들었는데 760번 크루쇼크인가, 거기도 너처럼 예전 기억을 다 잃은 사람이 한 명 더 있대. 으, 이름은 까먹었는데…… 하여튼 그쪽도 너처럼 목 위만 '잠든' 사람이었다더라. 마주치면 알아보긴 쉽겠다, 그치? 목 아래를 다 기계 신체로 바꾼 사람은 타이드에 단둘뿐일 테니까. 그런데 그 사람은 각성 후에도 문제가 있었는지 회복 평가를 세 차례나 더 거쳤대. 서비스 에리어에서 링커링 엔지니어들이 모여 떠드는 걸 들었지."

글로스가 "너도 들었지?" 하고 화신의 옆구리를 쿡 찔렀다. 화신은 고개를 끄덕였지만, 흘려들은 탓에 이름까진 기억나지 않는다고 했다.

"봐, 벽에도 귀가 있는 법이야. 애로우처럼 작은 세계에 영원한 비밀이 어딨어? 곧 비밀에 싸인 네 이야기도 어디선가 흘러나올 거야. 네 과거도 분명 되살아날 테니 걱정 마."

"괜찮아. 걱정 안 해. 여기선 과거보단 현재가, 앞으로 할 일이 더 중요하잖아."

그건 내 진심이었다.

이전의 기억을 통째로 잃어버렸다고 생각하면 어딘가 허전한 느낌이 들기는 한다. 하지만 깨달았을 땐 이미 잃어버린 후였던 탓에 잃어버린 것의 정체를 알 수 없어진 처지에서 보자면, 내 잃어버린 기억이란 타이드보다 짧다는 지구의 하루와 같은 것이다. 그립지도, 부럽지도 않은 것.

나와 단절된 세계와 지금 내가 처한 세계 중 하나를 고르는 건 실제로는 전혀 어렵지 않다. 나는 망설임 없이 현재를 선택했다. 그 결과가 지금의 나다.

그날 마지막 게임은 라이의 대승리로 끝났다. 우리는 복수의 예감으로 고통받는 승리자에게 박수를 보내고 각자 준비한 판돈을 바쳤다. 화신이 기계손의 감각 수준을 조정하기 위해 종종 만지작대던 피젯 큐브, 살라민의 아카데미 졸업 기념주화 그리고 나의 하얀 상자.

하얀 상자는 그날 저녁 의장이 단상 위에서 황금 리본을 넣어 건네준 의례용 물품이었다. 애로우에 흔치 않은 목제 제품으로, 지구에서 채취한 자작나무를 가공한 다음 보존 제재를 발라 마감한 사치품이기도 했다. 공교롭게도 라이에게도 같은 상자가 있지만 뭐, 여분의 상자는 그가 매일 일기를 끄적이는 노트들이라도 정리하는 데 쓰면 되지 않을까 싶었다.

글로스도 라이에게 외계 행성의 돌멩이를 바쳤다. 다음 판에 꼭 다시 가지고 오라고 읍소하면서.

그러고 보니 그때, 살라민이 라이에게 판돈으로 무엇을 가지고 왔냐고 물었다. 그러자 라이는 낡은 군용 가방에서 납작한 보존 키트를 꺼내 우리에게 보여주었다. 만지면 부스러질 듯 얇은 종이책이 안에 들어 있었다. 20세기 초 지구에서 유행했다던 장식적인 서체로 겉표지에 크게 적힌 제목은 'FRAN-KENSTEIN'. 시간이 흐르며 본래의 색을 잃은 일러스트가 배경에 실려 있었다. 맑은 물이 파도치는 지구의 바다를 검고 뾰족한 뱃머리가 가르고 나아가는 단순한 구도. 바다에 떠다니는 얼음덩어리가 눈처럼 새하얗게 칠해져 있다.

나는 책의 정체를 한눈에 알아보았다. 그건 라이가 좋아하는 '괴물'이 등장하는 소설이었다. 세로로 길쭉한 종이에 벽돌처럼 들어찬 검은 문자들. 노르스름한 종이 여백 여기저기에 라이가, 혹은 전 주인들이 적어 넣었을 손글씨가 흩어져 있다. 얄팍한 개인 시간을 쪼개고 쪼개 센트럴 라이브러리에 틀어박혀 지구 문화의 유품을 뒤지는 그의 취미가 반영된 애장품이었다.

책을 돌려주며 라이에게 뭔가 물어보려 했던 것 같은데, 기억나지 않는다. 그 순간 선내에 침수 경보가 울렸기 때문이다.

"침수 경보, 침수 경보. 현재 이 시각 4레벨 침수가 확인된 J4910, J4911, J4912, J4913, J4914, J4915, J4916, J4917 구역을 전면 폐쇄합니다. 격벽이 강하합니다. 승조원은 충격에 대비하십시오. 예고된 구역에 체류 중인 승조원은 15분 내로 소개(疏開)하십시오. 해당 구역의 동력을 전면 차단합니다. 승조원은 충격에 대비하십시오. 예고된 구역에 체류 중인 승조원은 15분 내로 소개하십시오. 다시 알립니다. 침수 경보, 침수 경보……."

천장에서 붉은 경고등이 번쩍이며 사이렌이 울린 다음, 잡음 섞인 음성과 해상도 떨어지는 시각화 경고 문구가 사방에 송출되었다.

같은 경고가 세 차례 반복되고 얼마쯤 지나자 선체의 두꺼운 외벽을 타고 구우웅, 구우웅, 구우웅, 하는 연쇄적인 진동이 전해졌다. 격벽이 내려가며 침수 구역을 촘촘히 폐쇄하는 충격이 사람들의 몸으로 전달되었다. 개인실이 순식간에 암흑에 휩싸였다. 복도를 밝힌 조명은 무거운 진동에 맞춰 어두워졌다 밝아지길 천천히 반복했다.

폐쇄가 예고된 구역은 모두 진흙 바다에 파묻힌 선미에 있었다. 하드랜딩의 충격이 가해졌던 부분을 중심으로 균열과 붕괴가 확산한 결과 추가 폐쇄가 결정된 것이다. 타이드의 진흙 조류는 애로우에 생긴 틈이라면 얼마나 작은 것이든 상관없이 비집고 밀려 들어와 내부를 침식하고 구멍을 넓혔다. 실제로 그날 우리가 들었던 경보는 이후로 이어진 무수한 경보의 서곡에 불과했다.

"온 유어 마크(On your mark). 승조원, 모두 자기 위치로. 반복합니다. 온 유어 마크. 승조원, 모두 자기 위치로."

침수 구역 폐쇄가 완료되자 승조원 복귀 명령이 울려 퍼졌다. 개인실 조명이 눈을 찌를 듯한 밝기로 다시 켜졌다. 우리는 일제히 자리에서 일어섰다. 살라민이 게임판과 말, 주사위를 챙겨 가방에 넣었고, 화신은 글로스 옆에서 구역 지도 홀로그램을 개인 기기에 띄워 보여주며 무언가 상의하는 듯했다.

문턱을 넘자 H 데크의 복도에 희미한 파도 소리가 메아리쳤다. 살라민, 화신, 글로스와 헤어져 우주선 상층부로 향하던 중, 앞서가던 라이가 걸음을 멈추고 물었다.

"의회로 가겠니?"

나는 고개를 젓고 대답했다.

"아니, 컨트롤 스테이션으로 가요."

의회가 애로우의 총의를 결정한다. 커맨더는 그 결정을 타이드에 실현한다. 나는 그렇게 이해하고 있었다. 커맨더는 숙의와 결정의 장인 의회가 아니라, 수행과 실천의 장인 컨트롤 스테이션에 서야 하는 존재라고.

우리는 컨트롤 스테이션으로 향했다.

그때 나는 미래가 아직 장막에 쌓여 있다고 생각했었다. 그러나 내가 장막을 찢고 지금의 현재를 불러낸 것은 바로 그 순간이었다.

베이스

우리는 타이드에 관한 기초 지식을 행성 상륙 훈련 기간에 습득했다. 타이드의 자연환경에 대한 이해를 도모하는 데 주력한 '행성 환경 1'과 실제 이 행성에서 살아가기 위한 실용 지식 습득에 중점을 둔 '행성 환경 2'라는 두 과목을 통해서였다.

'행성 환경 1' 첫 번째 강의에 출석했을 때, 우린 새벽부터 중력 적응 훈련과 2차 개조 슈트 기능 시험을 겸한 '산책'을 다녀오느라 파김치가 된 상태였다. 눈 밑에 검은 사마귀가 있는 교관이 각종 체액과 윤활액으로 후줄근한 이너 슈트를 채 벗지도 못하고 들어오는 우리 손에 보안위원회 마크가 찍힌 개인용 태블릿을 하나씩 들려주며 인원을 체크했다.

태블릿에는 71년 1개월 17일의 항행 동안 선발대가 수집·분석한 정보의 총체가 담겨 있었다. 그에 따르면 우리가 인류의 전통을 좇아 또다시 '태양'이라 부르기로 한 항성이 탄생하고 약 56억 년이 흐른 후 타이드가 탄생했다고 추정된다. 현재 행성의 나이는 약 38억 년. 지각은 비교적 안정되었으나 생명이 번성할 환경을 갖추진 못했다. 행성 표면적의 99퍼센트 이상을 점도 높은 진흙 바다가 차지한 것이 가장 큰 특징인데, 행성 과학 연구소는 진흙 바다가 생겨난 원인을 과거에 활발했던 지질 활동과 대기 순환의 간섭에서 찾고 있다.

항성과 타이드 간 거리는 기존 태양계에서 태양과 화성 간 거리와 비슷하다. 타이드의 질량은 항성풍으로부터 행성을 보호할 만큼 강한 자기장을 갖추고 지구의 약 1.5배에 해당하는 중력을 가질 만큼 컸다. 때문에 타이드 대기는 지구보다 두껍고 밀도도 높은 편이다. 대기 조성상 인체 유해 성분 비율은 높다. 그렇지만 지구의 8분의 1 수준으로 희박하긴 하나 대기 중에 산소가 존재한다는 것이 희망적인 징후였다.

이어서 교관은 약 400일의 공전주기와 38시간의 자전주기가 코리올리 효과에 미친 영향에서 기인하는 독특한 대기 현상, 최고 1만 미터를 넘는다고 추측되는 해심(海深), 지구의 달과 비슷한 크기의 '큰 달'과 그 3분의 1 크기의 '작은 달', 각각 25일과 11일로 상이한 두 달의 공전주기 때문에 복잡하기 이를 데 없어지는 기조력과 생물처럼 시시각각 변하는 조류 패턴 등에 관해서도 두서없이 설명했다.

강의는 좋게 말해 따분했다. 교관은 애로우 행성 과학 연구소에서 차출된 연구원이었는데, 연구는 몰라도 교육에는 소질이 없어 보였다. 그 증거로 강의가 끝나갈 즈음 사람들의 영혼은 반쯤 허공을 떠돌고 있었다. 그러나 그는 꿋꿋하게 다음과 같은 말로 강의를 마쳤다.

"저더러 타이드를 한마디로 정의해보라면, 생명이 서식할 가능성은 있으나 아직 번성하지 못한 지구형 행성이라고 하겠어요. 이곳엔 우연히 도착한 우리가 주인 행세를 해도 불만을 품을 원주(原住) 생명이 거의 없어요. 두 번째 지구를 발견해내다니, 우린 운이 좋아요. 아주."

착륙 초창기에 사람들은 자주 타이드를 지구에 빗대 설명했다. '지구와 거의 같은 크기' '지구와 같은 암석형 행성' '지구와 비슷한 자전축 기울기' '지구처럼 골디락스 존에 들어 있다' '원시 지구에 가까운 환경'…….

어떤 분과건 간에, 훈련 교관들은 우리가 내린 낯선 행성을 설명해야 할 때가 오면 지구 이야기를 거의 반드시 먼저 꺼냈다. '모두가 잘 아는 지구'의 정보를 먼저 일깨운 다음, 그 익숙한 행성과 비교해 타이드가 어떤 면에서 어떻게 다른지를 설명하는 식이었다. 지구를 떠나온 사람들은 그 설명을 쉽게 이해했다. 기억이 사라진 나한테는 두 배로 복잡하게 느껴지는 설명이었지만.

'두 번째 지구.' 그래서 당시 타이드를 가리키는 비공식 명

칭 중 '약속된 땅'과 더불어 가장 널리 쓰였던 것이 바로 '두 번째 지구'다. 우리가 주인 행세를 할 수 있는 두 번째 집. 잘 가꾸기만 하면 '첫 번째 지구'처럼 풍요로워질 것이 틀림없는 터전. '행성 환경 1'의 교관이 그랬듯, 사람들은 이곳이 지구로 변해주길 바라는 마음으로 '두 번째 지구'라는 이름을 붙였다.

타이드에 착륙하고 500일을 훌쩍 넘긴 지금, 이곳을 '두 번째 지구'라 부르는 이는 없다. 이 행성을 지구에 빗대 설명하던 관행 자체가 사라졌다고도 할 수 있다. 사람들은 이제 비교가 필요한 경우에만 마지못해 지구의 사례를 인용한다. 대부분은 이 행성이 인간에게 얼마나 적대적인지를 성토하기 위해 지구를 소환하는 식이다.

'글쎄, 지구엔 운석이 떨어져서 대멸종이 두 번인가 세 번인가 일어났다잖아. 타이드에도 대멸종이 있었다면 이 염병할 폭풍이 원인이었을 게 분명해. 이쪽이 더 악질적인 건 뭐냐면, 지구에는 운석이 몇천만 년 만에 한 개씩 떨어졌다는데 이곳의 폭풍은 몇십억 년째 반복되고 있다는 거야. 지구 시간으로 계산한다 치면 1년 8개월마다 120일에서 140일씩 꼬박꼬박 대멸종의 칼에 난도질당하는 거나 마찬가지라고. 그러니 어떤 생명이 이따위 땅에서 살아남았겠어?'

예를 들면, 이렇게.

얇아진 구름층을 뚫은 광선 줄기가 거칠게 일렁이는 진흙 바다로 내리꽂혔다. 지난 16일간 근처를 맴돌던 5등급 폭풍이 소멸했지만, 바깥의 바다와 대기에 여파가 남은 상태였다.

애로우 컨트롤 스테이션은 행성 과학 연구소 기상 과학 분과로부터 폭풍 시즌이 끝났다는 공식 관측 보고가 올라오길 기다리고 있었다. 때마침 폭풍으로 인해 9일 넘게 끊겼던 베이스와의 통신이 복구되었다. 임시 확보된 채널을 통해 밀렸던 연락 사항이 쏟아져 들어왔다. 라이의 사망 보고서는 거기 섞여 있었다.

처음 세 번 정도는, '사망'이라는 단어가 등장할 때마다 문서 앞으로 돌아가 '사망'이 없는 문장만 추려 다시 읽었다. 라이의 '사망'이 언제든 취소될 수 있다고 무의식적으로 생각했던 것 같다. 통신회선이 막 열린 참이었고, 쌓였던 보고가 한꺼번에 들어오고 있었다. 그러니 라이의 '사망'을 '부상'으로 정정하는 후속 보고 역시 들어올지도 모르는 일이었다.

그러나 후속 보고는 들어오지 않았다. 파노라마 플렉시글라스 너머에서 행성은 섬뜩한 흑백과 섬광의 세계로부터 풍부한 색과 빛의 세계로 유유히 돌아갔다.

나는 보고서를 닫고 주위를 둘러보았다. 컨트롤 스테이션 소속 오퍼레이터들은 이번 폭풍 시즌에 애로우가 받은 영향을 산정하느라 바빴다. 손상, 지체, 차질, 결함, 유실, 파괴. 빨간 불이 즐비한 계기판과 사람들 사이로 해묵은 피로와 습성이 된 좌절이 흘러다녔다.

익숙한 광경을 뒤로하고 컨트롤 스테이션을 나서려는데, 문득 그 책의 표지가 떠올랐다. 거친 물살을 가르는 뾰족한 뱃머리와 하얀 얼음덩어리. 그 배에 탄 인물들도 저렇게 지친 얼굴을 하고 있었을까?

경계 태세를 갖춘 보안대 앞을 지나 의장실에 다다르자 하얀 문이 안쪽으로 열렸다. 의장은 언제나처럼 커다란 데스크에 앉아 나를 맞아들였다.

"의장님, 타이드력 519일차 베이스에서 벌어진 붕괴 사고에 관해…….."

나는 서둘러 입을 열었다. 라이의 사망에 관한 후속 조사를 요청할 생각이었다. 그러나 내 말이 끝나기도 전에 의장이 고개를 저었다. 그는 내가 하려는 말을 이미 알고 있는 듯했다.

"현장에서 커맨더가 사망했다는 소식은 들었습니다. 애로우에겐 정말이지 뼈아픈 손실이 아닐 수 없군요. 깊은 애도를 표합니다."

의장은 데스크 위에 놓은 두 손을 맞잡고 있었다. 탄력을 잃은 살가죽 위로 푸르게 튀어나온 혈관, 뼈마디가 불거진 손가락. 예리한 것에 깊이 베인 흉터가 의장의 주름진 오른 손등에서 시작해 긴 소매 안쪽으로 이어졌다.

시선을 올리자 새하얀 의복으로 싸인 왜소한 상체와 옷깃에 장식된 황금 리본, 마지막으로 송곳 같은 검은 눈과 마주쳤다. 그건 내가 애로우 컨트롤 스테이션 소속 후발대 커맨더로서 지내온 시간 동안 아주 잘 알게 된 눈이었다. 이견을 허용하지 않는 눈, 도전을 용납하지 않는 눈. 애로우의 운명을 결정하는 단 하나의 권위.

의장은 애로우의 화신이나 다름없는 존재였다. 아니, 반대로 애로우가 의장의 화신이나 다름없다 해야 할까. 파이어니어스 컨소시엄 최연소 임원 자격으로 승선해 참혹한 내전을 끝내고 타이드에 도달할 미래를 결정한 사람. 애로우가 나아갈 방향은 40명의 대의원으로 구성된 의회가 결정한다고들 하지만, 화살이 매겨진 시위를 당길 힘을 가진 단 한 사람이 의장이라는 사실을 모르는 이는 아무도 없다. 지금의 애로우는 과거에 의장이 감행한 선택의 총합이나 마찬가지였다.

나는 입술을 깨물었다. 방금 의장은 내 앞에서 라이의 사망을 애로우의 손실로 선언했다. 그건 그에게 이 사건은 종결되었다는 뜻이고, 따라서 나 역시 이 사건을 종결된 채로 두어야 한다는 암묵적인 명령이었다.

의장이 깊은 한숨을 쉬고 의자에서 일어났다.

"아인, 의미 있는 사람을 잃은 슬픔은 이해합니다. 그러나 사람들을 거느린 자는 사사로운 정에 이끌려선 안 돼요."

의장은 내게 가까이 다가와 마치 어린아이를 달래듯 목소리를 낮췄다.

"이제 당신은 후발대를, 애로우 인구의 절반을 통솔하는 유일한 사람이에요. 당신은 어떤 경우에도 애로우를 위해 존재해야 합니다. 깨어 있는 매 순간 오로지 애로우를 위해 생각하고 말하고 행동하라는 의미예요. 그러니 죽은 사람은 죽음 속에 쉬게 두세요. 죽은 자는 우릴 위해 해줄 일이 아무것도 없답니다."

나는 느리게 침을 삼켰다. 그리고 알겠다고 대답했다.

고개를 끄덕인 의장이 등을 돌려 창가로 다가갔다. 짧게 다듬어진 백발이 햇빛을 받아 동그란 머리를 둘러싸고 후광처럼 빛났다. 그는 발밑에 펼쳐진 타이드의 경이로운 아침을 굽어보며 나를 호출한 본 안건을 꺼냈다.

"폭풍이 잦아들면 베이스로 협의단을 파견하기로 했었지요. 오늘 출발한다고 들었는데, 준비는 다 되었습니까?"

"14시 정각에 애로우를 떠날 예정입니다. 협의단 구성은 보고드렸다시피 단장 아인, 부단장 리안밍 그리고 의회 직속 각 분과위원회 소의원 및 컨트롤 스테이션 소속 기술관 21명, 이상 총 23명입니다. 이외에 폭풍 시즌 전에 애로우로 파견되었던 베이스 미복귀 인원과 9번 게이트에서 합류해 출발합니다."

"좋아요."

그대로 몇 초간 바깥을 응시하던 의장이 몸을 돌려 나와 시선을 맞췄다.

"오늘 아침 의회 숙의 결과, 이번 협의단 부단장으로는 리안밍 대신 지한이 들어가기로 했으니 그와 협력해서 잘 이끌어

주세요. 촉박하게 결정된 사항이라 사전에 알리지 못했군요. 이해해주길 바랍니다."

눈이 저절로 질끈 감겼다. 솔직히 지한의 이름을 듣는 순간 동요를 숨기기 어려웠다. 의회 직속 보안위원회 총괄 대의원인 지한은 프랑켄 사이에 일종의 명성—결코 긍정적이지 않은—을 떨치는 인물이었다. 안 그래도 난항이 예상되는 협의에 하필이면 지한을 부단장으로 끼워 넣다니, 쉽게 이해할 수 없었다. 그러나 출발이 임박한 지금 그에 대해 내가 할 수 있는 일도 없었다.

"출발 시각이 얼마 남지 않았군요. 부디 애로우 전체의 이익을 위하는 방향으로 협의가 마무리되길 기대합니다."

"네, 의장님."

"아인."

나를 부른 의장의 시선이 내 가슴팍에 박힌 황금 리본에 머물렀다.

"우린 중요한 고비를 넘고 있어요. 나는 당신을 믿습니다. 언제나 애로우가 당신을 그 자리에 인도했다는 사실을 기억하세요. 아인, 지금이야말로 애로우에 당신의 가치를 증명할 때입니다."

무언가 뜨거운 것이 목구멍을 틀어막는 느낌이 들었다. 나는 다시 느리게 침을 삼켰다.

애로우 사람들이 베이스로 나갈 때는 보통 5번 게이트를 사용한다. 소수 인원으로 빠르게 움직일 수 있는 소형 비히클이 대개 5번 게이트 내 격납고에 수납돼 있기 때문이다. 애로우와 베이스 사이에 발생하는 시급한 현안—최근에는 주로 베이스 전로(電爐)가 말썽을 부렸다. 출력에 비해 지나치게 많은 아웃풋을 요구한 탓에 고장이 잦았고, 그때마다 코어 부품을 애로우에서 수리하거나 새로 제작해야 했다—을 다루는 임시 협의단이 파견 나갈 때도 대개는 5번 게이트를 사용한다.

하지만 애로우와 베이스 양측이 자원 사용 계획이나 타이드개척 계획 수정·변경과 같은 중대 안건을 테이블에 올리는 공식 협의의 경우에는 파견되는 협의단 규모 자체가 다르다. 임시 협의단은 현안의 종류에 따라 4급 보조 기술자 한 명만 달랑 나갈 때도 있지만, 공식 협의단은 적어도 의원 및 2급 이상 승조원 열 명 이상으로 꾸려진다. 스물세 명으로 구성된 이번 4차 협의단은 서른다섯 명으로 구성됐던 1차 협의단에 비해선 작지만, 열세 명 안팎이었던 지난 이삼 차 협의단에 비하면 중량급으로 볼 수 있었다. 소형 수륙양용 고속정 한 대에 욱여넣기엔 버거운 인원이다.

또 이번에 내가 9번 게이트에서 출발하기로 마음먹은 이유는 따로 있었다. 지난여름 이후 새로 제정된 프로토콜에 의해 폭풍 시즌 동안 애로우 9번 게이트에 딸린 초대형 격납고에 피신해 있던 마더(mother)급 작업용 비히클 70여 기가 마침 베이스 복귀를 준비하고 있었다. 나는 이번 애로우 측 협의단이 따로 움직이는 대신, 그 복귀 행렬에 합류하여 베이스로 들어가길 바랐다. 우리가 어깨를 나란히 하고 같은 곳으로 향하고 있다는 감각이 협의단원들에게 공유되길 원했기 때문이다.

예정된 출발 시각보다 이르게 9번 게이트에 도착해 보니, 까마득하게 느껴지는 안쪽 격납고로부터 10미터가 훌쩍 넘는 대형 비히클들이 굉음을 내며 줄지어 빠져나오고 있었다. 분당 200미터씩 회전하는 암반 굴착용 드릴을 장착한 무한궤도차량이 내 앞을 지나쳐 타이드 지면으로 내리뻗은 경사로를 달려 내려갔다. 실린더 형태의 정밀 분해 장치와 400톤급 컨테이너를 탑재한 수송차량이 그 뒤를 이었다. 프레임 안쪽 조종석은 기밀(氣密) 공간으로, 탑승자가 별도의 보호구 없이 넓은 시야를 확보할 수 있도록 설계되어 있었다. 7미터 높이의 조종석에 앉아 있던 조종사가 나를 알아보고 손 흔들 수 있었던 것은 그 덕분이다.

게이트 외문 앞에 선 나를 알아본 후발대원들이 손을 흔들거나 경적을 울리고 라이트를 점등했다. 나도 그들을 향해 손흔들며 큰 소리로 '다시 시작입니다, 미래를 위해!' 따위의 베이스 구호를 외쳤다.

헬멧 안쪽에 반사된 내 목소리가 귀를 찡하게 울렸다. 공용 통신채널이 막힌 상태이므로 비히클에 탄 동료들에게 내 외침이 들릴 리는 없었다.

"우리는 미래를 선택할 수 있다! 다시 시작입니다! 미래를 위해!"

하지만 나는 의장실에서 내 목구멍을 틀어막았던 뜨거운 것이 다 녹아 없어질 때까지 소리 높여 외쳤다. 아무도 듣지 못해도 상관없었다. 내가 듣고 있었다.

타이드 착륙 29일째 이른 아침, 베이스 포인트를 향해 달리던 대형 수송차량 행렬 안에서는 후발대 전원이 한목소리로 같은 구호를 외쳤다. 같은 시각 나는 애로우 컨트롤 스테이션에 서 있었고, 약한 전파가 우리를 연결하고 있었다. 그때 우리에게 그 문구들은 빈약하지만 음악이거나 문학이었다.

작년 봄, 겨우내 단단히 얼어붙었던 땅이 풀리자마자 후발대는 베이스를 짓기 시작했다. 심우주를 가로질러 날아오는 동안 선발대는 (1) 행성 탐사, (2) 임시 기지 건설 및 안정화, (3) 대기 조성, (4) 지구형 생명체 적응 실험, (5) 물 순환 시스템 구축, (6) 기후 안정화, (7) 지구형 생태계 이식, (8) 행성 자원 순환 시스템 수립, (9) 장기 거주 인프라 확장, (10) 행성 생태계 자립의 10단계로 구분된 타이드 테라포밍 계획을 수립해두었다. 베이스 건설은 그중 2단계인 '임시 기지 건설 및 안정화'를 실천하는 작업이었다. 표토가 먼지처럼 흩날리는 대지 위에 우주선에서 조달한 자원을 퍼부어 9천 명 인구가 상주할 수 있는 임시 기지를 짓고 기초 환경 제어 시스템 꼴을 갖추는 데 꼬박 60일이 소요되었다.

그러나 처음 맞은 행성의 폭풍이 그 모든 인간의 작업물을 파괴하는 데는 채 30일도 걸리지 않았다.

문제는 폭풍 집중 발생 기간과 폭풍의 파괴력이 애로우의 예측치를 크게—지나치게 크게—빗나갔다는 데 있었다. 실제로 타이드에 몰아친 폭풍은 행성 과학 연구소 시뮬레이션 모델에서보다 훨씬 거대했고, 느렸으며, 많았다. 지구에서의 수 배에서 십수 배에 달하는 크기의 폭풍들이 몰려다니며 온 행성을 자근자근 짓밟는 힘에 베이스는 무참히 파괴됐다. 내구 강도가 부족해 문자 그대로 가루가 된 구역도 적지 않았다. 우주선에서 긁어모아 퍼부은 대량의 자원과 장비가 공중분해 되는 순간이었다.

인명 피해도 이루 헤아릴 수 없었다. 특히 당시 시뮬레이션 기준으로 상정했던 경보 등급에 따라 대부분 베이스에 남아 있던 후발대가 직격타를 맞았다. 우리가 글로스를 잃은 것은 그때였다. 베이스의 지질학 연구소 분소와 연구원 생활 구역 모두 '가루가 된' 부분에 속해 있었기 때문에, 우리는 그의 유해조차 수습할 수 없었다.

타이드의 인간들이 첫 번째 베이스를 제물로 바쳐 알아낸 폭풍의 '현실'은 이러하다. 첫째, 행성을 뒤덮은 진흙 바다는 열을 느리게 흡수하고 느리게 방출한다. 폭풍은 이 열에너지의 흐름에 의해 생성되는 것으로, 바다가 항성으로부터 많은 열을 흡수하는 여름에 폭풍은 지속적으로, 빈번하게, 대규모로 발생한다. 둘째, 진흙 바다의 점성 때문에 폭풍은 느리게 이동한다. 느린 만큼, 한 지역에 오래 머문다. 지난여름의 평균치로 추정해보면 10일에서 최대 25일 정도. 이에 더해 국지에서 발생한 폭풍 경로가 겹쳐 크기가 커지면 더 강한 파괴력으로, 더 넓은 면적에서, 더 오래 머물게 된다.

그중 가장 뼈아픈 '현실'은, 이토록 커다란 희생에도 불구하고 타이드의 폭풍이 여전히 미지의 영역에 남아 있다는 사실이다. "아시다시피, 현재 애로우가 보유한 관측 장비와 연산 능력으로 폭풍의 움직임을 오차 없이 예측하기는 불가능합니다." 행성 과학 연구소 기상 과학 분과 소속 수석 분석관이 그렇게 단언했다. 다시 말해 타이드에 거주하는 한, 우리는 매년 '대멸종의 칼에 난도질당할' 운명을 피하기 어려웠다…….

"아인?"

헬멧으로 불쑥 침입한 낯선 목소리가 나를 기억의 우물에서 끌어냈다. 어느새 내 뒤에 누군가 서 있었다.

"네가 아인이지? 황금 리본이 있으니 알아보기 쉽네. 여러모로 편리한데 그거?"

연극적인 몸짓으로 한 걸음 뒤로 물러난 그는 내 머리끝부터 발끝까지 한번 노골적으로 훑어보더니 다시 다가와 내 가슴팍에 손가락을 올려 톡톡 두드렸다. 무례하게 느껴질 법한 행동인데 불쾌하진 않았다. 거리낌 없는 태도가 천성인 걸까?

그는 나와 마찬가지로 별도의 슈트 없이 동그란 헬멧만 착용한 상태였다. 즉, 그의 목 아래 전신이 나처럼 표면을 부식 방지 처리한 기계 신체라는 뜻이었다.

나는 자세를 가다듬고 손을 내밀어 악수를 청했다.

"반가워. 네가 제이드지?"

"나야말로 드디어 직접 만나게 되어 너무너무 반가워, 아인."

제이드가 내 손을 세게 잡고 흔들었다.

그는 베이스에 가이아 챔버, 즉 일반 유기 자원 순환 시설을 신설하기 위해 자문을 얻으려는 목적으로 폭풍 시즌이 닥치기 전 애로우 가이아 챔버에 파견된 사람이었다. 예상보다 애로우 체류가 길어지는 바람에 폭풍 시즌 전 복귀 차량에 탑승하지 못했고, 폭풍이 소멸한 당일 가장 빨리 출발하는 차량을 수배하다 보니 협의단에 배정된 차량 여석에 당첨됐다는 사정이 있었다.

"자문은 어떻게 됐어? 아직 보고가 올라오지 않았던데."

"아, 그거 말이지. 음, 설계도를 보여주긴 했는데 유기 부산물 수집 탱크 용량이 너무 적고 분류 시스템도 엉망이라고 애로우 애들이 학을 떼던걸. 미생물을 나눠 줘도 죽어버릴 게 뻔하니 절대로 줄 수 없대."

게이트 안쪽 격납고로 향하는 동안 제이드가 파견 결과를 요약해주었다. 한마디로 애로우가 베이스의 가이아 챔버 운용 능력을 완전히 불신한다는 내용이었다.

나는 머릿속에 틈나는 대로 베이스 기술위원회와 접촉해야 한다는 사항을 적어 넣었다. 폭풍 시즌이 끝나고 처음 베이스로 향하는 길이었으므로 공식 협의 외에도 할 일이 많았다. 무엇보다 화신을 만나 라이의 사망을 둘러싼 정황을 자세히 들어야……

"아차, 조심해!"

그때, 나란히 걷던 제이드가 내 팔을 세게 붙잡아 당겼다. 곧이어 전장이 20미터에 달하는 대형 비히클 한 대가 내 옆을 위협적으로 스쳐 지나간 순간, 헬멧과 몸의 표면이 타다닥 긁히는 소리가 요란히 났다. 바깥에서 유입되어 차량의 흐름을 따라 소용돌이치던 타이드의 굵은 흙먼지가 나를 덮친 것이다.

우박 같은 소음에 멈칫한 내 팔을 놓는가 싶더니 제이드는 손을 다시 뻗었다. 그는 섬세하게 접합된 금속 손가락으로 내 페이스 실드 표면을 쓱쓱 털어낸 다음, 아까 내 가슴팍을 두드렸던 것과 같은 리듬으로 톡톡 두들겼다.

"바깥에 나가면 항상 먼지 조심해. 기계 신체에 타이드 흙바람만큼 성가신 게 없거든."

나를 염려하는 건지, 아니면 흙바람이 불지 않는 쾌적한 애로우에 상주하는 프랑켄을 비아냥대는 건지 구분하기 어려운 말투였다.

"나도 알아."

나는 쏘아붙이듯 대답했다. 그러나 제이드는 내 신경질적인 반응에 신경 쓰지 않고 말을 이었다.

"핀을 부식시키고 커넥터를 망가뜨리고 장갑을 마모시키는 침해성 입자들. 거기에 강풍이 더해지면 끝내주지. 끝내주게 성가셔."

마침 전방에서 중형 호버크라프트 한 대가 격납고를 벗어나 이쪽으로 미끄러져 오는 것이 보였다.

"아, 맞다! 성가신 걸로 따지자면 너희 부단장만큼 성가신 것도 또 없지?"

우릴 발견한 호버크라프트가 얕은 호선을 그리며 감속하기 시작한 순간, 헬멧 안으로 또렷한 목소리가 파고들었다. 거기엔 지한을 겨냥한 적의가 노골적으로 실려 있었다.

투명한 페이스 실드 두 장을 사이에 두고 나는 제이드와 눈을 마주쳤다. 빙글빙글 웃는 얼굴에 담긴 연회색 눈동자가 심술궂게 반짝였다. 나는 그와 나의 대화가 프라이빗 채널을 통하고 있는 게 맞는지 다시 확인했다.

"단장님, 타십시오."

타이밍 좋게 접근한 호버크라프트 측에서 공용 통신채널을 개방해왔다. 나는 지한의 부름에 응답하여 손을 들어 올린 다음, 프라이빗 채널을 닫았다.

'그것도 잘 알겠지, 물론?'

투명한 막 너머에서 제이드가 입을 벙긋거렸다. 또박또박한 입 모양만으로 요령 좋게 말을 전한 그는 만족했다는 듯 고개를 돌렸다. 호버크라프트가 연 공용 채널에 제이드의 상태가 '접속'으로 바뀐 것은 그 후의 일이었다.

"연구소 예측에 따르면 추가로 대형 폭풍이 발달할 기미는 보이지 않습니다. 그러나 애로우 남동쪽 약 530킬로미터 해상에서 소형 폭풍 수 개 형성이 관찰되었으므로, 이르면 3일 후부터 베이스와 애로우가 순차적으로 새로운 폭풍 영향권에 들어가리라 예상됩니다. 따라서 폭풍 시즌 비행 금지 규정에 의거, 베이스와 애로우 간 비행 수송은 최소 10일 후 재개될 예정입니다. 이는 컨트롤 스테이션 평가에 따라 추가 유예 가능한 사항으로……."

기이잉, 기이잉, 기이잉. 베이스와 공유할 내용을 되짚는 사전 브리핑 사이에 독특한 금속성 진동음이 섞여 들렸다. 그 소리는 선내에서보다 타이드의 밀도 높은 대기 속에서 더 선명하게 느껴졌다.

호버크라프트에 뚫린 육각형 뷰 글라스 너머로 시선을 돌리자, 고원의 북동쪽 가장자리에 가로누운 애로우가 보였다. 우리가 가진 유일한 성간 우주선은 비바람에 얼룩져 있었고, 선체에는 낚싯줄처럼 얇은 줄이 수십 가닥 얽혀 있었다. 멀리서 보면 부패 중인 대형 해양동물의 사체라 해도 믿을 것 같았다.

낚싯줄처럼 보이지만 실제로는 직경 2미터에 이르는 줄은 우주선을 대지에 고정할 목적으로 제작된 특수 케이블이다. 폭풍으로 취약해진 선체가 부서지거나 진흙 바다로 끌려 들어가는 사태를 막기 위해 애로우 기술위원회는 고강도 합금과 어드밴스드 폴리머를 꼬아 초고장력 케이블 예순 가닥을 만들었다. 그리고 우주선 외벽에 설치한 러그(lug) 예순 개와 고원 암반에 박아 넣은 앵커 예순 개 사이를 케이블로 팽팽히 연결했다. 고원에 퍼지는 금속성 진동음은 그 케이블이 바람에 떨리는 소리였다.

빠아앙!

순간, 익숙한 케이블 진동음 사이로 파고든 다른 소리가 호버크라프트에 탄 사람들의 주의를 끌었다. 꼬리를 길게 끄는 그 소리는 서로 맞물려 있던 금속판이 뒤틀리거나 터질 때 발생하는 파열음이었다.

빠아앙!

커다란 파열음이 호버크라프트 내부를 연이어 울렸을 때, 지한이 브리핑을 무시하고 프라이빗 통신을 요청해왔다.

"단장님, 이 소리가 들리시죠? 기술위원회는 이번 폭풍이 애로우의 내구 한계 도달을 가속했다는 결론을 내렸습니다. 따라서 이번에 베이스가 뭘 요구하고 물고 늘어지건 간에 선체 구조 보강과 선내 인구 유지를 최우선한 자원배분 계획을 관철해야 한다는 것이 우리 보안위원회의 공식 의견입니다."

"그렇군요. 알겠습니다."

나는 짧게 답하고 프라이빗 통신을 닫았다. 베이스와 애로우 사이의 자원배분 문제에 관해서라면 지한의 의견은 굳이 묻지 않아도 알 수 있었다. 그가 유명한 프랑켄 차별주의자, 보다 정통적인 표현으로는 '구별론자'이기 때문이다.

나는 각성하고도 꽤 시간이 흐른 뒤에야 눈치챘지만, 뜻밖에도 선발대 중에는 프랑켄 차별주의자가 존재했다. '우리를 배척해서 얻는 이득이 뭐예요? 위험하기 짝이 없는 장기 인공동면과 기계 신체 변환에 자원한 프랑켄들이 없었다면 행성 개척은커녕 애로우는 우주 한가운데서 말라비틀어졌을 처지인데!' 내가 분통을 터뜨리자, 라이는 나를 센트럴 라이브러리로 데려가 애로우 내전기(內戰記)를 보여주었다. 한정된 자원을 둘러싼 항구적 갈등이 얼마나 본능적인 적대를 촉발하는지, 그것이 얼마나 기묘한 양상으로 전염되고 고착되는지 내게 이해시키려는 시도였다.

라이가 생각하기에 그들은 단순히 두려움이 많은 사람들이었다. 그리고 그가 보기에 두려움은 인격적 결함이 아니라 인간적 본성의 문제였다. 라이는 그들이 아주 오랫동안 한 세계를 지켜왔다는 점을 지적했다. 71년에 달하는 긴 세월 동안 그들의 지상 과제는 애로우를 수호하는 것이었다. 롱 슬립 베이에 토막으로 보관된 육체들이 언제 깨어날지 모를 장부상의 인구에 불과한 동안, 그들은 우주를 떠다니는 폐쇄된 세상에서 긴 시간을 버텼다. 횟수가 제한된 단기 인공동면에 교대로 들었다 일어나도 도착의 가망은 여전히 먼 미래에 고정된 상태로.

보안법에 따라 연명과 생식이 엄격하게 규제되는 우주선 안에서 노화와 질병으로 사망한 이들은 내전으로 죽은 이들보다 숫자는 작았어도 결코 적다고는 할 수 없었다. 보급 제한, 사망보다 적은 출생 그리고 인체의 한계선까지 시도된 단기 인공동면. 우주선의 폐쇄 순환 시스템을 유지하는 수식은 늘 위태로워 보였다. 마이너스와 플러스를 상쇄하는 것, 균형을 맞추는 것, 현상 유지에 몰두하는 것. 그것이 우주선과 동화된 사람들이 종사한 위대한 과업이었다.

그러던 어느 날 아침, 그 긴 시간을 마치 없던 것처럼 건너뛰어 '부활'한 3800명이 사방을 활보하기 시작했다. 그들의 눈에 우리는 그들이 지켜온 세계에 침입한 이방인 또는 애로우의 항상성을 깨뜨리는 불안으로 비칠지도 모른다.

'불합리한 반응이지. 그러나 아인, 내 경험에 의하면 말이다. 그런 비이성이 바로 우리 인간 본능에 뿌리내리고 있단다.' 적어도 라이의 설명은 그랬다. 그때도 나는 그런 건 라이 같은 사람이나 수용할 수 있는 고상한 세계관이라고 생각했다.

브리핑이 끝나고 베이스에 도착하기까지 짧은 휴식이 주어졌다. 사람들은 헬멧 쓴 머리를 뒤로 기대 눈을 감거나, 태블릿에 담긴 자료를 재검토하거나, 페이스 실드를 불투명하게 전환하고 프라이빗 통신을 열어 대화하는 등 나름대로 그 시간을 활용했다.

나도 뻑뻑한 눈을 감고 생각에 잠겼다. 단장과 부단장을 제외한 애로우 측 실무 협의단 스물한 명 중 열일곱 명은 자원 순환 관리, 환경 제어, 보안 등 의회 직속 각 분과위원회에서 차출된 소위원, 나머지 네 명은 컨트롤 스테이션에 속해 분과위원회가 지시한 과업을 수행하는 기술 부관들이다. 후발대가 배출한 유일한 프랑켄 대의원 리안밍이 제외되면서, 나를 뺀 애로우 측 협의단 전원이 선발대 출신 내추럴로 꾸려진 상태였다. 이 노골적인 인선에 반영된 의회의 의중을 가늠할수록 답답한 기분이 더해졌다. 어쨌든 지한의 태도, 아니 지한의 존재 자체만 보더라도 이번 협의는 애로우의 요구에 베이스가 순응할 때까지 쥐어짜는 식으로 흘러갈 공산이 컸다.

'과학과 기술의 한계를 벗어나는 모든 일이 인간의 일이란다.' 살아남은 후발대가 베이스 재건을 위해 다시 떠나던 날, 라이는 말했었다. '무너져도 다시 짓겠다고 마음먹는 일, 희망을 잃지 않는 일. 내가 보기엔 그게 여기서 우리가 할 수 있는 일의 전부 같구나.'

새파란 하늘 아래서 호버크라프트는 고원을 미끄러지듯 나아갔다. 40만 년 이상 침식된 지형에는 굴곡이랄 것이 거의 없었다. 평탄한 땅에 납작 엎드린 베이스 건물들이 전방에 신기

루처럼 아른거렸다. 이제 오른쪽 먼 시야까지 물러난 애로우는 끝이 부러진 화살처럼 짧고 가늘어 보였다.

타이드의 두 인공 세계 사이에는 은회색 엽상 지의류를 부분적으로 얇게 덮어쓴 적갈색 대지가 펼쳐져 있다. 가까이서 보면 자글자글한 잎 주름을 따라 형광 연두색이 감도는 저 보드라운 외계 공생체에 애로우의 식물학자들은 '실버브레스(Silverbreath)'라는 이름을 붙여주었다. 그들은 이 서정적인 외양을 띤 계절 지표 생물이 극미량의 산소와 함께 인체 말초신경계를 치명적으로 파괴하는 대사물질을 뿜어낸다는 사실을 알아냈다.

지금까지 우리가 타이드에서 발견한 유일한 생명체도 그처럼 인간에게 적대적이었다. 마치 수십만 년 동안 그가 토착해왔던 이 행성처럼, 인간의 존재조차 모르던 그 긴 시간 내내. '그것참, 아주 인간 중심적인 견해구나.' 라이가 들었다면 못마땅하다는 듯 이마를 긁으며 한마디했을 법한 생각이다.

"단장님, 곧 베이스에 도착합니다. 하실 말씀은?"

헬멧을 파고든 지한의 목소리에 놀라 고개를 들었더니, 협의단 전원이 나를 바라보고 있었다.

"도착하는 대로 협의가 시작될 예정이니 준비해주십시오. 이번 협의가 애로우 전체의 이익을 위하는 방향으로 마무리될 수 있도록, 맡은 바에 최선을 다해주시기 바랍니다."

나는 발언을 마치고 입술을 깨물었다. 무심코 의장의 말을 반복했다는 걸 깨달았기 때문이다.

버석한 입술을 잘근거리며 방향 전환에 대비해 좌석 벨트를 조이던 중 시선이 느껴졌다. 제이드였다. 그는 고개를 돌린 나와 눈이 마주치자 연회색 눈을 찡긋 감아 보였다. 한쪽 입꼬리가 딸려 올라갈 만큼 커다란 윙크였다.

그의 윙크와 동시에 급감속하여 120도 회전한 호버크라프트가 철컥 소리를 내며 에어로크에 결착했다. 베이스 메인게이트에 도착한 것이다.

베이스가 가동 중인 환경 제어 시스템의 폐쇄도는 완전 폐쇄형인 우주선보다 낮다. 외부 환경으로부터의 자립도가 애로우보다 떨어진다는 뜻이다. 예를 들어, 베이스를 순환하는 공기에는 화학 필터로 유독 성분을 거르고 정화한 다음 적정량의 산소와 질소를 혼합해 조성한 타이드의 대기가 일부 포함돼 있다. 그렇게 재처리된 공기를 들이마시면 애로우에서와 달리 폐를 움켜잡힌 듯 갑갑한 느낌이 드는 것이 정상이다.

메인게이트 인근 대기실로 안내된 애로우 측 협의단은 먼저 그 짓눌리는 듯한 호흡에 적응해야 했다. 애로우 선내에서보다 더 강렬하게 느껴지는 여름 열기는 그다음 문제였다.

길어지는 대기 시간에 지쳐갈 무렵, 경첩이 붉게 부식된 해치가 열렸다. 들어온 것은 박박 깎은 머리와 건장한 체격이 인상적인 남자였다. 대충 걸친 민소매 상의를 통해 기계인 두 팔과 어깨를 맞붙인 검붉은 자국이 훤히 들여다보였다.

"이번 폭풍으로 기지가 입은 피해 조사가 예상보다 늦어지는 탓에, 협의는 내일 09시를 기해 시작하고자 합니다. 양해 부탁드립니다. 여러분께서는 기지 내에서 자유롭게 휴식을 취하시되, 지도에 별색 표시된 구역에는 출입을 금해주십시오. 현재 폭풍으로 기능이 정지된 구역입니다. 각자 배정받은 개인실도 지도에 표시되어 있습니다. 이상입니다."

할 말을 마친 남자는 우리가 지참한 태블릿에 베이스 지도를 전송해준 다음, 들어왔을 때와 마찬가지로 인사 없이 나가버렸다.

"아니, 통신 됐다 뭐 해? 이럴 거면 내일 출발했지. 여기서 꼼짝없이 하루를 버리게 생겼잖아."

진땀에 속옷까지 젖은 사람들이 불만을 터뜨리자 지한이 일어나 데스크에 두 손을 짚고 몸을 앞으로 기울였다. 뜻밖에도 유들유들하게 웃는 얼굴이었다.

"자, 베이스가 이렇게 일정을 끌고 늘어질 줄 몰랐던 것도 아니지 않습니까."

삽시간에 입을 다문 협의단원들의 눈이 일제히 내게 쏠렸다. 지한이 방금 내 얼굴에 침을 뱉은 것이나 다름없으니, 내 반응이 궁금한 것이다.

"부단장님, 지금 베이스가 우릴 일부러 굴리고 있다는 뜻으로 말씀하신 겁니까?"

라이와 달리 요령이 없는 나는 정면에서 들이받기로 했다.

"일부러 질질 끄는 게 아니라면 우리가 도착하기 전에 완료했어야 할 일도 다 못 할 만큼 베이스가 무능하다는 뜻이 될 텐데, 단장님의 고매한 의견은 어떠십니까?"

내 고매한 의견은, 당장 저 재수 없는 얼굴을 한 대 치고 싶다는 것이었다.

대신 나는 자리에서 조용히 일어났다. 피로와 흥미가 뒤섞인 사람들의 눈을 마주 보았다. 여기서 지한의 의도대로 이 사람들이 베이스에 반감을 품게 내버려둘 수는 없었다. 그건 후발대 커맨더인 내가 애로우 측 협의단 단장을 역임해온 가장 큰 이유이기도 했다. 양측 상황을 왜곡 없이 전하고 조율하려면 중간자 역할을 수행하는 나 같은 존재가 필요했다.

"여러분도 아시겠지만, 이번 폭풍으로 베이스가 입은 피해는 심각합니다. 기계 신체 중대 손상으로 애로우 일시 귀환과 고도 정비를 요청한 프랑켄만 1300여 명에 수경 재배원 3개소와 기간 정수 시설, 유기화학 물질 재처리 시설, 정비고와 창고 40여 개소가 파괴돼 기지 내 보급에 큰 차질이 빚어졌어요. 정밀 장비를 사용하는 연구소 7개소는 연구 수행 불능 상태에 빠졌고요. 애로우를 출발하기 전 제가 받은 임시 보고서에 기재된 주요 피해 사항만 그 정도인데 보완 조사에 시간이 더 필요하다는 건 충분히……."

"아참, 후발대 커맨더 한 분도 이번 폭풍으로 사망하셨다죠."

지한이 불쾌하게 높은 목소리로 내 설명을 싹둑 잘랐다. 그 자리에서 그를 한 대 치지 않으려면 주먹을 꽉 쥐어야 했다.

"네, 그렇습니다."

"허, 유감입니다. 그렇다면 베이스 인원들이 여태껏 허둥대고 있는 것도 이해가 가긴 합니다, 사람으로 따지면 머리를 잃은 셈이니."

지한은 무엇이 유감이라는 걸까? 라이가 사망하는 바람에 내가 후발대의 유일한 '머리'로 등극했다는 것? 죽어 없어진 후발대 커맨더가 안타깝게도 내가 아니라는 것? 뭐가 됐든 라이의 죽음에 유감을 표한 것만은 아니라는 걸 확신할 수 있었다.

소모적인 신경전이 더 이어지기 전에 기술위원회 소속 소의원인 미리내가 일단 휴식을 취하자며 눈치껏 자리를 정리하고 나섰다.

사람들이 떠난 다음 마지막으로 일어선 지한이 해치 앞에서 걸음을 멈췄다. 그는 대기실 바깥 복도가 텅 비기를 기다렸다가 고개를 돌려 나를 보았다.

"당신이 여기 온 이유를 똑바로 알아두시길 바랍니다. 후발대 커맨더든 협의단장이든, 직위가 뭐든 간에 당신은 애로우에 헌신을 맹세한 몸입니다. 당신은 애로우의 미래를 위해, 애로우의 총의를 대표해 여기 왔습니다."

아까까지의 유들거리던 태도는 온데간데없었다. 열린 해치 앞에 서서 나를 노려보고 있는 것은 애로우를 신처럼 숭배하는 한 대의원이었다.

"본분을 잊지 말라는 말입니다. 애로우를 위해 존재하는 몸이에요, 당신은. 프랑켄을 위해서가 아니라. 아시겠습니까?"

"지한, 당신은 마치 우리 2084명 프랑켄은 애로우의 성원이 아니라는 것처럼 말씀하시는군요."

지한은 대꾸하지 않았다.

대신 그를 지나쳐 복도로 나갈 때, 지한이 작게 뇌까리는 소리가 들렸다. "당신을 후발대 커맨더로 임명하신 의장님의 뜻을 도저히 이해할 수 없군. 이것도 일종의 업보라 쳐야 할까." 그의 얼굴은 가면을 쓴 것처럼 무표정했고, 나는 그와 말을 더 섞고 싶지 않았다.

타이드의 두 번째 베이스는 지표 아래 재건되었다. 폭풍의 피해를 최소화하기 위해서다. 다만 편의상 '아래'라고는 하지만, 고원의 얇은 표토 아래 펼쳐진 암반층이 굴착 드릴로 뚫지 못할 만큼 단단했던 탓에 건물들은 절반 정도만 지하로 내려갈 수 있었다. 완전한 지하 기지도, 그렇다고 지상 기지도 아닌 애매한 형태로 대지에 반쯤 파고든 타원형의 단출한 인공 세계. 그것이 첫 번째 베이스가 남긴 폐허에 장비와 인력을 한계치에 가깝게 다시 쏟아부어 얻어낸 최선의 결과였다.

플렉시글라스로 만든 작은 돔을 씌웠던 첫 번째 베이스에 비하면, 지금의 베이스는 백 년쯤 뒤처진 문명이 건설한 듯 초라한 모습이다. 이제 이곳에 돔을 일부라도 씌우려면 우주선에 남은 플렉시글라스를 뜯어 와 재가공하는 수밖에 남지 않았다.

베이스 재료공학 연구소의 최근 연구에 따르면 타이드 암반층에서 추출한 광물질을 혼합해 폭풍을 견딜 수 있는 강도로 플렉시글라스를 강화할 방안을 발견한 것 같았지만, 확신할 수는 없었다. 확실한 결론을 내기 전에 실험 재료가 바닥났기 때문이다.

물론 애로우는, 정확히 집어내자면 애로우 기술위원회는 베이스가 제출한 불확실한 가정에 의존해 우주선의 플렉시글라스를 뜯어내는 걸 반대하고 있다. 애로우는 플렉시글라스 일부를 항성 에너지를 변환하는 솔라 패널로 활용하고 있는데, 이걸 뜯어낸다는 말은 곧 애로우 몫의 에너지가 줄어든다는 말이다. 변환율이 낮은 솔라 패널의 에너지 생산량은 제1엔진과 제2엔진에 비해 보면 매우 적었지만, 애로우는 아무리 적은 에너지라도 포기할 생각이 없었다.

사실 애로우는 어떤 위험도 감수하고 싶지 않아 했다. 그것이 또 실패할 확률이 높은 시도를 위해서라면 더더욱.

물리적으로는 베이스가 재건되었다고 할 수 있을지도 모르겠다. 그러나 타이드 테라포밍 계획의 2단계, 즉 '임시 기지 건설 및 안정화'를 완수하기는 아직 요원하다. 수용 인원을 9천 명에서 4천 명으로 줄인 작은 기지인데도, 안정화에 필요한 자원과 인력은 터무니없이 부족했다.

베이스를 안정시켜 위험 부담을 최소화한 다음에야 이주를 승인하겠다는 의회의 꿈을 이뤄주려면 애로우 두 대가 더 와야 한다는 게 여기서 널리 통용되는 농담이다. 아니면 최소한 착륙이라도 예쁘게 완수한, 지구를 막 떠났을 때처럼 반짝반짝한 애로우 한 대가 있었어야 한다든가.

일렬로 늘어선 둥근 천창에서 햇빛 줄기가 유도등처럼 떨어졌다. 바닥에 박힌 눈부신 점들을 바라보다 눈을 돌리면, 지하 건물 특유의 어스름을 배경으로 붉은 잔상이 어른거렸다.

나는 회색 벽에 암청색 도료로 칠해진 숫자가 커지는 방향으로 걸음을 옮겼다. 타이드에서 채취한 골재를 활용한 콘크리트 입면을 따라 투박한 해치와 에어로크가 이어진 복도에서 합성 절삭유와 윤활유 냄새가 물씬 풍겼다. 메인게이트 양옆으로 늘어선 격납고에 인접한 복도였다. 농밀한 합성유 냄새에 음지 특유의 습기가 더해진 공기는 눅눅하고 끈끈했다.

외부와 면한 바깥 복도에서 안쪽으로 모퉁이를 돌자 중앙 온실이 나타났다. 두꺼운 금속 프로텍터를 개방해 햇빛을 끌어들인 유리 천장 위로 새파란 하늘이 비쳤다. 아직 수경재배용 배지를 벗어나지 못한 식물들이 5미터 높이의 천장 중심부까지 빼곡한 선반을 따라 가지와 잎을 늘어뜨리고 있었다. 연구원 몇 명이 조용히 배지 사이를 지나다녔는데, 손에는 식물에서 채취한 샘플과 온습도계, 방사능 측정기가 들려 있었다.

좌우로 갈라지며 중앙 온실을 지그재그로 가로지르는 통로를 빠져나가자 회색 벽에 1000번대 숫자가 나타났다. 개인실이 배치된 베이스의 북서쪽 생활 구역이었다.

내 기억에 의하면 화신의 방은 1404호였다. 생활 구역은 대부분 폭풍의 피해를 면했다고 들었는데, 그사이 인원 재배치가 일어날 만한 다른 사고가 없었길 바라며 나는 1404라는 하얀 숫자가 적힌 검은 해치를 찾았다. 이 시간이면 화신도 일과 중일 테니 빈방에 메시지를 남길 작정이었다. 듣는 귀가 많은 곳에서 꺼내기 어려운 화제였기 때문에, 가능하면 한적한 때와 장소를 골라 화신을 만나고 싶었다.

그래서 마치 기다리고 있었다는 듯 해치가 열렸을 때는 흠칫 놀랄 수밖에 없었다.

"역시 나를 찾아왔구나."

"너, 왜 여기 있어?"

자기 방에 왜 있냐니, 멍청한 질문이라는 건 나도 알았다. 하지만 격무에 시달리고 있을 1급 머신 엔지니어가 이 시간에 개인실에서 혼자 쉬고 있을 이유가 생각나지 않았다.

화신은 대답 대신 내 팔을 잡아당겨 방 안에 넣고 문밖을 살폈다. 복도에 다른 사람이 없는지 확인하는 눈치였다.

격자형 빔 구조 천장 아래 책상, 의자, 침상, 캐비닛으로 꽉 찬 작은 방. 책상 위에는 각종 설계도와 머신 블루프린트, 얼핏

봐도 수십 권에 달하는 재생지 노트 따위가 어지럽게 쌓여 있었다.

"어디 아파?"

애로우 개인실 설계를 그대로 재탕한 살풍경을 둘러보며 묻는데 등 뒤에서 화신이 침상에 덜컥 앉았다. 돌아보지 않고도 본능적으로 알 수 있었다. 그건 분명히 망가진 기계의 움직임이었다.

"보시다시피, 이 꼴이라."

화신이 자기 몸을 가리켜 보이려다가 걸리적거린다는 듯 헐렁한 상의를 벗어 던졌다. 커다란 상반신에서 가장 먼저 보인 것은 기계인 왼팔과 연결된 어깻죽지. 거기부터 가슴 부근까지의 살갗이 전부 시커멓게 죽어 있었다. 타이드 대기에 산화된 금속 신체 부위와의 마찰로 피부가 변성한 듯했는데, 이는 베이스 상주 프랑켄들이 흔히 겪는 문제였다.

그러나 화신이 직접 가리킨 곳은 변성된 어깨가 아니라 허리였다. 나는 가까이 다가가 그의 허리와 하반신을 살펴보았다. 표면에 미네랄 얼룩이 선명한 금속판과 이어진 피부는 짓물렀지만, 유연하게 움직이는 근육 잡힌 복부 그리고 노출된 기계 다리에 심각한 외상은 없어 보였다. 하지만 화신이 침상에 앉던 움직임…… 다른 신체 부위와의 협응에서 두세 박자씩 기동이 늦어 결과적으로 부자연스럽게 된 움직임과 화신이 가리킨 허리를 나란히 두고 생각하면, 답은 간단히 나왔다.

"신경 접속 문제구나. 어쩌다 이런 부상을 입었어?"

내 질문에 화신은 어디서부터 설명해야 할지 가늠하듯 왼손의 주먹을 두어 번 쥐었다 폈다.

"어쩌다 그랬더라⋯⋯. 음, 이번 폭풍이 소멸하기 직전에. 어젯밤에 일어난 사고야. A23번 격납고 문이 압력을 견디지 못하고 우그러졌지. 폭풍을 대비해 보강한 문인데도 뜯어지는 바람에⋯⋯. 강철이 늘 모자랐으니 합금 비율에 펑크가 난 건지도 모르겠군. 하여튼 거기엔 4세대 중력 적응형 굴착기나 다목적 지반 개조 머신, 베이스에서 개량 중인 대기 성분 조정기 프로토타입 같은 것들이 줄줄이 늘어서 있어. 행성 환경 조성 목적의 그런 테라(terra)급 대형 머신들은 파이어니어스 컨소시엄이 지구의 대륙을 채굴했을 때나 펑펑 만들어냈지, 여기선 택도 없어. 지난여름에 이미 절반 가까이 잃은 판에 A23번마저 날아간다면 테라포밍 자체가 200년쯤 늦춰질 거라고. 당연히 눈이 시뻘게진 엔지니어들이 튀어 들어갈 수밖에."

그게 다라는 듯 어깨를 으쓱한 화신이 나를 바라보았다. '더 설명해야 해?' 그의 눈이 그렇게 묻는 듯해서 나는 고개를 끄덕였다.

"음⋯⋯. 정신 차려 보니 벽과 드릴 사이에 끼어 있었어. 들어보니까 굴착기에서 드릴이 떨어졌다는데. 허벅지부터 아래는 뭉개졌고, 거기서 멈췄어. 조금 더 올라왔으면 내장이 곤죽이 될 뻔했지. 운이 좋았다고 해야 하나."

자세히 살펴보니 그의 말대로 양다리에 종이처럼 구겨졌던 프레임을 다시 펴거나, 기계 신체용 장갑과는 합금 비율도 두께도 다른 금속판을 잘라 임시로 덧댄 흔적이 있었다. 가동 관절의 커넥터와 어댑터는 아예 다른 규격의 부품을 억지로 쑤셔 넣어 연결한 것처럼 보였다.

"베이스에서 이 정도까지 복구할 수 있었던 건 행운이었네."

"프레임 복구와 배선까진 됐어. 그런데 척추 소켓이 틀어졌는지 중추신경 접속은 불량이 떴고. 뉴로코드 링커 머신과 링커링 엔지니어는 저쪽에만 있으니 급히 고도 정비 귀환 신청서를 썼지."

우연히 주어진 화제를 소진하자 어색한 침묵이 감돌았다.

나는 주위를 두리번거리다 방에 하나뿐인 의자를 끌어와 화신과 마주 보고 앉았다. 묻고 싶은 것이 많았는데, 막상 그를 마주하니 입이 좀처럼 떨어지지 않았다.

문득 초조해졌다. 무심코 입술을 잘근잘근 씹었다. 이렇게 가까이서 화신과 마주 앉는 것 자체가 글로스가 죽은 후 처음 있는 일이었다. 그 사실을 자각하고 나자 무슨 이야기부터 꺼내야 좋을지 더욱 모르게 되었다. 머릿속이 복잡했다.

침묵을 먼저 깬 것은 화신이었다.

"아인, 나를 왜 찾아왔어?"

"라이의 죽음을 이해하고 싶어서."

내 대답을 들은 화신은 한숨을 쉬었다. "그럴 줄 알았어." 그는 혼잣말처럼 중얼거리며 이마에 쏟아진 검은 곱슬머리를 쓸어 넘겼다.

"보고서는 읽었겠지."

"물론 읽었어."

라이가 휘말린 사고의 경위서와 보고서를 작성해 애로우로 보낸 사람은 다름 아닌 화신이었다. 1급 머신 엔지니어 겸 베이스 커맨더 직무 대리로서, 화신이 당시 베이스 컨트롤 스테이션의 임시 지휘권을 가지고 있었기 때문이다.

"타이드력 519일 10시경, 강우에 붕괴한 토사가 덮쳐 생물연구실험동을 매몰시켰다. 소개 완료 구역이라 인명 피해는 없었다. 그러나 생물연구실험동에 접한 유해 대기 성분 여과 시설, 에어 시브(Air Sieve)의 외벽 추가 붕괴가 우려되었다. 타이드 대기 유입량의 32퍼센트를 정화하여 기지에 순환시키는 해당 시설은 베이스 환경 제어 시스템 등급상 1급 중요 시설에 해당했다. 보강을 위해 긴급 정비 인원 총 42명 투입. 전원 헤비 슈트 착용 상태로 폭풍 진행 중 외벽 보강 작업 완료. 여기까진 문제가 없었어."

나는 몇 번이나 읽어 머릿속에 새겨진 내용을 되짚었다.

"정비팀이 철수하기 직전, 사고가 발생했어. 에어 시브 부속 탱크실이 뚫린 거야. 내부가 여덟 개 구획으로 나뉜 비상용 에어탱크는 당시 가동 대기 상태였지만, 안에 가스가 충전돼 있어 충격 시 폭발 우려가 있었지. 그래서 긴급 정비팀이 상황을 확인하고 현장에서 추가 보강을 결정했어. 하지만 그들이 탱크실로 진입했을 땐 이미 외벽에 생긴 균열을 통해 바깥에 축적돼 있던 토사와 빗물이 좁은 실내로 밀려들고 있었어. 선두에 서 있던 일곱 명이 진흙탕에 휘말려 시야에서 사라졌고, 라이는 대피를 명령한 다음 일곱 명 중 가장 가까웠던 대원의 팔을 붙잡았지만 함께 진흙탕에 빨려들고 말았어. 범람한 토사가 탱크실을 메우고 복도로 넘치기 직전 폐문 완료. 결과 여덟 명 사망, 열세 명 부상, 스물한 명 무사 귀환."

"탱크실을 폐쇄한 건 라이야. 그가 폐문 레버에 가장 가까이 있었어. 레버를 내린 다음, 문이 내려오는 사이로 손에 잡힌 한 명을 끌고 나갈 생각이었겠지."

화신이 빠진 정보를 보충해주었다. 그러면 내 의문이 해소될 거라고 믿는 듯했다. 하지만 나는 라이가 어떻게 죽었는지 궁금한 것이 아니었다.

"화신, 라이는 왜 죽었어?"

내 질문에 화신이 고개를 들었다.

"'왜' 죽었냐고? 무슨 말이 하고 싶은 거야?"

"라이는 거기서 죽을 이유가 없었어. 라이는, 후발대 커맨더는 반드시 베이스 컨트롤 스테이션에 있었어야 했어. 애로우 컨트롤 스테이션과 베이스 컨트롤 스테이션에 각자 배석한 커맨더 상호 간의 즉시 보고, 소통, 지휘 공조 체계 유지. 만일 애로우와 통신이 어렵다면 반드시 대기하며 상황에 대응한다.

그게 원칙이야. 라이는 베이스에서 일어나는 모든 상황에 대한 대응을 결정하는 커맨더라고. 긴급 정비를 결정하고, 긴급 정비팀을 조직하고, 파견하고, 그들의 보고를 받고, 그 보고를 취합해 애로우에 보고한다. 그게 커맨더의 임무야.

그런데 라이가 컨트롤 스테이션을 스스로 비웠다고? 갑자기 직무 대리인 널 불러 임시 지휘권을 넘긴 다음 직접 긴급 정비팀을 끌고 거기에 내려갔다고? 화신, 나는 이해가 안 돼. 라이가 거기 제 발로 들어갈 이유가 없잖아."

화신의 눈에 이상한 섬광이 번득였다. 그의 내면을 떠돌던 번개가 순간 어두운 홍채를 갈가리 찢고 빠져나온 듯했다. 그 섬뜩한 빛을 분노의 징후로 인식하는 데는 몇 초가 더 소요되었다.

화신은 분노하고 있었다. 그것도 격렬하게. 왜? 나는 그의 분노에 아연해지는 스스로를 깨달았다. 분노라고? 지금 분노해 마땅한 사람이 누군데?

"라이는 거기 있어선 안 됐어. 거기서 그렇게 죽을 사람이 아니었어."

베이스는, 화신은, 왜 라이가 커맨더의 자리에서 이탈하도록 방치했단 말인가? 왜 라이가 예정에 없던 장소에서 예정에 없던 죽음을 맞도록 내버려두었단 말인가? 분노해야 할 사람은 화신이 아니라 나였다.

싸늘한 정적이 이어졌다. 복도를 울리는 발소리가 들렸다.

가까워지는 건지 멀어지는 건지 분간하기 힘들 정도로 작은 소리였다.

"아무도 거기 있어선 안 됐어, 아인. 그러나 모두 거기 있었지."

한참 후 돌아온 화신의 목소리는 차갑게 식어 있었다. 이목구비가 뚜렷한 그의 얼굴이 도감에 기록된 멸종 생물 표본처럼 무감해 보였다.

화신이야말로 무슨 말이 하고 싶은 걸까? 왠지 그가 이번 사태에 국한해서 말하고 있지 않다는 직감이 들었다. '지금까지 베이스에서 죽었던 그 누구도 거기 있어선 안 됐어. 거기 있어야만 했던 사람 따윈 없었어. 그러나 그들은 다 거기서 죽어버렸지.' 나는 머릿속에서 그가 누락시켰을 법한 빈칸을 찾아 부지런히 메웠다.

"그 애도 거기 있어선 안 됐고."

기계처럼 돌아가던 머릿속이 뚝 멈췄다.

화신이 말한 '그 애'가 누군지 추측할 필요는 없었다. 글로스였다.

글로스는 내게 화신과의 이야기를 들려준 적이 있다. 첫 번째 베이스에서의 일이다. 연구원 생활 구역 완공 예정일까지는 일주일이 더 남았는데, 글로스는 임시 배정받은 6인실에 이미 진력이 날 대로 났을 때였다.

나는 베이스에도 개인실을 가지고 있었다. 하지만 애로우에 상주하는 만큼 내 방은 대개 비어 있는 형편이었다. 그래서 베이스에 왔다가 오랜만에 마주친 글로스에게 임시로 방을 같이 쓰겠냐고 물어보았더니, 뛸 듯이 기뻐하며 그 자리에서 짐을 옮겨버렸다.

그날 밤 소등 사이렌이 빛났을 때, 우린 세척한 슈트를 말릴 때처럼 침상에 나란히 누워 있었다. 자리가 좁은 탓에 글로스는 내 오른팔을 거의 깔다시피 누워야 했다. 그의 긴 머리카락이 내 목과 기계 신체의 접합부를 간질이는 통에 몸을 들썩일 때마다 내 팔에 반쯤 얹힌 글로스의 몸도 조금씩 들썩거렸다.

"있잖아, 아인. 모처럼 만났기도 하고, 또 날 일주일이나 재워주는 은혜도 갚아야겠으니까, 오늘은 내가 재미있는 이야기를 하나 해줄게."

마침내 일인용 침상에 두 사람이 포개져 자기에 그럭저럭 편한 자세를 찾았을 때, 글로스가 선심 쓴다는 듯 뽐내는 목소리로 운을 떼고는 킥킥 웃었다.

"무슨 얘긴데?"

"나와 화신이 어떻게 여기 오게 됐는지에 관한 이야기. 어때, 궁금하지? 이건 보안이 허술한 통신으론 절대 들려줄 수 없는 비밀인데."

"일주일 숙박료로 그런 얘길 들을 수 있다면 연구원 생활 구역이 영원히 완성되지 않아도 괜찮을 것 같아. 네가 내 침대를 차지해. 난 바닥에서 잘게. 영원히."

"아니……. 그 정도 재미는 없을 거야."

그렇게 시작된 글로스의 이야기는 애로우가 지구를 떠났을 무렵까지 거슬러 올라갔다.

대륙을 장악한 신성(神性) 근본주의 제국이 연합국가에 최후의 성전(聖戰)을 선포하고 파이어니어스 컨소시엄에 기습적인 네메시스 미사일 포격을 감행했을 때, 당시 700만 명에 달하던 본사 관련자 중 애로우에 승선할 수 있었던 건 단 2만여 명뿐이었다. 애로우에 타지 못한 나머지 사람들은 본사가 소재했던 반도와 함께 섬광과 굉음 속에서 재가 되었다. 지구의 절반을 휘감은 불기둥 속에서 연합국가가 주춧돌 하나, 뼈 한 조각 남기지 못하고 그 잿더미에 고스란히 더해진 것은 그로부터 18일 후의 일이었다.

그때 글로스와 화신은 파이어니어스 컨소시엄 산하 고등교육기관을 졸업한 지 4개월이 지나던 참이었다. 대양 너머에서 핵미사일 편대가 발사되기 직전 승선한 그들은 얼마 지나지 않아 E 섹터로 분류되었다. 아카데미에서 생명공학, 기계공학, 재료공학 따위의 공학계열 고등교육을 수료한 이들을 주로 모아둔 곳이었다.

"지구를 떠나고 사오 년쯤은 괜찮았어. 난 재밌었거든, 우주선에서 사는 거. 나한텐 지구에서의 하루나 우주선에서의 하루나 생각보다 큰 변화가 없기도 했고. 우주를 떠도는 배 안에서 지질학을 써먹을 일은 솔직히 별로 없었지만, 인공 토양 연구도 해보니까 꽤 적성에 맞지 뭐야. 대온실 안에선 폐쇄 생태계 연구가 제일 잘나가긴 했어. 연구소도 크고, 연구원도 많고, 보급도 잘 받았고. 그에 비하면 우리 연구소는 온실 구석에 더부살이하며 잡무나 담당하는 신세였지. 그래도 난 좋았어. 온실에 있으면 유리 너머 복잡한 세상사와도 거리를 둘 수 있었거든."

글로스도 라이처럼 과거의 특정 부분을 떠올릴 때 말을 흐리거나 화제를 돌리는 습관이 있었다. 학자 출신인 두 사람 모두 밝고 긍정적인 천성의 이면에 인간 사이의 동물적 갈등을 혹은 이론과 현실 사이의 괴리를 버거워하는 천성을 쌍으로 지녔기 때문이라고 나는 생각했다.

"어느 날 화신이 와서 후발대에 자원하겠다고 말했어. 답지 않게 멋있는 말을 해서, 그게 놀라웠던 기억이 나. 걔는 도약할 거라고 했어. 애로우에선 자기가 할 수 있는 일이 없다고, 그러니 가능성이 남은 곳으로 도약하겠다고. 이렇게 앞뒤가 막힌 세계에서 생을 낭비하고 싶진 않다고, 그런 말을 하더라."

"그건 놀랍네. 확실히, 좀……."

내가 적당한 표현을 찾느라 말을 더듬자, 글로스가 킥킥 웃으며 팔을 뻗어 내 가슴을 팡 쳤다.

"난 걔가 뒤늦은 사춘긴가 했다고! 무슨 낯 뜨거운 패기람. 그때 걔가 나한테도 같이 가자고 했는데, 난 됐다고 했어. 무서

웠거든. 캡슐에서 덜컥 죽어버리면, 그걸로 끝이잖아."

그로부터 3개월 후, 화신은 롱 슬립 베이에 들어갔다.

1년이 더 흐르고 글로스는 후발대에 자원했다. 화신이 떠나자 어쩐지 사는 게 심심하고 만사가 시들해졌다는 것이 이유였다. 그러나 첫 번째 시도는 거절당했다고 했다.

"여기에 조그만 문제가 있다고 들었어. 화신한텐 절대 말하지 마, 갠 아직 모르니까."

그렇게 말하며 그는 집게손가락으로 관자놀이를 톡톡 두드렸다. 정확한 병명은 말해주지 않았지만, 그 '조그만 문제'가 기계 신체 연구소가 지정한 후발대 지원 결격 사유에 해당했다고는 설명해주었다.

"1년을 더 보내면서 나도 나름 치열하게 고민했지. 처치한 답시고 머리를 열면 결격 사유가 늘어나는 귀찮은 문제였거든. 그런데 다시 지원했을 때 입 싹 다물고 받아주더라. 그사이 보급 상황이 눈에 띄게 악화되기도 했고, 연구소가 장기 인공동면에 들어간 온전한 인체 데이터를 원한다는 소문도 파다했고. 또 그때쯤엔, 세상이 점점 더 불안하게 느껴지기도 해서……."

'그때쯤'은 내전기 초입으로, 우주선을 지구로 돌리자는 귀환파와 새로운 행성 개척에 명운을 건 전진파 사이의 전면전이 발발하기 거의 직전에 해당했다.

글로스는 기계 신체 변환을 선택하지 않고 캡슐에 들어갔다. 그의 '조그만 문제'와 얽혀 있는 면역 체계 이상 때문에 기계 신체 연결 불가 판정을 받은 후여서 다른 선택지가 없었다고 했다.

"내가 무슨 신념이 있어서 타고난 몸 그대로 롱 슬립에 들어갔다고 오해하는 사람들이 있던데, 그런 거 아니야. 난 평범한 겁쟁이인걸. 뭘 해도 외로움이 가시질 않아서 에잇, 이럴 바엔 차라리, 하고 따라온 거야. 다른 건 안중에도 없었어. 그냥 뭘 하든 그 애랑 가까운 데서 하는 게 낫겠다 싶어서 그 앨 따라왔어. 그 애가 날 따라오는 대신 내가 그 앨 따라온 건 이게 처음이자 마지막일걸. 어때, 흔한 얘기지?"

"알다시피 내 처지에 단언하긴 어려워도 흔한 얘긴 아닌 것 같은데."

"있잖아, 이건 진짜 비밀인데. 사실 나, 알몸으로 캡슐에 눕는 마지막 순간까지도 너무 무서워서 그만둘까 엄청나게 고민했어. 약간 어영부영하다가 나갈 타이밍을 놓치는 듯한 느낌으로 동면에 들어갔달까? 그러고 눈 떠 보니 타이드에 도착해 있더라. 무려 64년을 뛰어넘어서. 화신이 날 보고 반기진 못할망정 버럭버럭 소리를 질러대는 바람에 일어나자마자 빈정이 팍 상하긴 했어도, 그 애 얼굴을 다시 보니 그냥, 다 됐다는 생각이 들었어. 그 애가 있는 곳으로 오길 잘했다는 생각이."

그리고 글로스는 오늘 털어놓은 비밀의 그 어떤 부분도 화신에게 발설하지 말라며 신신당부를 했다. 기고만장해진 얼굴을 상상하기도 싫다는 것이었다.

나는 절대 말하지 않겠다고 맹세했지만, 사실은 말할 필요도 없으리라고 생각했다. 글로스가 목숨을 걸고 자신을 만나러 왔다는 사실을 화신은 누구보다도 잘 알고 있을 것이었다. 다시 만난 글로스의 얼굴에 모든 진실이 쓰여 있었을 테니까.

"라이의 죽음을 이해하고 싶다고."

화신의 가라앉은 목소리가 기억 속에 떠돌던 나를 현실로 끌어냈다.

"경험자로서 충고하지. 넌 그 죽음을 이해할 수 없어. 그런 죽음은 네 존재를 박살 내고 네 세계를 산산조각으로 찢어버리는 동력이지 이해의 대상이 아니야. 내가 장담해. 그러니 헛수고하지 마."

비틀거리며 일어난 화신이 책상이 놓인 벽으로 걸어갔다. 벽에는 머신 엔지니어용 작업 슈트와 공기정화 필터가 달린 3호 헬멧, 외장 배터리가 부착된 도구들이 꽂힌 작업 벨트, 검은 방수제를 칠한 군용 캔버스백이 걸려 있었다.

그는 캔버스백을 열어 작은 보관함을 하나 꺼냈다. 안에는 선글라스가 들어 있었다. 렌즈가 깨져 달아나고 다리가 꺾여 망가진 선글라스. 글로스가 남긴 유일한 유품이었다.

"그 애가 수용된 대피 구역이 붕괴했을 때, 나는 베이스 반대편에 있었어. 돔이 깨지면서 모든 게 엉망이 된 바람에 제때 그 애를 구하러 갈 수 없었어. 사방이 지옥이었지. 기지는 반으로 찢어져 강풍에 휘말려 떠다니거나, 진흙탕에 잠겨 땅속으로 꺼지는 중이었고……. 기지 반대편에 있는 사람은커녕, 바로 옆에서 대피로를 열다 실족한 동료를 구할 수도 없었어. 무력했어. 완전히. 할 수 있는 일이 아무것도 없었어. 너무 늦어버린 후에 도달하는 일 외에는."

화신은 선글라스를 손에 쥐고 책상에 몸을 기댔다.

"아인, 라이가 무슨 이유로 애로우 승인 없이 컨트롤 스테이션을 이탈해 직접 정비팀을 끌고 내려갈 마음을 먹었는지는 아무도 몰라. 라이는 누구에게도 이유를 설명하지 않았어. 내가 아는 건, 라이가 나를 불러 지휘권을 임시로 넘겼다는 사실뿐이야."

그가 고개를 기울이자 검은 곱슬머리가 앞으로 쏟아져 눈을 가렸다.

"네 말대로 라이는 거기서 그렇게 죽어선 안 됐지. 그런데 글로스도 거기서 그렇게 죽어선 안 됐던 건 마찬가지야. 어쩌면 이 빌어먹을 기지엔 처음부터 아무도 들어와선 안 됐던 건지도 몰라.

아인, 넌 그게 근본적인 문제라는 생각은 안 들어? 누가 우릴 여기에 가뒀지?"

"뭐?"

"네 주변을 둘러봐. 사방에서 피 냄새가 나. 지난여름 여기서

2천 명 가까운 사람이 죽어나가는 동안, 애로우에선 몇 명이 죽었어?"

뭔가…… 어디선가부터 잘못 돌아가고 있었다. 그러니까 이 대화가. 화신의 사고가.

"이봐, 커맨더. 대답해."

"……218명이 죽었어. 하지만 사망자 숫자로 애로우와 베이스가 입은 피해를 단순 비교할 순 없잖아. 너도 그런 건 알고 있을 거야. 22번 게이트가 파괴되면서 애로우의 침수 구역은 두 배로 늘어났고, 거기 있던 인간을 포함한 모든 것이 진흙에 삼켜졌어. 인명, 시설, 보급물자, 머신, 데이터. 타이드에서 재생산 불가능한 귀중한 자원들이 그 한순간에 전부 사라져버렸지. 우리 기계 신체 설계 초안이 담긴 블루프린트 라이브러리도 그때 폐쇄당했고. 화신, 폭풍이었어. 폭풍이 애로우와 베이스를 골고루 집어삼켰다고. 내 말은, 피해는 불가항력적이었다는 뜻이야."

"그럼 그 불가항력적인 폭풍이 지나간 후에 애로우가 우릴 어떻게 취급했는지는 기억나? 의회는 우주선 복구와 선내 인구 보호부터 서둘러 결의했어. 그리고 살아남은 프랑켄들을 우주선으로 불러들이는 대신, 후발대의 역사적 사명을 받들어 두 번째 베이스를 건설하라는 명령을 내렸지. 만일 우리가 의회의 명령에, 애로우의 의지에 거역하면 보급을 제한할 수밖에 없다고 공공연히 협박하면서."

"그건!"

"첫 번째 베이스가 완성됐을 때도 의회는 즉각 이주를 결의하지 않았어. 안정화 수준이 예상에 못 미친다는 이유로 이주를 계속 미뤘지. 다들 이상하게 여겼지만 그러려니 했어, 까다롭게 구는 거라고만 생각했다고.

그런데 그거, 사실은 베이스로 시뮬레이션을 돌려보려던 거였잖아. 타이드의 폭풍을 실제로 경험해본 적이 없으니 그 기회에 베이스의 안정성을 검증해보겠다는 의도였겠지. 그래서 우리더러 베이스를 지키라 명령한 다음, 그들은 거대한 우주선 안에서 폭풍이 지나가기만을 숨죽이고 기다렸잖아.

눈을 떠, 아인. 애로우가 우릴 베이스에 가뒀어. 애로우의 승인 없이는 여길 벗어날 수 없어. 글로스는 그래서 죽은 거야."

화신이 쏟아내는 단어들이 나를 뒤흔들었다. 나는 아연한 채로 그가 대체 무슨 말을 하고 있는 건지 이해하려 노력했다. 말도 안 돼. 정치적이고 불온한 논리야. 화신은 사실의 파편을 그러모아 피해망상적이고 비합리적인 논리를 만들어냈어. 그리고 거기 빠져 있어. 머릿속에서 누군가가 내게 집요하게 속삭였다. 의회가 우주선 복구와 선내 인구 보호를 우선 결의한 건, 타이드의 인공 세계를 이루는 모든 자재와 물품을 애로우가 생산해내고 있기 때문이었어. 익숙한 목소리였다. 의회가 베이스를, 우릴 테스트 베드로 간주하고 있었다고? 아니야, 우린 최전선에 서 있었던 거야. 왜? 우리에게 그럴 힘이 있었기 때문에. 그래서 우리의 희생이 그토록 컸던 거라고. 내 안에 내면화된 의장의 목소리가 화신의 주장을 조목조목 반박해나갔다. 베이스를 건설하고 지키는 건 우리 임무야. 우릴 부활시켜준 애로우에 치르기로 약속한 정당한 대가였어!

정당한 대가?

나도 모르게 흠칫했다. 나는 그 막대한 희생이 정당한 대가였을 뿐이라고 진심으로 믿고 있는 건가?

어느새 앞에 다가와 선 화신이 허리를 숙이고 양팔을 내밀어 내 어깨를 세게 움켜잡았다.

"그때 애로우가 내려보냈던 폭풍 대비 프로토콜, 네가 만든 거지? 만든 사람이라면 더 잘 알 거야. 후발대는 어떤 상황에서도 베이스 보호를 우선한다는 전제로 설계한 프로토콜이었잖아. 대응 능력의 한계를 넘어서는 상황이 닥치더라도 애로우 자원을 퍼부어 구축한 전진기지를 사수하라는 의회의 명령을 고스란히 받아 적었던 거지."

화신의 두 눈이 바닥없는 진창처럼 검게 빛났다.

"내 탓을 하고 싶은 거야? 글로스가 죽은 게, 지난번에 여기서 1700명이 넘게 죽은 게 다 내 책임이라고? 그래서 이번엔 네가 라이를 죽게 내버려뒀어?"

내 입에서 반은 공포에, 반은 자기방어적인 분노에 사로잡힌 반문이 발작적으로 튀어 나갔다. 화신이 고개를 깊숙이 숙이고 내 눈을 지긋이 들여다보았다. 진창 같은 그의 눈 밑바닥에 무언가가 들끓고 있었다. 무언가 날 선 채 번뜩이는 것이…… 검은 폭풍의 중심에서 내리꽂히는 수백 갈래의 붉은 번개 같은 것이.

"이제야 솔직해졌구나. 그게 바로 네가 나를 찾아온 이유야, 아인. 넌 라이가 이탈할 수 있도록 임시 지휘권을 받아들인 내게 책임을 묻고 싶었어. 넌 책임을 돌릴 사람이 필요했어. 그러지 않으면 라이의 죽음 앞에 완전히 무력했던 너 자신을 견딜 수가 없으니까."

느닷없이 뜨거운 덩어리 같은 것이 치솟아 목구멍을 꽉 틀어막았다.

"하지만 난 글로스가 죽은 책임을 네게 돌릴 생각은 없어. 너와 달리 난 이제 그 책임을 어디에 어떻게 물어야 할지 잘 알고 있거든."

나직하게 중얼거린 화신이 내게 한발 더 다가서려던 순간, 무언가 파각 소리를 내며 깨졌다. 글로스의 선글라스였다. 글로스가 남긴 유일한 유품이 화신의 발아래 깔려 깨져 있었다. 바닥을 향한 그의 얼굴이 고통스럽게 일그러졌다.

내가 두 팔을 잡아 밀자 화신은 순순히 뒤로 물러섰다. 그리고 기도하듯 무릎을 꿇고 앉아 바닥에 흩어진 선글라스 파편을 주웠다.

시간을 들여 빠짐없이 모은 것을 보관함에 넣은 다음, 화신은 침상으로 돌아가 앉았다. 그리고 침상에 아무렇게나 굴러다니던 노란 방수 커버를 씌운 몇 권의 재생지 노트 위에 보관함을 내려놓았다. 그는 자기 옆을 차지한 그 작은 관을 묵묵히 바라보았다. 그러다 마침내 화상 흉터가 가득한 손으로 진땀 밴 얼굴을 천천히 쓸어내렸다.

힘 빠진 두 손을 무릎 위로 늘어뜨린 그는 껍데기만 남은 것처럼 지쳐 보였다. 한참 만에 다시 흘러나온 목소리에도 피로한 기색이 역력했다.

"미안해. 오늘은 그만하자. 부탁이야. 더 알고 싶은 게 있다면 다음에 다시 와줘."

그리고 화신은 어깨를 으쓱해 보였다. 다음에 우리가 다시 만날 땐 모든 게 확실히 더 괜찮아져 있으리라는 듯이.

내가 책상에 의자를 돌려놓으러 일어섰을 때, 화신이 문득 생각난 듯 살라민에게 라이의 유품을 맡겨두었으니 이번 체류 중 시간이 난다면 받아 가라고 했다. 알았다는 의미로 고개를 끄덕인 다음, 나는 애로우에서 다시 보자는 인사를 마지막으로 남기고 방을 떠났다.

그때 화신이 고개를 끄덕였던가? 잘 모르겠다. 다만 그때를 생각하면 이상하게도 등 뒤에서 해치가 무겁게 닫히던 소리가 떠오른다. 끼이이…… 쾅.

끼이이…… 쾅.

텁텁한 어둠 속에서 눈이 떠졌다. 잠에서 깬 이유가 무엇인지 알 수 없어 잠시 멍하니 누워 있었다. 고개를 돌려 휴대한 시계를 확인했다. 두 시간 정도 자다 깬 듯했다.

시간제 정전 구간에 들어선 생활 구역에선 슛슛거리는 환기구 소음 말고 다른 인공음은 들리지 않았다. 귀를 기울이면 고원을 휩쓰는 바람 소리가 희미하게 울릴 뿐이었다.

화신의 방을 나온 뒤 베이스를 돌아다니며 폭풍 피해 추가 보고를 수합해 돌아온 길이었다. 그동안 지한은 나를 배제한 채 베이스를 자체적으로 조사한답시고 들쑤시고 다니거나 나머지 협의단원을 소집해 전략을 재정비하는 등 나름대로 바빴던 눈치였다.

내가 마지막으로 들렀던 곳은 고로(高爐) 1기와 전로 1기를 가동하는 베이스의 금속자원 정제 시설, 메탈 시브 리파이너리(metal seive refinery)였다. 복잡하게 뻗은 비계와 크레인 아래서 방열복으로 무장한 채 일제히 용광로로 화차를 밀고 가던 수십 명의 프랑켄. 각기 다른 부위에 끼워진 그들의 기계 신체가 열기에 달아올라 벌겋게 빛나고 있었다.

의식이 또렷해지자 잠을 깨운 원인도 저절로 찾아졌다. 오른손이 생물의 근육처럼 비정상적인 수축과 이완을 반복하며 펄떡이고 있었다. 고로의 열기가 방열복을 뚫고 들어왔던 모양인지, 개인실에 돌아와 누운 후로도 오른손의 이상 기동이 멈추지 않았다. 몸이 식으면 이상 기동도 멈추리라고 안이

하게 생각했던 게 잘못이었다. 핸드 커넥터에서 불길한 마찰음이 나고 있었다.

나는 자리에서 일어나 앉았다. 핸드 커넥터와 어댑터 주위에 임시 처치로 냉각제와 윤활제를 도포할 생각이었다.

용액이 든 튜브를 꺼내기 위해 곁에 둔 가방을 끌어오려는데, 어둠에 익은 시야로 희끄무레한 물체가 뛰어들었다. 넓적한 사각형 상자 같은 것이 해치 안쪽에 놓여 있었다.

휴대용 플래시를 켜고 상자 뚜껑을 열자 재생지 조각에 쌓인 책 한 권이 나왔다. 푸르스름한 바다를 가르는 검고 뾰족한 뱃머리. 테두리를 정교한 덩굴무늬로 장식한 검은 대문자가 표지에 적혀 있다. 'FRANKENSTEIN.' 라이의 유품이었다.

표지를 열자 책을 싼 저급 재생지와 같은 재질의 기름한 종이 한 장이 떨어졌다. 나는 닫힌 해치에 등을 대고 앉아 반으로 접힌 종이를 펼쳤다. 거기엔 가늘게 흘려 쓴 손글씨가 촘촘히 채워져 있었다.

아인에게

멜팅 파이프 문제로 자리를 비웠을 때 네가 전로에 들렀다는 이야기를 들었어. 얼굴 보지 못해 아쉽네. 우린 언제부턴가 항상 동선이 어긋나는 것 같아, 그렇지 않니? 날 보러 일부러 전로까지 내려왔을 텐데 말이야.

모처럼 편지라도 길게 적고 싶은 마음이 굴뚝같지만, 시간도 종이도 모자라고 또 방진 슈트 차림으로 비좁은 창고에 숨어서 글씨 쓰기도 쉽진 않으니 네가 가장 듣고 싶었을 내용부터 쓸게.

생체를 소각하고 남은 라이의 유체는 절차대로 전로에 넣어 정밀 전해 분리 후 회수했어. 금속자원 회수율은 52퍼센트로 보고될 거야. 현재 베이스 동력 수준에서 회수율을 이 이상 높이긴 어려워. 유체에 남은 황금 리본은 전로 회수 대상이 아니었기 때문에 따로 떼어내서 라이의 다른 소지품과 함께 직무 대리였던 화신에게 보냈어. 유품 목록을 확인한 화신이 그러는데, 라이가 수기로 작성한 방대한 양의 비공식 직무 일지와 일기는 애로우 보안위원회가 검토하길 원할 것 같대. 하지만 이 책은 네게 바로 주어도 괜찮을 것 같다고 해서 내가 보관해두었어.

참고로 화신이 다친 후 우리 메탈 시브 리파이너리 장인 종 노이가 커맨더 직무 대리로 승격했어. 내일 협의에는 종 노이가 베이스 협의단장으로 출석할 테니 각오해둬. 잘 알겠지만, 너나 라이와 달리 종 노이는 애로우에 벼르는 바가 많거든.

그럼 본론으로 들어갈게. 베이스 통신 보안이 워낙 형편없어서 이 얘길 하려면 편지를 쓰는 수밖에 없었어.

내가 자리를 비우기 전, 지한이 전로에 내려왔었어. 그는 방진 슈트 착용도 무시하고 모니터링 룸에 입장하자마자 금속자원 회수 오퍼레이터인 내게 대뜸 황금 리본을 가지러 왔다고 했어. 무슨 점령군처럼 통보도 없이 쳐들어와선 고압적으로 꽥꽥

거리잖아. 무슨 자격으로? 나도 화가 나서 황금 리본이고 뭐고 전로 안에서 통째로 녹아버렸을 테니 재주껏 회수하시라고 했더니, 날 죽여버릴 듯 노려보다 나가더라. 말이 나와서 말인데 그 꼴은 통쾌했어. 하지만 곰곰이 생각해보니 황금 리본은 원래 귀중품 목록에 등재된 물품이기도 해서, 너한테 미리 말해두려고. 당연히 애로우로 올려보낼 보고서에는 사실대로 기술할 건데, 지한이 당장 내일 협의에서 무슨 트집을 잡을지 모르잖아. 베이스 태도가 비협조적이고 반항적이고 불온하고 어쩌고, 갖다 붙일 구실이 얼마나 많니.

그가 나 하나 때문에 베이스를 싸잡으면 안 되겠다 싶었어. 너도 알다시피 내가 그에게 원한이라고까진 말하기 어려워도 사감은 가진 게 사실이야. 내가 롱 슬립에 들어간 다음 내 아버지가 귀환파 언저리를 맴돌다 지한에 의해 '추방'당했으니까.

말해두지만 난 지금도 아버지가 지구에 귀환하겠다는 신념을 가졌으리라고는 생각하지 않아. 주관이랄 게 없이 한평생 부화뇌동하며 살아온 사람이니, 전진파보다는 귀환파에서 자기가 뭐라도 해볼 수 있겠다 싶었겠지. 어디서건 한몫 잡아 알량한 권력을 휘두르려는 욕망이 인생의 전부라 가족마저 수단으로밖에 보지 않는 인간을 아버지로 두는 건 참담한 일이야. 이제 와 하는 말이지만, 난 아버지라는 존재를 견딜 수 없어서 그와 의절하고 후발대에 자원했던 거야. 얼마나 싫었으면, 내가 동면한 동안 그가 '추방'당했다는 사실을 알았을 때도 전혀 슬프지 않았을 정도였어. 그럴 만하다는 생각만 들었지.

그런데 솔직히 말할게. 그런데도 말이야. 처음으로 지한을 가까이서 본 순간 아버지의 얼굴이 떠올랐어. 동시에 뜨거운 것이 가슴을 태우며 올라왔는데 그게 원한인지, 분노인지, 아니면 아버지를 경멸했는데도 아버지의 사형을 집행한 자에게 반감을 품는 스스로에 대한 자괴감인지 뭔지, 잘 모르겠더라. 그래서 그랬어. 그가 내게 그랬듯, 그가 찾는 건 내가 없애버렸다고 통보하고 싶었어. 돌이킬 수 없다는 공포로 그의 얼굴이 구겨지는 꼴이 어찌나 통쾌하던지. 그런데 한편으론……

유치하게 들리겠지만, 아인, 난 네가 부러워. 과거로부터 완전히 자유로운 삶은 어떤 것인지 궁금해.

하고 싶은 말이 많은데 종이가 끝나가네. 네게 이 편지를 전하려면 지금 나가야 하기도 하고. 그러니 이만 줄일게. 항상 몸조심해, 친구.

살라민

살라민의 편지를 접어 상자에 넣고 플래시를 끄자 암흑이 밀려왔다. 잔열에 들뜬 전기 신호들이 회로 속에서 교차하면서 내 오른손을 제멋대로 움츠렸다 펼칠 때마다 품속의 책이 바스락거렸다.

라이는 우리 별명의 원천이 된 '프랑켄슈타인'은 신경쇠약에 걸린 불행하고 무능한 창조자 빅터 프랑켄슈타인이 아니라, 피조물로서 창조자의 성을 물려받았으나 이름은 받지 못한 괴물 프랑켄슈타인이라고 주장했었다. '이 이야기에서 창조자는 괴물을 창조했으나 존재의 목적을 부여하진 않았단다. 그게 바로 괴물의 이름이 부재하는 이유지. 만일 괴물이 자기 존재의 목적을 찾는다면, 스스로 이름을 줄 수 있게 될 것이야.' 그렇게 말하며 라이가 눈부신 듯 하얀 눈썹을 찡그려 붉은 태양을 향해 솟아오르는 기상 관측용 풍선을 바라보았던 것이 언제였더라? 어디였더라?

오른손의 펄떡임이 멈출 때까지 어둠 속에서 시간을 보냈다. 파도처럼 커졌다가 작아지는 고원의 바람 소리에 귀 기울이며 튜브에서 냉각제를 짜내 오른손 전체에 얇게 도포하고 윤활제 한 패킷을 세 번으로 나눠 커넥터 주변에 투입했다.

머릿속으로 내일 해야 할 일을 정리하고, 지한을 어떻게 다뤄야 좋을지 고민하고, 아침에 일어나자마자 종 노이에게 가봐야겠다고 생각했다.

애로우로 돌아가면 살라민에게 답장을 써야겠다. 화신도 만나야 할 거고, 또⋯⋯.

앉은 채로 얕은 잠에 빠졌다 일어났을 땐 휴대 시계의 일출 표시등이 점등된 후였다. 사람들이 복도를 오가는 소음이 등과 맞닿은 해치를 통해 전해졌다.

애로우 메인터넌스 베이의 검사대처럼 서늘한 바닥에 등을 펴고 누워 눈을 감았다. 인공 소음이 흘러들어와 내 몸에 흐르는 전기 신호 사이로 차곡차곡 쌓였다. 살아 있다는 느낌과 그렇지 않다는 느낌이 동시에 들었다.

할 수만 있다면 일어나고 싶지 않았다. 그러나 일어나야만 했다.

애
로
우

종 노이는 항행 초기 애로우 기술위원회 소속 소의원으로 애로우의 메탈 시브 리파이너리를 감독하다 후발대에 자원한 사람이다. 타이드에서 각성한 다음 그는 베이스 메탈 시브 리파이너리 설계와 운용에 발 벗고 뛰어들어 현행 베이스 자원 순환 체계의 기틀을 수립하는 데 크게 기여했다는 평가를 받았다. 실제로 베이스 메탈 시브 리파이너리는 베이스 주요 기간 시설 중 가장 단기간 내에 안정되었던 것으로 유명하다. 첫 번째 베이스에서도, 두 번째 베이스에서도 말이다.

그는 협의가 시작되자마자 두 가지 안건을 내밀었다. 첫째, 애로우가 가동 중인 메인엔진 2기 중 1기를 베이스로 즉각 이식할 것. 둘째, 애로우를 해체해 베이스를 시티급 정착기지로 확장한다는 타이드 테라포밍 계획 원안을 즉시 실행하고 애로우 인구를 베이스로 완전 이주시킬 것.

"요즘 그쪽에선 망가진 우주선을 재발진시키자는 망상이 유행하고 있다죠? 흰소리 집어치우고 당장 뛰어 내려오라고 전해요. 세 번째 폭풍 시즌을 살아 넘기려면 지금이 마지막 기회니까. 내릴 준비가 될 날은 영원히 오지 않는다는 걸 이제 여러분도 깨달을 때가 됐겠죠."

우주에서 제일가는 멍청이가 아닌 이상에야. 종 노이가 끝에 덧붙인 말소리는 작았지만, 회의실에 모인 모두의 귀에 똑똑히 들렸다.

새로운 베이스 측 협의단장 겸 커맨더 직무 대리는 폭탄을 던진 다음 그것이 잘 폭발하는지 확인하듯 애로우 측 협의단을 훑어보았다. 소녀처럼 카랑카랑한 목소리가 살집 도드라진 갈색 팔뚝이나 새빨갛게 칠한 열 손톱, 귓불에 뚫은 여섯 개의 구멍에서 짤랑거리는 귀고리들과 어울려 묘하게 위압적인 느낌을 자아냈다.

프랑켄 사이에서 종 노이는 불도저 같은 실행력과 과감한 결단력, 불같은 성격으로 널리 알려져 있다. 온화한 학자 느낌을 풍기던 라이와 다른 종류의 사람인 것만은 분명했다. 종 노이는 애로우와 베이스 사이에 어떤 역학도 고착되어 있지 않은 것처럼 말하고 행동했다. 그는 라이와 달리 애로우 측에 조율이나 타협의 여지를 거의 남겨두지 않았다. 라이의 치밀한 협의 스타일에 익숙해 있던 애로우 사람들은 그 변화에 눈에 띄게 당혹해했다.

종 노이는 두 가지 요구가 받아들여지지 않는다면 애로우가 베이스에 부과하는 임무 수행을 전면 중지하겠다고 그 자리에서 쐐기를 박았다.

지한이 가장 먼저 자리를 박차고 일어나 회의실을 떠났다. 그를 뒤쫓듯 애로우 측 협의단이 떠났고, 베이스 측 협의단이 뒤이어 나갔다.

둘만 남은 자리에서 나는 종 노이에게 애로우로 돌아가 의회에 베이스의 요구를 전하겠노라고 말했다. 그러자 종 노이가 빙긋 웃었다.

"아이고, 우리 커맨더, 매니저 노릇 하느라 늘 수고가 많네."

나는 그의 능글거리는 태도에 넌더리가 나 고개를 저었다.

"종 노이, 제발. 폭풍이 멈춘 게 겨우 어제 일이에요. 애로우한테도 숨 돌릴 틈은 주고 폭탄을 던지든 뭘 하든 해야지······. 타이밍이 좋지 않아요."

그러자 종 노이가 팔짱을 끼더니 크게 웃었다.

"애로우 물이 진하게 들었구나, 아인. 꿈 깨렴. 뭘 하든 좋은 타이밍 같은 건 없어."

"내 말 들어요, 종 노이. 의회를 움직이려면 반드시 좋은 타이밍을 노려야 해요. 이렇게 막무가내로 던지면 의회가 겁먹고 숙이고 나올 줄 알아요? 당장 첫 번째 요구부터 드러누울걸요.

지금 상황에서 메인엔진을 하나라도 분리해 내보내면 우주선의 생명이 끝나요. 엔진을 떼어내는 순간 애로우는 거대한 고철 덩어리가 된다고요. 애로우가, 의회가 그 꼴을 그냥 두고 보겠어요? 지난번처럼 베이스 보급 줄부터 쥐고 흔들고 나올 거예요. 일단 계획을 진척시키다 상황을 봐서 적당한 때에……."

"그야 자기들이 우주선 그 자체인 양 떠들어대는 양반들이니 그냥 두고 보지야 않겠지. 하지만 커맨더, 지금 담판 짓지 않으면 늦어."

종 노이는 단호하게 말했다. 그건 자신에게 눈앞의 세계를 바꿀 힘이 있다고 확신하는 사람의 태도였다. 그들이 아니라, 자신에게 말이다.

나는 입을 다물고 데스크에 흩어진 태블릿과 자료를 그러모아 가방에 쑤셔 넣었다. 그동안 종 노이는 웃음을 지우지 않고 나를 지켜보았다. 내가 성의 없는 인사를 남기고 회의실을 떠날 때까지도 내게서 웃는 눈을 떼지 않았다.

'나와 먼저 상의했어야죠, 종 노이. 이젠 내가 후발대를 지휘하는 유일한 커맨더잖아요!' 텅 빈 복도에 나선 후에야 졸렬한 본심이 흙먼지 낀 복도에 쓰레기처럼 툭 떨어져 나뒹굴었다.

탁한 공기마저 짓누를 것처럼 낮은 천장을 향해 심호흡했다. 그리고 나는 멈췄던 걸음을 옮겼다.

애로우로 돌아가는 호버크라프트에선 누구도 입을 열지 않았다. 분위기만 보면 호버크라프트가 통째로 진흙 바다에 침몰하는 중인 것 같았다.

애로우-베이스 간 공식 협의 결렬은 우리가 처음 맞닥뜨리는 사태였다. 나를 포함한 그 누구도 애로우로 돌아가 무엇을 해야 할지 정확히 알지 못했다.

현재 타이드에는 베이스와 애로우를 합쳐 5890명이 살고 있다. 애로우가 발진했을 무렵, 지구에는 거주 가능한 두 대륙에 50억 인구가 집중돼 있었다고 한다. 50억이란 숫자는 당시 지구를 신의 지상 왕국으로 규정한 이들이 다른 인간 문명—그들은 문명이 신에 대한 불신을 양분 삼아 발전한 사물의 사악한 형식이라고 믿었다—의 씨를 말리려는 전쟁을 1세기에 걸쳐 이어오며 30억 명을 죽이고 남은 숫자였다.

그 아득한 숫자에 비하면 타이드의 인간 공동체는 너무 작게 느껴진다. 1세기는커녕, 당장 오늘 저녁 식사 중에 모두 죽어도 이상하지 않을 만큼 적은 사람들이다.

협의단이 탑승한 호버크라프트 뒤로 대형 수송 차량 행렬이 길게 늘어졌다. 기계 신체 중대 손상으로 고도 정비 또는 기계 신체 교체를 요청한 프랑켄 1300여 명 중 '시급' 판정을 받은 400명이 애로우 귀환길에 함께 오른 것이다. 저 속에 화신이 있다. 애로우로 돌아가면 그와 다시 이야기해볼 기회가 있으리라.

피로에 지친 눈을 감자 잠이 몰려왔다. 늘 꾸던 것과 같은 꿈을 꿨다. 별처럼 하얀 꽃을 감싼 덤불은 밤하늘처럼 까맣고, 나는 무리 지어 핀 꽃송이를 쳐다보고 있다. 나는 모로 누워 있고, 아무리 시간이 흘러도 풍경은 바뀌지 않는다. 꽃은 영원히 하얗고 덤불은 영원히 검다. 꿈속에서 나는 영원히 일어나지 않는다.

과연 우리가 선택할 수 있는 미래가 남아 있을까?

다음 날 07시경, 보안대 중무장 기동대 세 개 유닛이 베이스로 급파됐다는 소식과 화신이 적대자로 지명됐다는 소식이 애로우 컨트롤 스테이션으로 동시에 들어왔다.

앞을 가로막는 보안대원들을 밀치고 들어선 의장실에 예상대로 지한이 있었다. 다음 순간, 나는 타이드가 훤히 내려다보이는 플렉시글라스에 지한의 목을 눌러 붙였다.

"당신이지? 당신이 화신에게 그런 말도 안 되는 혐의를 씌웠지?"

소식을 듣자마자 떠오른 어떤 가설이 그동안 머릿속 한구석에 찜찜하게 묻혀 있던 질문들을 단숨에 관통했었다.

협의단원 예비 명단에도 없던 지한은 무슨 이유로 갑자기 부단장으로 합류했는가? 베이스에 도착한 후 지한은 왜 공식적 파견 목적인 협의 외의 다른 일—그는 나를 배제하고 베이스 이곳저곳을 독단적으로 조사하거나 황금 리본 같은 귀중품 소재를 추궁하며 돌아다녔다—에 열을 올렸나?

화신의 적대자 지명에 이르기까지는 모자란 조각이 많았지만, 거의 번개처럼 내리친 직감에 힘입어 과열된 사고는 결론으로 도약할 수 있었다. 아니, 지한의 평소 언행이나 그의 휘하에서 보안위원회가 움직여온 오랜 역사를 조합해보면 과열됐다고도 할 수 없다.

나는 확신했다. 지금 보안위원회는 베이스를 진압할 명분을 날조해내고 있다. 왜? 베이스의 요구가 의회에 정식으로 상정되지 못하게 하려고. 지한은 프랑켄들의 주제넘은 요구가 제 턱밑을 지나가기 전에 위력을 행사하기로 결심한 것이다. 그건 그가 전형적으로 즐겨 써온 방식이었다.

내 팔에 막힌 숨통이 괴로워 캑캑대면서도 지한은 저항하지 않았다. 오히려 애로우의 신성한 의장실에서 흥분한 프랑켄이 부리는 난동을 잘 보라는 듯 주변을 에워싼 이들에게 의미심장한 눈길을 보내기까지 했다.

의장이 내게 뒤로 물러서라고 명령했다. 나는 명령을 무시하고 맥이 빠르게 뛰는 목에 힘을 가했다. 여기서 지한이 입을 닥치게 하려면 기절시키는 수밖에 없다고 생각했다. 그러나 지한이 의식을 잃기 전에 뒤에서 뻗어 나온 손이 내 팔을 먼저 낚아챘다.

나를 붙잡아 뒤로 끌어낸 것은 애로우 보안대 총대장 아이샤였다. 그의 얼굴을 확인한 나는 무의미한 저항을 포기하고 지한에게서 물러났다. 전투용 신체 강화 슈트를 입은 보안대원을 상대하기엔 내 기계 신체의 출력이 모자랐을뿐더러, 아이샤가 뽑아 든 시퍼런 레이저 블레이드에 팔을 절단당하고 싶은 마음도 없었다.

아이샤는 내 호흡이 진정되기를 기다려 운을 뗐다.

"보안위원회는 상당한 근거를 가지고 적대자 경계령 발동을 의결했습니다. 의장님께서도 보안위원회 판단을 신뢰하셨고요."

"미쳐버린 프랑켄 하나가 애로우를 날려버릴 작정으로 기어 들어왔는데, 그 정도면 경계 근거로 차고 넘치지 않겠습니까?"

한 손을 벽에 짚고 숨을 몰아쉬던 지한이 쉰 목소리로 빈정거렸다. 순간 눈앞이 시뻘게지면서 목구멍이 뜨겁게 달아올랐다.

"그건 당신 망상이겠지! 당신이 화신에 대해 뭘 알아? 화신은 고도 정비를 위해 귀환했을 뿐이야! 제대로 걷지도 못하는 사람이 무슨 수로 애로우를 날려버린다는 거야?"

발악하듯 몸부림쳤지만, 내 어깨를 부서뜨릴 듯 틀어쥔 아이샤의 손아귀는 풀리지 않았다. 대신 그는 지한과의 거리가 충분히 벌어질 때까지 나를 짐짝처럼 뒤로 끌어냈다.

의장이 흰 가죽을 덧댄 의자에서 일어나 한 손을 들어 올렸다. 그러자 의장실 중앙에 입자가 반짝이는 입체 영상이 송출되었다. 9번 게이트 내측을 기록한 영상이었다.

영상 속에서 붉은 흙먼지를 휘감은 대형 수송 차량 행렬이 연결 경사로를 넘어 게이트에 진입했다. 어제 협의단과 함께 애로우로 귀환한 베이스 소속 차량들이다.

의장이 눈짓을 보내자 아이샤가 어깨를 놓아주었다. 숨통을 막히는 동안 혀라도 씹었는지 허리 숙인 지한이 벌건 침을 뱉는 모양을 곁눈질하며, 나는 영상 앞으로 다가갔다.

내가 아이샤 덕분에 빠질 것처럼 유격이 벌어진 어깨 커넥터를 돌려 맞추는 동안, 영상 속 석양으로 물든 게이트 내부에 줄 맞춰 정차한 차량에선 프랑켄들이 우르르 내리기 시작했다.

그들은 오랜만에 재회한 게이트 엔지니어들과 반갑게 인사를 주고받거나, 기동이 어려운 동료를 부축해 이동하거나, 차량에 적재한 규격 화물을 가리키며 물류 이동을 위한 수신호를 주고받거나 하며 분주하게 움직였다. 수상한 점이라곤 눈을 씻고 찾아봐도 없었다.

아이샤가 영상에 비친 수송 차량 대열 끄트머리를 확대했다. 서른 명이 탈 수 있는 차량 네 대가 나란히 시야에 들어왔다. 앞에서 두 번째 차량에서 종 노이가 내렸다. 페이스 실드 너머로도 붉게 칠한 입술과 귀에 주렁주렁 매달린 귀걸이들이 도드라졌다.

사람 키만 한 철망 바퀴의 먼지막이를 밟고 훌쩍 뛰어내린 그가 두 팔을 치켜들고 뭔가 크게 소리치자 주변을 둘러싸고 있던 서른 명가량이 피곤한 얼굴로 와르르 웃었다. 종 노이와 같은 베이스 메탈 시브 리파이너리 소속으로 고도 정비를 요청해 동시 귀환한 프랑켄들인 듯했다. 살라민도 시급 정비 판정을 받았다고 들었는데, 그는 다른 차량에 타고 왔는지 이 영상에선 보이지 않았다.

아이샤가 기록 영상을 한 번 더 확대하자 가장 마지막에 들어온 차량이 비쳤다. 거대한 바퀴 네 쌍에 얹힌 직육면체 차체의 출입문이 개방되는 참이었다. 와자하게 지껄이며 차량 근처를 지나다니는 인파로 시야가 혼잡했다.

나는 인파를 피해 영상 안으로 한 걸음 들어갔다. 차량에 가까이 다가가자 한 사람이 안에서 나타나 사다리를 밟고 내려오기 시작했다. 내가 아는 얼굴…… 제이드였다. 배경에서 게이트 상부에 달린 커다란 녹색 램프가 점등되었다. 폐쇄 완료된 게이트 내부에서 타이드의 대기가 빠져나가고 애로우의 공기가 순환하기 시작했다는 신호다. 제이드는 고개를 돌려 녹색 램프를 확인하고 헬멧을 벗었다. 타이드에서 정련한 구리처럼 불그스름한 머리카락이 허공을 춤추다 어깨에 닿아 늘어졌다. 헬멧을 옆구리에 낀 채 사람들과 인사를 주고받는 움직임이 여유로워 보였다.

제이드에 이어 십여 명이 더 하차한 다음, 화신이 마지막으로 모습을 드러냈다. 사다리를 천천히 밟고 내려온 그는 헬멧을 벗고 커다란 바퀴에 등을 기댔다. 역시 기동이 원활치 않은 모습이었다. 잠시 후 차량 안쪽에서 가방이 휙 던져졌다. 눈에 익은 물건. 화신의 방 벽에 걸려 있던, 검은 방수제를 칠한 군용 캔버스백이다. 내용물이 가득해 뚜껑이 벌어진 사이로 노란색 공책 같은 것이 언뜻 보였다.

한산해진 주변을 둘러보던 화신이 바퀴에 기댄 몸을 세우고 검은 가방을 둘러멨다. 그와 조금 떨어진 곳에 제이드와 몇 사람이 모여 서서 이야기를 나누고 있었다. 그들은 이야기에 빠진 듯 주위를 전혀 살피지 않는 기색이었다.

다음 순간, 화신이 직육면체 차체 뒤에 드리운 그림자 속으로 몸을 돌려 사라졌다. 믿을 수 없을 만큼 민첩한 움직임으로…….

"이게…… 어제 기록된 영상인가요?"

나는 목을 가다듬고 아이샤에게 물었다.

"네, 그렇습니다."

영상 속, 단 세 발자국 만에 그림자 속으로 녹아드는 화신의 동작은 매끄러웠다. 중추신경 접속이 불량한 기계 신체가 수행하리라고는 기대할 수 없는 움직임이었다.

"베이스 격납고 소속 1급 머신 엔지니어 화신. 그가 애로우에 제출한 고도 정비 목적 귀환 신청서에 의하면 '기계 신체 손상 등급 5' '기동 수준: 불완전'으로 기재돼 있습니다만, 이 기록 영상으로 판단하건대 허위 보고일 가능성이 큽니다."

나는 라이트 패드를 이용해 화신이 하차하는 순간부터 그림자 속으로 사라지는 순간까지 구간 지정한 다음 몇 번 더 재생해 보았다. 결과는 같았다. 차량에서 내릴 때 화신의 움직임은 불균형하고 부자연스러웠다. 망가진 기계의 움직임이었다. 그러나 불과 몇 분 후 같은 사람이 몸을 돌려 그림자 속으로 사라질 때는 어떠한 이상 기동도 보이지 않았다. 이게 대체, 무슨……

"아!"

나도 모르게 한 손으로 입을 가렸다. 지금까지 생각하지 못했던 어떤 가능성이 불현듯 떠올랐다. 파손 흔적이 역력한 장갑과 억지로 끼워 연결한 다른 규격의 부품들, 지연된 전기 신호로 인해 다른 신체 부위와의 협응이 어긋난 움직임. '보시다시피, 이 꼴이라.'

그건 위장이었나? 나를…… 애로우를 속이는 게 그의 진짜 목적이었나?

'난 글로스가 죽은 책임을 네게 돌릴 생각은 없어. 너와 달리 난 이제 그 책임을 어디에 어떻게 물어야 할지 잘 알고 있거든.'

뒷덜미에 소름이 돋았다.

"아이샤, 어떤 사람이 자기 신체 상태를 잘못 보고했다는 이유로 적대자 경계령을 발동할 순 없을 텐데요."

나는 냉정을 유지하려 애썼다.

"그래요. 그런 이유로 적대자 경계령 발동을 승인할 순 없죠."

답을 준 것은 의장이었다. 그는 정지된 영상 앞에 서서 그림자에 가려진 화신을 응시하고 있었다.

"아이샤, 아인에게는 내가 설명할게요."

의장이 손짓하자 9번 게이트 기록 영상이 사라지고 여러 문서의 사본이 허공에 나타났다. 과거에서 끌어낸 다른 기록이었다.

"아인, 당신도 잘 알 거예요. 화신은 일찍이 애로우 행성 과학 연구소 지질학 분과 베이스 분소 소속 2급 연구원 글로스와 친밀히 지냈죠. 그가 불의의 사고로 사망하기 직전까지도요. 이 문서들은 글로스의 사망 직후부터 화신이 정기 심리 평가에 응한 기록입니다."

총 6회에 걸쳐 이뤄진 화신의 정기 심리 평가 보고서. 나는 사본의 내용을 확인했다.

보고서는 지나치게 깨끗했다. 화신은 모든 평가에서 '정기 심리 평가 종합 등급: 양호'를 받았다. '추적 평가 요망' '심화 평가 요망'은 물론 하다못해 '주의' 평가를 받은 개별 항목조차 없었다. 이상한 결과였다. 타이드에 도착해 각성한 직후라면 또 모를까, 1700명이 넘는 동료를 한꺼번에 잃은 사람이라면 받을 수 없는 것이 '양호' 등급이다. 사랑하는 사람을 잃은 후라면 더 말할 것도 없었다.

꺼림칙한 느낌이 점점 커졌다. 화신이 정기 심리 평가에서 '양호' 등급을 받을 방법은 하나뿐이다. 자신의 심리 상태를 허위로 보고하는 것. 단말기 앞에 앉아 상담관의 질문에 기계적으로 답하는 화신의 무표정한 얼굴이 쉽게 상상되었다.

"커맨더인 당신이 보기엔 어때요? 그가 이때부터 의도적으로 내면을 숨겨왔다고 생각되진 않나요?"

"숨겼다기보다는, 고통이 너무 커서 솔직하게 답하고 싶지 않았을 가능성도 있습니다."

나는 질문에 숨겨진 함정을 피해 단어를 신중히 골랐다.

"의장님, 설사 화신이 자신의 신체와 정신 상태에 대해 애로우를 기만했다는 의혹이 모두 사실이라 가정하더라도, 그게 화신을 적대자로 지명할 근거가 될 순 없습니다. 사랑하는 사람을 잃고 심리가 불안정해졌을지도 모른다는 정황만으로 그런 위중한 혐의를 씌울 순 없어요."

그러자 의장이 문서를 치우고 화신의 데이터베이스 접속 기록을 불러냈다. 모자이크처럼 중첩돼 나타난 방대한 양의 정보를 열람한 날짜는 나흘 전부터 사흘간, 그러니까 애로우 귀환 전날까지 집중돼 있었다.

정확히 나흘 전부터 화신은 애로우 내부 도면을 열람하기 시작했다. 침수 폐쇄 구역의 갱신 도면과 제3엔진, 제3엔진에 연결돼 있으며 현재는 가동 중지된 보조엔진 9기의 위치가 기록된 지도, 메인엔진 블루프린트 같은 정보를 집중적으로 수집한 듯했다. 그건 그의 직무나 생활 반경과 동떨어진 정보들이었고, 무엇보다 그 전에는 접근한 적 없던 영역이었다. 애로우 보안법상 열람이 제한된 자료나 데이터에 접근한 흔적도 광범위하게 남아 있었다.

머릿속에서 뭔가 걸리는 느낌이 들었다. 나흘 전. 나흘 전…… 타이드력 520일. 라이가 죽은 다음 날이다.

그날 화신은 라이의 사고 경위서와 사망 보고서를 쓰고 유체를 회수하고 유품 목록을 입수했다. 다음 날 밤, 화신은 A23번 격납고에서 부상을 입고 애로우에 고도 정비 목적의 귀환을 신청했다. 타이드력 522일, 예정대로 애로우 측 협의단이 베이스로 들어갔으나 4차 협의는 다음 날로 미뤄졌고, 타이드력 523일, 4차 협의가 결렬된 직후 협의단과 함께 시급한 정비를 필요로 하는 프랑켄들이 애로우로 귀환했다.

화신은 그 나흘간 애로우 내부에 설치된 모든 종류의 통로와 연결로, 침수 폐쇄된 선미에 접근하는 경로와 침수 구역 구조도를 샅샅이 살펴보았다. 그는 특히 폐쇄된 제3엔진에 관심이 있는 것 같았다. 메인엔진의 구조와 작동 원리, 가동 일지, 엔진 폐쇄와 시동 프로토콜 등 관련된 자료라면 닥치는 대로 긁어모은 듯했다.

더구나 그는 데이터베이스 접속 기록 일체가 보존된다는 사실도 아랑곳하지 않고 보안법상 열람이 제한된 정보들에까지 서슴없이 접근했다. 이건 정보를 획득한다기보다 데이터베이스에 어떤 인덱스가 빠져 있는지 조사했다는 직감이 들었다. 예컨대 기밀로 분류된 정보의 종류를 추측하는 듯한…….

목적이 있는 활동인 것만은 분명해 보였다. 어떤 목적인지는 모르겠지만, 화신은 라이가 사망한 다음 날부터 애로우로 출발하기 직전까지 그에 관련된 정보를 모으는 데 완전히 몰두해 있었다.

'난 이제 그 책임을 어디에 어떻게 물어야 할지 잘 알고 있거든.'

나는 침을 삼켰다.

"의장님, 저는 화신이 왜 이런 자료들을 열람했는지는 모르겠습니다. 하지만 말씀드렸듯이 단순한 정황만으로……."

초조한 듯 내내 의장 주변을 서성거리던 지한이 달려들어 소리친 것은 그때였다.

"그가 키를 입수했다는 증거가 있어!"

"키?"

나의 반문에 지한의 충혈된 눈이 부릅떠지는 찰나였다.

'특수-9, 목표 확인. 메인터넌스 베이로 이동 중.'

정면 플렉시글라스에 하얀 문장이 점멸했다. 보안대가 의장실로 송신한 상황 보고였다. '특수'는 애로우 보안대 부속 유닛으로 고위험 작전을 전담하는 '특수 대응팀'의 약자다. 즉, 특수 대응팀 9번 조가 화신―이 상황에서 보안대가 노릴 목표는 화신뿐이었다―의 위치를 파악했다는 보고가 올라온 것이다.

타이드의 수평선을 따라 회색에서 검은색으로 부풀어가는 대류 구름층을 배경으로 떠오른 그 빛나는 글자들이 나를 공포로 마비시켰다. 특수 대응팀은 적대자를 발견하는 즉시 사살할 것이다.

상황을 확인한 아이샤가 관자놀이에 부착된 송수신기를 통해 낮은 목소리로 지시를 내렸다. 나는 본능적으로 아이샤의 뒤에 바싹 붙어 섰다. 적대자 경계령이 내려진 이상, 애로우 보안대 총대장이 현장을 지휘할 것이 틀림없었다. 어떻게든 화신이 사살당하는 걸 막으려면 그 현장에 내가 있어야만 한다. 그러기 위해선 무슨 일이 있어도 아이샤를 따라가야 했다.

내 의도를 눈치챈 지한이 거친 손길로 팔을 잡아당기며 악을 썼다.

"넌 애로우를 위해 존재하는 몸이야, 감히 어딜!"

나는 잡힌 팔을 힘껏 휘둘렀다. 바닥에 나동그라진 지한이 이마에 피를 흘리며 일어섰다. 그리고 비틀거리며 달려가 의장 앞에 섰다.

"의장님, 말씀을 내려주십시오! 아인 저자야말로 애로우에 위험한 자라는 걸 의장님께서 누구보다도 잘 아시잖습니까! 지금 저자가 이 자리를 벗어나게 두었다간 키를 확보할 기회가 다시는!"

"진정하세요, 대의원."

"카르민 의장님!"

"지한! 부주의한 언동을 경계하라 했습니다."

의장은 횡설수설하는 지한을 차갑게 질책했다. 그리고 아이샤에게 눈짓을 보냈다.

의장에게 묵례한 아이샤가 날씬한 몸을 돌려 문으로 향했다. 나는 무작정 그를 따라 빠르게 걸었다. 아이샤는 한쪽 눈썹을 올려 보였지만, 나를 제지하려 들지는 않았다.

"아인."

복도로 나가려는 순간, 의장의 부름이 들렸다. 나는 의장실 문턱에 서서 고개만 돌렸다. 의장이 제지한다면 무시하고 나갈 작정이었다. 그로 인해 구금소에 처넣어지는 한이 있더라도 손가락이나 빨고 서서 친구가 사살당하게 내버려둘 생각은 없었다.

의장은 나를 응시했다. 생각을 정리하는 듯한 침묵이 이어졌다. 그가 신은 암갈색 가죽신 코에 하얀 옷자락이 무겁게 덮여 있었다. 길게 늘어난 그의 그림자가 내 발목을 올가미처럼 휘감았다.

그는 고개를 크게 한 번 끄덕였다.

"좋아요. 화신을 효과적으로 제압할 수 있다면, 보내드리지요. 당신이 교섭인으로서 보안대와 동행하는 걸 허락하겠습니다. 아인, 이건 당신의 탁월함을 애로우에 증명할 기회예요. 나는 당신을 믿습니다."

"카르민 의장님!" 등 뒤에서 지한이 소리쳤다. 울분에 찬 목소리였다.

나는 의장의 마음이 변하기 전에 서둘러 자리를 벗어났다. 그러나 복도로 나오자 이번에는 아이샤가 나를 잡아 세웠다.

"자, 커맨더, 정리 먼저 하고 갑시다. 교섭은 어디까지나 목표 확보를 위한 수단입니다. 현장은 내가 지휘하고요. 교섭인은 내 명령에 따르십시오. 알겠습니까?"

"알겠습니다."

"의장님께서 경계령을 거두시지 않는 한, 적대자 사살 명령은 유효합니다. 명령의 실행에 교섭인 의사는 관계없습니다. 알겠습니까?"

내가 입을 다물자 아이샤는 걸음을 멈췄다. 그리고 뒤따르던 대원들에게 먼저 가라는 수신호를 보냈다.

정연한 대형을 유지한 보안대 부속 특수기동대원 스무 명이 우릴 앞질러 광장으로 이어진 통로를 질주했다. 전원이 전투용 신체 강화 슈트를 착용한 상태였다. 금색 광택이 도는 그들의 손에 들린 노바 건에 밝은 자주색 탄환이 장전돼 있었다. 목표물을 철저히 파괴할 목적으로 설계된 살상용 탄환. 두 눈이 저절로 질끈 감겼다.

"제대로 대답하십시오."

"이해했어요."

그제야 아이샤가 검은 눈을 가늘게 뜨고 웃었다.

"좋습니다. 기왕이면 교섭 단계에서 목표가 무력화되길 기원해보죠. 사살이 깨끗하지만, 뒷맛은 쓰거든요."

서열 정리에 만족한 총대장은 내 어깨를 두들긴 다음 앞으로 달려 나갔다.

전장 5120미터, 폭 2400미터, 높이 1105미터의 애로우는 우주선 바닥을 이루는 면이 천장을 이루는 면보다 작아서 전체적으로 보면 뒤집힌 사다리꼴처럼 보인다. 플렉시글라스가 많이 쓰인 최상층을 제외한 선체 외벽 대부분은 합금 중장갑으로 만들어졌으며, 내부는 층상형 표준 모듈로 구축되어 있다.

애로우 프로젝트를 발족했던 당시에는 원통형 우주선을 건조할 계획이었다고 들었다. 그러나 우주선 모델링 단계에서 파이어니어스 컨소시엄이 인공중력 발생기의 안정적 생산에 성공하면서, 층상형 모듈을 이용해 공간 활용을 극대화한 내부 설계가 채택되었다고 한다.

겹겹이 쌓인 내부 층은 그 안을 채운 시설의 목적과 용도에 따라 크게 시스템 오퍼레이팅 모듈과 생활 모듈로 구분되었다. 기본적으로 시설의 특성이 공간 규모를 결정하므로 광장, 대온실 또는 인공중력 발생기 구역이나 엔진 룸처럼 몇십 개의 수평 구간과 몇십 개의 수직 층을 통째로 차지한 거대 공간들이 촘촘한 샌드위치 모양인 애로우 단면도상에 마구잡이로 쑤셔 넣은 햄 덩어리처럼 존재하게 되었다.

현재 의회당과 의장실, 광장이 배치된 애로우 최상층에는 하부에 존재하는 초대형 햄 덩어리를 종단하여 중요 시설에 직결되는 고속 엘리베이터 서른일곱 대가 가동 중이다. 그중에는 광장 바로 아래 공간, 단순 층수로만 계산하면 대략 70층 내외를 차지한 대온실과 가이아 챔버를 수직 낙하해 뉴로코드 링커링을 비롯한 기계 신체 고도 정비가 이뤄지는 메인터넌스 베이에 멈추는 엘리베이터도 있었다.

특수기동대는 E12번 엘리베이터를 향해 광장을 가로질렀다. 광활한 플렉시글라스 천장 위로 하얀 섬광이 번쩍이는 검은 구름층이 덮여 있었다. 북상 중이라던 소형 폭풍의 영향권에 들어선 것이다.

"적대행위 경보. 온 유어 마크. 승조원, 모두 자기 위치로. 지정받은 장소로 즉시 대피하십시오. 비상시 외계 탈출을 위해 슈트 착용 상태로 대기하십시오."

텅 빈 광장에 적대행위 경보가 울리고 조명이 꺼졌다. 유사시 중요 시설의 동력을 제한·재분배하는 위기 대응 프로토콜이 개시된 것이다.

머리 위를 가로지르는 거대한 번개가 어두워진 광장을 간헐적으로 밝혔다. 우리는 E12번 엘리베이터로 이어지는 바닥에 직선으로 점등된 노란색 유도선을 따라 속도를 늦추지 않고 달렸다.

아이샤가 엘리베이터에 다가서자 매끄러운 벽에 파란 곡선이 나타나 벌어졌다. 먼저 진입해 내부를 살핀 기동대원이 수신호를 보내자 아이샤가 나머지 대원의 엘리베이터 탑승을 허가했다.

닫힌 엘리베이터는 곧바로 특수 합금 케이블을 타고 탄환처럼 쏟아져 내려가기 시작했다.

"아이샤, 현장에서 당신이 내리는 명령을 거역하진 않을게요. 하지만 난 여전히 이 상황이 도무지……. 내가 보기에도 화신을 둘러싼 정황이 어딘가 이상해 보이긴 해요. 그렇지만 의혹만으로 적대자를 지명할 순 없잖아요."

아이샤는 빠르게 바뀌는 엘리베이터 좌표에 시선을 고정하고 있었다. 그의 거울 같은 금색 슈트에 일그러진 내 얼굴이 비쳤다.

"아이샤, 나 좀 봐요. 지한이 말한 키라는 게 뭐죠? 무기인가요? 나도 뭘 알아야 화신을 만났을 때 설득을 해보든 말든 할 거 아니에요?"

내가 매달리자 아이샤는 고개를 한쪽으로 기울였다. 명목상 '교섭인'으로 달고 온 부외자에게 어디까지 알려줘도 좋을지 가늠해보는 눈치였다.

일단 마음을 정하자 아이샤는 거침없이 설명하기 시작했다.

"보안위원회는 화신이 애로우의 메인엔진을 재시동할 수 있는 키를 입수했다고 보고 있습니다. 그의 목표는 폐쇄된 제3엔진으로 추정됩니다. 침수로 폐쇄된 현 상태에서 키를 이용해 제3엔진을 재시동한다면, 운이 좋다면 폐쇄 구역 내 단독 폭발로 선체 붕괴에 그치겠지만, 운이 나쁘면 메인엔진 연쇄 폭발로 이어져 애로우가 타이드 지상에서 증발해버릴 겁니다."

"뭐라고요?"

아이샤의 날카로운 눈이 멍청하게 굳어 서 있는 나를 훑어보았다.

"3분 후 도착. 전 대원, 비전 준비."

총대장의 지시에 대원들이 일제히 헤드기어에 장착된 고글을 내려 썼다. 아이샤는 시선을 다시 엘리베이터 좌표로 돌렸다.

"키는 애로우 핵심 시스템 전체를 무조건 리셋, 리스타트시킬 수 있는 오브제입니다. 그 기능으로 미루어 알 수 있다시피 존재 자체가 극비인 사항으로, 의장님과 극소수 대의원만이 키와 키를 이용한 리셋 프로토콜이 존재한다는 사실을 알고 있었다고 합니다. 적대자는 우연한 기회로 키를 입수하여 기능까지 알아낸 것 같습니다."

"증거는요? 증거는 있어요?"

나는 떨리는 목소리로 반문했다. '난 이제 그 책임을 어디에 어떻게 물어야 할지 잘 알고 있거든.' 얼음을 삼킨 것처럼 혀와 목구멍이 차갑게 굳었다.

"아인, 어떤 물건이 키인지, 그 물건이 어떻게 적대자의 손에 들어갔는지는 나도 모릅니다. 나한테도 제한된 정보예요. 내가 아는 건 의장님께서 보안위원회에 키의 정체를 공개하셨고, 의장님께서 주신 정보에 의거해 추적한 결과 적대자가 키를 입수했다는 게 확인됐다는 사실뿐입니다.

수집된 정황과 증거를 종합해볼 때, 화신이 키를 사용해 애로우를 파괴할 목적으로 중등도 기계 신체 손상을 위장해 귀환했을 가능성이 극히 큽니다. 이에 따라 보안위원회가 적대자 경계령 발동을 의결하고 보안대에 수행 명령을 하달했죠.

우리가 방아쇠를 당기는 덴 그걸로 충분합니다."

"충분……."

머리가 제대로 돌아가지 않았다. 생각을 조리 있게 이어가기가 힘겨웠다.

"나는…… 화신은 대체 무슨 수로……."

아이샤의 설명을 받아들이더라도 불분명한 부분이 너무 많았다. 일개 머신 엔지니어인 화신이 대체 어떻게 그런 극비 정보를 알아낼 수 있었단 말인가?

"의장님께서 말씀하시기로, 적대자 주변에 키의 정체를 알고 있던 사람이 한 명 있었다고 합니다."

내 머릿속을 읽은 것처럼 아이샤가 말했다.

"라이. 작업 중 발생한 사고로 베이스에서 사망한 커맨더. 그가 일기를 남겼죠. 의장님께선 거기에 키의 정체와 기능을 추론할 단서가 남아 있었으리라고 단언하셨습니다. 사실 확정을 위해 현재 보안위원회 정보평가국이 문헌을 정밀 조사 중입니다."

"라이요? 라이가 왜, 어떻게……. 의장님이 그걸 어떻게 단언하셨다는 건가요?"

내가 혼란에 휩싸여 묻자, 아이샤가 의아하다는 어조로 되물었다.

"당신은 라이의 출신을 모릅니까? 라이와 의장님은 애로우 프로젝트 출범 초기부터 함께한 동료였어요. 인공지능 설계와 바이오메커닉에서 시작해 기계 신체 연구 총괄을 거치며 애로우 프로젝트 전면에 나선 의장님과 달리, 라이는 동면 전까지 우수한 천체물리학자로서 성간 항법 연구에 매진했습니다. 애로우 항법 시스템 나비스 프라임(navis prime)이 그의 작품이죠.

적대 세력에 의한 우주선 탈취와 원인 불명의 셧다운 등 우발적 위험에 대비해, 물리적 키를 이용하여 나비스 프라임이나 코어 드라이브(core drive) 엔진 제어 시스템 같은 우주선 핵심 제어 체계 일체를 리셋 가능하게 해두자는 비상 프로토콜 아이디어는 라이도 잘 알고 있었다고 합니다. 의장님 말씀처럼 그의 일기에 관련 기록이 남았을 확률이 높아요."

라이의 출신. 라이의 과거.

뒤통수를 강하게 한 대 맞은 느낌이 들었다. 나는 라이의 과거를 몰랐다. 라이의 과거를 궁금해하지도 않았다. 당연했다. 눈을 뜨자 할 일이 산처럼 쌓여 있었는데 한가하게 타인의 과거를 캐물을 여유가 어디 있었겠는가? 타이드의 현실을 사는 데 과거는 필요 없었다. 나는 라이를 포함한 어느 누구에게도 과거 이야기를 들려달라고 먼저 요청한 적이 없다. 당연했다. 내겐 그들에게 들려줄 이야기가 없기 때문이다.

아니, 조금 더 솔직해져볼까. 사실 나는 내 과거도 궁금하지 않았다. 마음만 먹었다면 추적해볼 수 있었을 텐데. 애로우 시스템 곳곳에 축적된 기록 어딘가에서 조각난 단서들이나마 건져볼 수 있었을 텐데. 그러나 나는 그러지 않았다. 그리고 싶지 않았다. ……왜?

그 순간 살라민의 편지에 적혀 있던 문장이 퍼뜩 떠올랐다.

'유품 목록을 확인한 화신이 그러는데, 라이가 수기로 작성한 방대한 양의 비공식 직무 일지와 일기는 애로우 보안위원회가 검토하길 원할 것 같대.'

일기. 직무 일지와 일기. 설마, 화신의 책상에 가득 쌓여 있던 그 노트들은 라이의 일기였던 걸까? 가까스로 정신을 차리고 중요한 실마리를 이어 붙인 머릿속이 얼어붙었다.

"30초 후 도착. 내 명령에 따라 발포하도록. 실수는 용납하지 않는다."

노바 건의 안전장치를 해제하는 소리가 사방에서 찰칵찰칵 울렸다.

헤드기어의 고글을 내려 쓴 아이샤가 내게 노바 건을 내밀었다. 자주색 탄환이 장전돼 있었다. 필요할 때 클립을 밀어 안전장치를 해제하고 조준한 다음 방아쇠를 당기라는 지시가 이어졌다. 격렬히 거부하는데도 아이샤는 내 손에 노바 건을 억지로 쑤셔 넣었다.

총을 든 채 망연해진 나를 보고 아이샤가 다시 한번 다짐받았다.

"지금부터 당신이 만날 화신은 동료가 아니라 애로우의 적대자입니다. 명심하십시오."

엘리베이터 문이 열리자 메인터넌스 베이로 이어지는 홀이 펼쳐졌다. 그곳에는 한 치 앞을 분간하기 힘든 암흑이 고여 있었다.

아이샤를 선두로 2열로 늘어선 대원들이 엘리베이터를 빠져나갈 때, 홀 건너편 어둠 속에서 별자리 같은 붉은 점이 어지럽게 점멸했다. 이어 소음기를 장착하지 않은 구식 화기 특유의 격발음과 불꽃이 이쪽으로 쏟아져 내렸다. 일제히 자세를 낮춰 흩어진 대원들이 전방에 노바 건을 겨누고 전진했다.

그리고 최대한 비슷하게 자세를 낮추고 엘리베이터 내에 대기하던 내가 아이샤의 수신호에 맞춰 대원들 뒤를 따라 나가려 할 때.

삐잉.

엘리베이터 문이 닫혔다.

"아이샤!"

황급히 문을 두드리며 소리쳤으나 이미 늦은 후였다.

눈앞에서 엘리베이터 좌표가 무시무시한 속도로 바뀌기 시작했다. 공중으로 가볍게 몸이 떠오르자 얼굴의 솜털이 삐죽 섰다. 엘리베이터는 급속 하강하고 있었다.

안간힘을 써 벽에 달라붙은 나는 계기반을 조작해보려 했다. 그러나 엘리베이터는 비상 정지 레버에도 반응하지 않았다. 원래부터 바닥을 조준하고 쏘아진 화살처럼 착실히 속도를 더해갈 뿐이었다.

절망적인 심정으로 좌표를 확인했다. E12번 엘리베이터는 광장과 메인터넌스 베이와 G층, 즉 게이트가 소재한 그라운드 층 세 점을 직결 운행한다.

다시 말해 엘리베이터의 다음 목적지는 타이드 지면이었다. 통상 4분이 소요될 거리가 엘리베이터 좌표상 2분 30초에서 40초로 순식간에 압축되었다. 이 속도로 지면과 충돌하면 확실히 죽는다.

간신히 엘리베이터 문틈에 욱여넣은 손가락과 팔에서 아지랑이와 열기가 피어올랐다. 과부하가 걸린 어깨 커넥터가 헛돌기 시작했다. 얼굴이 뜨겁게 달아올랐다. 벽면을 디딘 발이 드득드득 소리를 내며 밀렸다. 그대로 최고 출력을 계속해서 밀어붙이자 기계 신체 전체에 파도처럼 불규칙한 진동이 일어났다. 그래도 여기서 죽을 순 없다. 나는 엘리베이터 문을 뜯어내는 데 사력을 쏟아부었다.

35초. 34초. 33초.

문틈에 끼워 넣었던 오른손 손가락 두 개가 출력을 이기지 못하고 파괴되었다. 부서진 손가락은 눈 깜짝할 사이에 바깥으로 빨려 나갔으나, 안쪽으로 튀어 들어온 파편 일부가 이마를 찢고 엘리베이터 천장에 날아가 박혔다.

나는 나머지 손가락을 전부 문틈에 쑤셔 넣고 다시 힘을 주었다. 둔하게 조율된 통증 신호가 기계 신체와 접속된 신경을 타고 밀려와 뇌를 두들겨댔다. 콧구멍에서 분홍색 합성 혈장이 벌컥 터져 흘러내리기 시작했다.

30초. 29초.

오른팔 전체가 뜯겨 나갈 듯 격렬히 진동했다. 구겨진 엘리베이터 문 사이로 겨우 머리가 나갈 만한 공간이 만들어졌다.

28초. 27초.

그런데 이 문을 뜯어낸들 어떻게 내리지?

벌어진 문 사이로 바깥이 노이즈처럼 솟구쳤다. 층과 층을 구분하는 검은 선이 끝없는 단두대처럼 이어지고 있었다. 여기서 '내려도' 죽는 건 마찬가지다.

어쨌든 머리를 감싸자.

25초.

삐잉.

앗, 하는 순간 몸이 허공으로 높이 떠올랐다가—콰앙! 귓전에 굉음이 울렸다.

활짝 열린 문으로 들어서는 누군가가 어렴풋이 보였다.

왜 어렴풋이 보일까. 두 뺨이 뜨끈하고 척척했다. 눈을 몇 번 깜빡여보고, 나는 합성 혈장이 흘러들어온 탓에 시야가 흐려졌다고 생각했다. 엘리베이터가 정지하면서 벽에…… 혹은 천장에 충돌한 것 같았다. 내가 말이다.

"으아, 다행이다! 엘리베이터가 내 예상보다 빨리 떨어지지 뭐야. 여기서 널 못 빼내면 어쩌나 했어."

천천히 손가락을 구부려 주먹 쥔 다음, 두 다리를 차례로 움직여보았다. 다행히 전부 연결돼 있었다. 기동하기 어려울 만큼 파손된 곳도 없는 듯했다.

노바 건. 쓰러진 자세에서 눈알만 굴려 노바 건을 찾았다. 탁한 시야에 맺히는 상이 흐렸기에 자주색을 목표로 찾았다. 자주색, 자주색. 아, 저기, 손을 뻗으면…….

성큼성큼 다가온 사람이 내 팔을 거칠게 잡아당겨 앉혔다. 뇌진탕을 일으킨 듯 시야가 마구 흔들리며 구역감이 치밀어 올랐다.

"일단은 여기서 나가자."

이 목소리.

"제이드."

"안녕! 나도 다시 만나 반가워, 아인."

제이드가 내 왼손 끝에 걸렸던 노바 건을 제 것처럼 낚아챘다. 그리고 나를 들어 어깨에 거꾸로 들쳐 멨다. 시야가 뒤집히자 구역감이 더 강렬하게 올라왔다. 점막이 벗겨진 듯 쓰라린 목구멍에서 신경 인터페이스를 보호하는 녹황색 바이오 젤, 갈색 윤활액, 미세 금속 슬러리 따위가 범벅 된 진흙 같은 액체가 질질 흘러나왔다. 입안 가득 쓴맛이 감돌았다.

제이드가 왜 여기 있지?

나는 고통에 매달려 필사적으로 생각을 이어보려 했다.

화신은 어디 있지?

나는…….

그러나 의식은 보람 없이 꺼졌다.

"아인, 일어나. 우리 여기서 허비할 시간 없어."

차가운 액체를 머금은 천이 이마와 귀, 코, 뺨을 차례대로 문질렀다. 까슬거리는 천을 적신 액체는 소독용 약제를 희석한 3급 정수인 듯했다. 액체가 닿자마자 얼굴이 통째로 뜯겨 나가듯 아려왔다. 눈도 뜨지 못한 채 신음하며 이리저리 얼굴을 돌려 피했지만, 집요한 손길은 끝까지 따라와 내 코밑과 입가를 벅벅 문질렀다.

"어휴, 네가 이 꼴로 나가면 다들 놀랄 거야. 아파도 참아."

이 목소리. 추락하는 엘리베이터. '안녕! 나도 다시 만나 반가워.' 제이드.

더러워진 천을 노란 통에 던져 넣은 제이드가 나를 돌아보고 씩 웃었다.

"와, 드디어 깼네! 어찌나 정신없이 자던지, 난 네가 잠자는 숲속의 그건 줄 알았잖아. 입이라도 맞춰야 하나 고민하던 참이었다고. 일단 부탁할게. 본론부터 얘기해줄 테니까 제발 소란 떨지 말아줘. 그 전에 얼굴 좀 마저 닦아줄래? 목 아래는……."

제이드는 뒤로 한발 물러선 다음 나를 머리끝부터 발끝까지 훑어보았다. 그리고 약제에 흠뻑 적신 새 천을 내밀었다.

"대충 둘러대면 되겠지. 얼굴만이라도 깨끗이 닦아주라."

제이드가 천을 버린 노란 통에 바이오해저드 마크가 찍혀 있다. 의료 폐기함이다. 제이드는 나를 메디컬 룸으로 데려온 것이다.

아니, '데려왔다'는 말은 어울리지 않을지도. 내가 누워 있는 스캐닝 베드의 맞은편 천장 환기구 뚜껑이 부서져 있었다.

내 시선을 따라 천장을 본 제이드가 소리 내 웃었다.

"어쩔 수 없었어. 기절한 후발대 커맨더를 끼고 돌아다니기엔 보는 눈이 너무 많았다고. 엘리베이터 가속장치가 그렇게 예민한 줄 알았으면 다른 기회를 노리는 거였는데 뭐, 네가 죽지 않아 다행이야."

나는 현기증이 일어나지 않도록 천천히 몸을 일으켰다.

육각형 벽면을 따라 배치된 의료용 3D 스캐너와 인공지능 진단기, 바이오 프린터 등의 장비가 모두 꺼져 있었다. 바이털사인을 표시하는 디스플레이나 환자의 심리적 안정을 위해 '평화로운' 이미지를 띄워두는 용도의 스크린 패널도 시커멓게 죽어 있었다. 타이드의 검붉은 흙먼지와 종류가 다른, 불투명한 금속성 먼지가 실내 전체에 두꺼운 막으로 쌓여 있다 때때로 제이드가 비춘 플래시 빛을 반사했다. 오래전에 폐쇄된 메디컬 룸 같았다.

고개를 돌리자 뒤쪽에 출입구가 보였다. 에어로크형 도어 프레임에 달린 개폐 신호 램프도 꺼져 있었다. 이 공간이 동력 차단 구역 안에 있다는 뜻이다.

머릿속에서 애로우 내부 지도를 펼쳤다. 여기가 만일 메인 터넌스 베이와 G층을 잇는 E12번 엘리베이터에서 가까운, 그리고 동력 차단 구역에 소재한 폐쇄된 메디컬 룸이라면, 나는 비사용 생활 모듈에 있다.

"여긴 비사용 구역이야. 그렇지?"

3만 명을 수용할 수 있도록 만들어진 우주선에 현재 상주인구는 4천 명에 못 미친다. 자원 절약과 효율적 관리를 위해 비사용 구역으로 분리해둔 2만 6천 명분의 공간이 애로우에는 넘쳐났다.

"으음, 반은 맞았네. 응급처치 하기도 좋고, 조용히 얘기하기도 좋은 곳인 건 맞아."

상냥한 척 웃는 얼굴이 재수 없었다.

나는 제이드가 내민 손에서 축축한 천을 집어 들었다. 스캐닝 베드 옆에 거치된 트롤리를 살펴보자 팩에 밀봉된 음용수가 있기에 그것도 하나 빼 들었다.

"정확히 말하자면, 여길 포함한 7개 층 생활 구역이 7301일 동안 비사용 상태였지. 하지만 지금은 임시 대피 구역으로 개방되어 오랜만에 사람이 바글바글해. 적대행위 경보 때문에 위쪽 시스템 오퍼레이팅 모듈에서 작업하던 사람들이 이쪽 여기저기로 대피해 있거든."

제이드는 재잘거리며 메디컬 룸 내부를 돌아다니기 시작했다.

미미하게 짠맛이 나는 음용수 한 팩을 들이켠 다음, 한 팩을 더 뜯었다. 두 팩을 연달아 비우자 입안과 목구멍의 작열감이 그럭저럭 가라앉는 느낌이 들었다. 체액으로 얼룩진 천을 뭉쳐 의료 폐기함에 던져 넣고 베드 아래로 발을 내렸다. 시야도 맑아졌고, 현기증이나 구역감도 진정됐다. 지금으로선 움직이는 데 큰 문제는 없을 듯했다.

꺼진 단말기 옆에 놓인 의약품 캐비닛을 뒤지던 제이드가 나를 향해 뭔가 휙 던졌다. 주황색 패킷에 든 경구용 진통제였다. 둥근 알약을 세 조각으로 쪼개 한 조각만 삼킨 다음, 나머지는 찢어진 패킷과 함께 트롤리에 내려놓았다.

"다 안 먹어? 아, 혹시 용량 때문에?"

허공에 내 머리 부분만 동그랗게 따라 그리는 제이드를 무시하고 일어서려던 때였다.

찰칵. 제이드가 손에 든 노바 건의 안전장치를 풀었다. 내 미간에 총구를 겨눈 채로.

"우리, 정말 바쁘거든. 기절한 널 여기까지 끌고 오느라 시간을 많이 버렸어. 이제부터 나랑 다투고 싶은 마음이 들거든 하나만 상기해주라. 네가 1분 낭비할 때마다 화신으로부터 1분씩 멀어진다는 거."

혀끝에 진통제의 쓴맛이 고였다. 나는 지끈거리는 관자놀이를 한 손으로 꾹 눌렀다.

"우린 지금부터 센트럴 라이브러리로 갈 거야. 임시 대피 구역을 지나야 하니 적극적인 협조 부탁해. 날 두고 도주한다든가 나를 제압하려 한다든가, 하여튼 수상한 거동을 보이면."

거기서 말을 멈춘 제이드가 고개를 갸웃했다.

"뭐, 내가 널 어쩌겠어. 하지만 네가 얌전히 따라와준다면 용무가 끝난 다음 널 화신과 만나게 해주겠다고 약속해. 그러니 협조해줘."

살상용 탄환이 장전된 총으로 협박하는 사람치고는 진심으로 협조를 구하는 것처럼 들리기도 했다.

뇌진탕을 일으켰다 기절한 머리로 헤쳐 나가기엔 벅찬 상황이었다. 당장 떠오른 의문만 모아도 물어야 할 것이 너무 많았다. 지면으로 추락하는 E12번 엘리베이터에서 나를 납치—구조?—한 이유부터 시작해 화신을 추적 중인 보안대는 어떤 상황인지, 제이드가 말하는 '용무'란 게 무엇인지, 화신을 어떻게 만나게 해준다는 건지 등등.

나는 가장 중요한 문제부터 확인하기로 했다.

"네가 날 화신과 무사히 만나게 해줄 수 있다는 증거는?"

순간 제이드가 미묘한 표정을 지었다. 어쩐지 한 방 먹은 듯한 표정이었다.

"아, 그래……. 내 얘기가 너무 본론부터 들어갔지? 넌 정말 아무것도 모르는 듯하네. 증거, 증거라……. 으으음, 잠깐이면 괜찮을지도. 임시 대피 구역으로 지정된 이상 시스템 가동 수준도 조금 올라와 있을 테고…… 잠시만. 여기 어디, 포트가……."

주변을 두리번거리던 제이드가 커다란 스크린 패널이 설치된 벽으로 다가가 쪼그려 앉았다. 그리고 노바 건을 바닥에 내려놓은 다음, 꺼진 패널 밑부분에 한 손을 밀어 넣었다.

그러자 스크린이 빛나기 시작했다. 형태가 뭉그러진 몇 가지 이미지 뭉치가 일이 초쯤 화면을 빠르게 스쳐 지나간 후, 너른 들판이 나타났다. 메디컬 룸에 드나들 때 종종 보게 되는 〈평화로운 지구〉 연작 중 한 장면이었다. 노란색과 보라색 꽃잎의 야생화가 군락을 이룬 녹색 들판 위로 솜털 같은 흰 구름이 떠다니는 맑은 하늘. 들판의 풀을 흔드는 산들바람과 시냇물 흐르는 소리가 듣기 좋은 음량으로 흘러나왔다. 내 기억대로라면 이제 민속 의상을 입고 빨간 모자를 쓴 한 소년이 등장해 〈목동의 노래〉를 부를 차례였다.

그러나 화면에 나타난 소년은 노래를 부르는 대신 나와 시선을 맞추고 입술을 열었다.

"특수-9, 목표 확인. 메인터넌스 베이로 이동 중."

순진한 목소리에 섬뜩한 문장이 실려 나왔다.

'특수-9, 목표 확인. 메인터넌스 베이로 이동 중.'

보안대가 의장실로 송신했던 상황 보고. 타이드의 수평선에서 폭탄처럼 터졌던 글자들.

빨간 모자를 벗어 든 소년이 점잖게 허리를 굽혔다. 인사를 마친 소년이 지팡이를 치켜들자 어디선가 양 떼가 등장했다. 들판을 가로질러 몰려온 양들은 탐스러운 꽃과 여린 풀을 야

금야금 먹어치웠다. 소년이 손을 흔들었다. '아인, 나야 나, 제이드.' 소리 없이 또박또박한 입 모양만으로 말을 전한 다음, 소년은 낮잠이라도 자려는 듯 양들 사이에 누웠다.

그제야 나는 잠긴 목에서 목소리를 쥐어짜냈다.

"제이드 네가…… 상황 보고를 조작한 거야? 화신은 메인터넌스 베이로 가지 않았어?"

"엄밀히 말하면, 보안대를 네 친구가 없는 곳으로 유인해줬지. 그때 그 프랑켄은 메인터넌스 베이 근처에도 없었어. 9번 게이트에서 13번 게이트로 뻗은 정비용 통로와 화물 수송 레일을 지나 침수된 배기구 네트워크를 통해 선미에 침입할 계획을 세운 것 같아. 대부분 비사용 구역을 지나는 경로여서 보안이 상대적으로 느슨하다는 장점이 있지. 이 커다란 우주선 전 구역에 물 샐 틈 없는 고도 감시망을 돌리기엔 보안위원회가 할당받은 동력이 모자라거든. 같은 이유로 나도 그의 흔적을 종종 놓치긴 하지만, 아직까진 괜찮아 보이네. 아이샤도 엉뚱한 곳을 헤매고 있고. 지금쯤 화신은 아마 진흙이 말라붙은 집중 덕트 중 하나를 기어가고 있을걸, 흡입물 분쇄기를 우회하면서."

제이드가 스크린에서 손을 떼자 소년과 양 떼가 사라졌다. 방금 비쳤던 평화로운 풍경이 꿈이었던 것처럼 스크린은 캄캄했다.

"참고로 메인터넌스 베이 홀에서 깜짝 쇼를 보여준 것도 나야. 스크린이라면 거기도 많았거든."

나는 망연히 물었다.

"어떻게 한 거야?"

"목동이 말한 거? 라이브러리에서 끌어올 수 있는 레퍼토리 중 적당한 걸 썼어. 메디컬 룸에서 쓰는 데이터 다발은 레퍼토리 카트리지가 독립돼 있어서 찾기도, 끌어오기도 편해."

미처 의식하기도 전에 몸이 멋대로 일어나 제이드를 향해 돌진했다.

그가 내뱉는 숨결이 느껴질 만큼 가까이 접근하자 내 흉부 장갑에 총구가 닿았다. 활짝 열린 동공을 감싼 연회색 홍채가 유리알처럼 반짝였다. 이 거리에선 노바 건 탄환에서 발산된 빛이 그의 눈에 자주색 오로라처럼 일렁이는 모양까지도 선명히 볼 수 있었다.

"나는 애초에 이런 게 어떻게 가능하냐고 묻는 거야. 애로우 군사 인공지능을 해킹해서 조작한 보고를 전송했다고? 네 마음대로 보안 시스템을 뚫고 명령 체계를 교란하고 고속 엘리베이터를 통제해? 너, 정체가 뭐야?"

연회색 눈이 둥글게 커지는가 싶더니 한쪽이 찡긋 감겼다. 어딘가 기시감이 드는 윙크였다.

"내 정체가 뭐냐니, 프랑켄이지. 그리고 또 꼽아보자면, 나름대로 평화주의자? 행성의 둘도 없는 거대 인공 세계를 박살 내고 싶진 않은 쪽? 적어도 그 부분에 관해선 네 과격파 친구와 정반대 입장이고, 너와 이해를 같이하지. 종합해보면, 나는 지금의 네가 가장 필요로 하는 친구 아닐까."

찰칵. 제이드가 보란 듯이 클립을 당겨 노바 건의 안전장치를 잠갔다. 그리고 조금 위로 들어 올린 총구로 내 왼쪽 가슴을 톡톡 두들겼다.

"아인, 있잖아, 나는 네가 고를 수 있는 최선의 선택지야. 적대자 사살 명령은 취소되지 않았어. 내가 상황에 개입하지 않으면 다음 20분 안으로 보안대 애들이 화신이 최초로 들어간 배기구를 특정해낼걸."

"네 말을 어떻게 믿어? 다 말뿐이잖아."

나는 이를 악물고 단어를 씹어 뱉었다. 제이드는 내 일그러진 얼굴을 말없이 관찰했다. 못 보던 책이라도 발견한 것처럼 흥미에 찬 눈길이었다.

"넌 캡슐에서 깨어났을 때부터 지금까지 사람들 말만 믿고 왔잖아. 의장의 말, 라이의 말. 말이 너에게 존재의 목적을 주고 확신을 줬잖아. 확신이 근거와 방법을 마련해내는 거지, 그 반대가 아니라고.

봐봐, 타이드의 인간 전부가 말만 믿고 온 거야, 아인. 거주 가능한 행성을 찾아 착륙하면 살아남을 수 있다는 말을 믿은 사람들만이 실제로 여기 도착했어. 네가 이번에 내 말을 믿으면, 화신을 만날 수 있어. 그런데 내 말을 믿지 않으면, 무슨 수로 만날래?"

내게서 몸을 돌리고 멀어진 제이드가 의약품 캐비닛을 뒤지기 시작했다.

"솔직히 말해서 그 프랑켄이 죽어도 난 아쉬울 게 하나도 없어. 난 그냥, 네가 필요할 뿐이야. 너와 척을 지긴 싫어. 다치게 하고 싶지도 않고. 그러니 네가 먼저 협조해주면, 나도 최선을 다해 네가 친구를 만나게 해주겠다는 거야. 그다음엔 네 마음대로 회포를 풀든 설득을 하든 쏴버리든 하라고. 그럴 기회를 원하는 거 아니야?"

캐비닛에서 휴대용 메디컬 백을 찾아낸 제이드는 지퍼를 열어 내용물을 비운 다음 그 안에 노바 건을 넣었다.

나는 눈을 감고 숨을 깊이 들이마셨다. 그리고 약물이 뇌진탕의 여파를 다소 잠재워준 머리로 제이드의 '제안'을 곱씹어 보았다.

어차피 여기서 제이드를 따돌려도 내가 아이샤나 다른 보안대를 따라잡아 합류할 가망은 희박하다. 나 혼자 힘만으로 화신을 뒤쫓거나 그에게 내려진 사살 명령을 취소시키기도 불가능하다. 제이드의 정체가 무엇이건, 무슨 속셈을 품었건, 지금은 다른 선택지가 없었다. 그를 믿는 수밖에는 없다. 여기서 멈춘 채 망설여도 상황은 변하지 않는다. 망설이는 동안 시간이 흐를 뿐이다. 적어도 거기에는 의심의 여지가 없었다.

지금은 망설일 때가 아니었다. 마음을 정할 때였다.

나는 마음을 정했다.

"좋아. 협조할게."

"좋아! 너도 약속한 거다!"

제이드가 무엇을 원하든, 빨리 줄수록 그만큼 화신을 빨리 만날 가능성이 커진다. 마음을 정한 나는 과장된 윙크를 날려 대는 제이드의 등을 출입구로 떠밀었다.

생활 모듈 내의 개인실 구역과 센트럴 라이브러리가 소재한 공용 구역을 잇는 홀이 가까워지자 군중의 소음이 들려오기 시작했다. 캄캄한 복도 끝에서 빛이 새어 나오고 있었다. 나는 심호흡을 하고, 눈부신 조명이 밝혀진 홀에 한 발을 내디뎠다.

어둠에 적응했던 눈이 다시 빛에 익숙해지기까지 수 초가 걸렸다. 300명가량 수용할 수 있는 중간 규모의 홀은 발 디딜 틈 없이 붐볐다. 사람들은 오각형 벽을 따라 설치된 임시 조명의 환한 빛 아래서 웅성대고 있었다. 대부분 회색 경량 슈트를 입고 손에 헬멧을 든 차림이었다.

홀에서 센트럴 라이브러리로 이어지는 출입구를 찾아 주위를 살피면서 머릿속으로 애로우 대피령 단계에 따른 행동 요령을 떠올려보았다. 1단계, 경계. 대피 태세를 갖춘다. 2단계, 집합. 집단 대피를 위해 지정 구역에 집합, 인원을 점검하고 정보를 공유한다. 3단계, 대피. 명령에 따라 안전 구역으로 대피.

현 상황을 고려했을 때 가장 안전한 구역은 베이스였다. 애로우에 격납된 비히클을 총동원하면 4천 명 정도는 일시에 이

동시킬 수 있다. 그러면 현재 베이스 수용 가능 인원을 우습게 초과하게 된다는 것이 문제였지만. 어제 애로우로 들어온 프랑켄들은 아마 메인터넌스 베이 하부의 G층, 8번이나 9번 게이트 인근 공용 구역에서 대기하고 있으리라.

생각에 빠져 있던 내 등을 제이드가 툭 쳤다. 정신을 차리자 군중의 시선이 우리에게 꽂혀 있었다. 갑자기 홀에 나타난 낯선 프랑켄들을 경계하는 눈치가 역력했다.

"저…… 당신, 애로우 주재 후발대 커맨더…… 맞죠?"

가까이 서 있던 무리 중 한 여자가 내 얼굴과 가슴에 박힌 황금 리본을 번갈아 보다가 작은 목소리로 물었다.

"네, 맞아요."

"세상에, 당신 얼굴이……."

"알아보기 어렵죠? 오면서 작은 사고가 있었어요."

내 말이 끝나자 뒤에 서 있던 제이드가 어깨에 멘 메디컬 백을 통통 쳤다. 그는 홀에 들어서면서부터 내내 고장 난 저주 인형처럼 방긋대고 있었는데, 그게 제일 무난한 얼굴이라고 믿는 눈치였다.

그때 한 젊은 남자가 군중을 헤치고 나와 우리 앞을 가로막고 팔짱을 꼈다.

"적대행위 경보는 이제 해제된 겁니까? 애로우는 안전한가요?"

그는 침착하게 말하려 애쓰는 것 같았다.

"여러분, 저희는 애로우를 지키기 위해 최선을 다하고 있습니다. 지금은 2단계 대피령에 따라 대기해주세요. 안전을 확인하는 즉시 경보가 해제될 겁니다."

나는 잔뜩 긴장한 남자와 시선을 맞추고 큰 목소리로 대답했다.

남자 뒤에 늘어서 있던 몇 명이 고개를 끄덕이고, 몇 명이 고개를 젓는 광경이 보였다. "그래, 괜찮을 거야." 검은 머리를 길게 늘어뜨린 여자가 혼잣말처럼 중얼거렸다. "틀렸어, 커맨더라는 작자도 우리보다 아는 게 없나 보군." 사람들에 묻혀 얼굴이 보이지 않는 누군가가 투덜거렸다.

"적대자가 프랑켄이란 소문을 들었어요!"

사람들 너머, 홀 중앙에 가까운 곳에서 누군가 버럭 외쳤다. 노기를 띤 목소리였다. 곧바로 나도, 나도 들었다는 웅성거림이 꼬리를 물고 커졌다.

나는 크게 숨을 들이마셨다.

"네, 현재 프랑켄 한 명이 용의선상에 올라있습니다. 하지만……."

순식간에 여기저기서 한숨과 노성이 터져 해일처럼 번졌다. 그럴 줄 알았어. 미친놈 하나 때문에 이게 무슨 생고생이야? 좀 기다려봐요. 용의선상이라잖아, 아직 수사 중인 사안인지도 몰라. 그래요, 더 들어봅시다. 커맨더가 설명하게 둬봐요, 좀! 뭐? 그럼 의장님께서 확신도 없이 적대행위 경보를 때렸겠어? 한 놈이란 건 말도 안 돼, 분명히 배후에 조직이 있어. 이건 그간 고원의 소굴에서 위반자 조직이 암약해왔다는 확실한 증거야! 개척기지 좋아하네, 위반자 소굴! 제발, 이런 와중에도 그놈의 음모론 타령이에요? 내가 음모론자라고? 이봐, 내 말이 맞았는데 왜 음모론이야? 눈을 떠봐! 이게 진실이고, 현실이라고!

뒤에 서 있던 제이드가 내 등을 쿡 찔렀다. 그는 술렁이는 군중을 주시한 채 입술만 달싹거려 나를 재촉했다.

"아인, 뭐 하는 거야. 우린 그냥 여길 빨리 지나가면 된다고. 작전이라든가 뭐라든가, 아무 핑계나 대고 빨리 나가자."

"그 사람은 왜 베이스를 두고 애꿎은 애로우에 분풀이를 한다는 거죠?"

적대감으로 충전된 질문이 화살처럼 날아와 꽂혔다. 갈색 머리를 한데 묶은 여자가 홀 한쪽에 외따로 떨어져 나와 나를 노려보았다.

나는 프랑켄 한 명이 용의선상에 오른 것은 사실이나 사건의 진상은 아직 밝혀지지 않았고, 애로우의 안전 확보를 위해 총력을 다하는 중이라는 원론적인 대답을 일단 되풀이하려 했다. 베이스 역시 진상 확인을 위해 최선을 다하고 있다는 말도 덧붙이고 싶었다. 이대로 베이스와 애로우 사이의 균열이 깊어지게 내버려둘 순 없었다.

그러나 내가 입을 열기도 전에 군중 속에서 누군가 먼저, 거기서 구르다 보면 분풀이라도 하고 싶었을 거라고 소리쳤다.

나는 당황해서 그렇게 소리친 사람을 돌아보았다. 키가 크고 마른 남자, 슈트를 입지 않고 팔에 걸쳐둔 차림. 뺨과 목에 걸쳐 이어진 길고 오래된 흉터가 눈에 띄었다. 그는 회색 슈트를 한 손으로 잡아 깃발처럼 휘두르며 사람들의 시선을 끌었다.

"다들 바깥에 한 번이라도 나가봤다면 무슨 말인지 잘 알 거요. 그런 곳에서 동료들 절반이 넘게 죽어 나자빠지는 동안 애로우는 뭘 했더라? 폭풍이 몰아칠 땐 폭풍 때문에 구조를 거부하고, 폭풍이 지나가면 애로우부터 우선 복구해야 한다는 명목으로 베이스 지원을 또 거부하고. 그걸 우린 비겁하게 의회결의 뒤에 숨어서 모른 척했지. 그 사람들이 그 꼴을 두 번이나 겪었는데 앙심이 안 생기겠습니까?"

나는 황급히 남자를 향해 한 팔을 뻗고 앞으로 나섰다. 이런 담론을 다루기에는 장소도, 타이밍도, 태도도 좋지 않았다. 그러나 남자의 말은 이미 군중을 자극한 뒤였다. 순식간에 흥분한 사람들은 내게 말할 틈을 주지 않았다.

바닥에 쌓인 케이블 다발에 걸터앉아 있던 한 여자가 크게 코웃음을 쳤다. 한 가닥 한 가닥이 사람 몸통만큼 굵은 케이블 다발은 허물처럼 벗겨진 벽면 패널 사이로 아무렇게나 비어져 나와 있었다. 방치된 비사용 구역에서 흔히 보이는 풍경이다. 이런 곳에서 수집한 물자를 분류·가공·분배하는 자원 재순환 작업은 현재 애로우의 중추를 이룬 산업이기도 했다. 코웃음친 여자의 손등에 새겨진 그물 모양 문신이 바로 애로우 내 자원회수를 전담하는 회수반 표지였다.

"그럼 어쩌자고요. 준비도 안 된 땅에 우르르 내려서 사이좋게 죽어요? 후발대는 그런 위험을 감수하고 베이스 건설에 투입되길 자원한 사람들이에요. 그러라고 우리가 그 고생을 해서 그들을 안전하게 보관해준 거라고요.

우리 할 일은 충분히 했어요. 우리가 애로우에서 겪어낸 일에 대해 그들이 뭘 알죠? 여기서 베이스로 퍼부어 넣은 건 또 얼마나 돼요? 이 큰 우주선이 너덜너덜해질 때까지 버티면서 물량을 지원했는데, 돌아오는 건 실패뿐이잖아. 베이스가 부진한 게 선발대 탓이에요? 앙심을 품을 거면 이쪽이 품어야 하지 않나?"

여자의 발언은 기름에 불을 댕기는 것이나 다름없었다. 여자의 말이 끝나기도 전에 곳곳에서 고성이 터져 나오기 시작했다.

사람들은 저마다 소리 높여 본격적으로 책임 소재를 따지거나 책임 소재를 논할 자격을 따지거나 애로우의 미봉책과 베이스의 무능력을 탓하거나 운명을 비관하거나 불안을 하소연하기 시작했다. 이때다 싶었는지 그동안 공공연히 말할 수 없었던 속내도 거침없이 드러냈다. 그 어떤 경우에도 인간의 유일한 모태인 애로우를 보존하는 게 맞지. 베이스냐, 애로우냐를 놓고 고르면 당연히 애로우란 말이야. 고금 대의원 말마따나 기술적으로 재발진만 가능해지면 더 나은 곳으로 떠날 가능성도 분명 있다고. 이참에 프랑켄들도 베이스를 버리고 돌아오라고 해. 생각해봐, 차라리 우주에서 떠돌던 시절이 나았어. 그때 애로우는 적어도 항상성을 유지하고 있었 잖아, 내 말 틀려? 그저 창 너머에 펼쳐진…… 무저갱 같은 심연만 견 디면 됐어. 적어도 순환이 건재했다고, 지금처럼 매 순간 파탄 나는 대 신에 말이야. 조치가 필요해! 아아, 지금이라도 우주로 다시 나갈 수 있다면! 제발 그만들 해요, 꿈 깨라고요! 재발진 같은 건 헛소리야! 지 금까지 타이드에 매몰시킨 자원의 총량을 생각해봐. 이미 늦었다고요. 이 땅에 착륙했을 때부터 돌이킬 방도는 없었어. 그래, 우린 여길 영원 히 벗어날 수 없어. 애저녁에 리턴 한계를 넘어버렸으니까! 어쩌면 처 음부터 지구를 버리지 말았어야 한다던 그 사람들 말이 맞았는지도 몰 라. 우리가 틀렸던 거라면 어떡해? 이게 그 대가라면? 우린 처음부터 망가진 우주선에 갇혀 죽을 운명이었는지도 몰라…….

급기야 금기시되던 말들까지 당당히 나오기 시작하자 과열 된 분위기에 질린 사람들이 얼굴을 쓸어내리며 조명의 사각지 대로 물러섰다. 의회를 믿고 지켜보자든가, 이번에도 의장님이 올바른 길을 찾아낼 테니 믿어보자는 목소리는 지난여름만 한 반향을 얻지 못하고 맥없이 수그러들었다.

흥분한 군중이 끓는 물처럼 아우성치는 틈을 타 제이드가 작정하고 내 등을 떠밀기 시작했다. 그러나 나는 그들에게 해 야 할 말을 생각해내려 애쓰며 버텼다. 그 순간만큼은 화신도 생각나지 않았다.

'우리는 미래를 선택할 수 있다.' 우린 지금 그 어느 때보다 미래를 선택할 수 있다고 믿어야 한다고, 우리에게 그러한 힘이 실재함을 믿어야 한다고, 그러니 제발 머리를 식히고 대책 마련에 힘을 합치자고 한 사람 한 사람을 붙들고 그 귓구멍에 소리쳐 넣고 싶었다.

그렇지 않다면 우리는 왜 타이드에 왔단 말인가? 이토록 지리멸렬히 자멸하려고?

"아인! 아인!"

핏대를 세우고 고성을 지르는 사람들 사이에서 불쑥 튀어나온 손이 내 팔을 뒤로 잡아당겼다. 제이드라고 짐작한 나는 손을 잡아 떨치려 했다. 그러나 창백한 손은 막무가내로 내 팔을 잡아끌었다.

화가 나 돌아본 곳에 예상치 못한 얼굴이 있었다. 후드를 깊이 눌러쓴 살라민이었다. 커다랗게 벌어진 다갈색 눈이 쉬지 않고 주변을 두리번거렸다. 누군가 쫓아오기라도 하는 것처럼 경계하는 기색이었다.

그는 내 팔을 잡고 빠르게 걸으면서도 연신 뒤를 돌아보았다. 마침 홀에 임시 설치된 조명 뒤쪽으로 애로우 연표를 새겨 넣은 커다란 기념비가 보였다. 살라민은 재빨리 기념비 뒤쪽으로 돌아가 나를 잡아당겼다. 그동안 제이드는 내게 그림자처럼 찰싹 달라붙어 있었다.

"아인, 저 사람들이 말하는 게 정말이야? 화신이 적대자라는 거?"

살라민이 다급하게 물었다. 나는 아직 그렇게 단정 지을 순 없다고 대답했다. 그러나 내 대답을 들은 그의 얼굴은 파랗게 질렸다.

"맙소사……. 정말이구나. 아인, 보안대가 날 수색하고 있어. 화신 때문이야. 베이스에서 들어온 프랑켄 사이에서 적대행위 협력자를 색출하고 있다고. 보안대원들 낌새가 뭔가 이상했어. 중무장하고 들어오잖아, 대피 구역에. 대장이라는 사람이 다짜고짜 명부 체크를 시작하자 종 노이가 강하게 항의하면서 소란이 빚어졌어. 난 그사이에 뒤로 빠졌고. 예감이 좋지 않았어. 상황이 돌아가는 게 이상했어……. 하지만 뭘 더 어떻게 해야 할지 몰라서 비상구 대기 공간에 숨어 있다가, 보안대원들끼리 H-19홀에 프랑켄이 나타난 것 같다고 이야기하는 걸 엿들었어. 그렇게 위쪽 구역에 있는 프랑켄이라면 너일지도 모르겠다는 생각이 들더라."

살라민의 말을 듣고 있던 제이드가 인상을 구기더니 뒤편 벽으로 걸어갔다. 메디컬 룸 스크린 패널을 통해 애로우 시스템에 들어갔듯이 이번에도 어딘가 접속 가능한 포트를 찾는 것 같았다. 이쪽으로 향하고 있을 병력을 다른 곳으로 유인하려는 셈인 듯했다.

"솔로몬이 도와준 덕분에 화물 수송 튜브에 몰래 타고 여기까지 올라올 수 있었어. 터널이 너무 어두워서……."

"잠깐, 살라민. 진정해. 아래쪽 상황은 알겠어. 하지만……."

나는 보안대가 화신에 관련된 사람을 수색하고 있다는 추측
이 맞다 하더라도, 그리고 설사 살라민이 그 대상이라 하더라
도 조사 수준에 그쳤을 것이라 안심시키려 했다.

살라민은 분명 화신과 같은 크루쇼크 출신으로 베이스에서
함께 지낸 시간이 길다. 화신과 인간적으로 가까운 사이였다
는 것도 맞다. 하지만 그게 살라민이 화신의 '협력자'라는 증거
로 변할 수는 없다. 단순히 그가 화신의 친구라는 이유로 체포
나 구금에까지 이를 거라고는 상상하기 어려웠다.

그러나 살라민은 내 설명을 단호히 끊었다.

"라이의 유해를 처리하고 유품을 수습해서 화신에게 보낸
게 나잖아. 유기체를 제거한 라이의 유체를 전로에 넣은 게 나
야. 캐비닛에 들어 있던 다량의 일기와 일지를 비롯해 바닥에
굴러다니던 연필 한 토막, 방사능으로 고장 난 시계 하나까지
라이 방에 있던 모든 물건을 정리하고 유품 목록을 작성한 것
도 나야. 그런데 어떻게 된 일인지 그게 다 화신이 적대자라는
증거라며. 소문이 파다해."

"살라민, 그건 네 일이었잖아. 그땐 라이가 죽고 나서 화신이
커맨더 직무 대리로 승격한 상태였어. 넌 상관이 지시한 일을
마치고 명령 체계에 따라 결과를 보고했을 뿐이야. 네가 걱정
할 일은……."

"아니야, 아니야. 아인, 내 말 좀 들어봐. 나는 라이의 유체에
서 귀중품을 분리해 화신에게 보냈다는 사실을 베이스로 직접

찾아왔던 보안위원회 총괄 대의원에게 고의로 은폐했어. 보안대가 그걸 어떻게 해석할 것 같아?"

화살을 맞은 듯 움츠린 살라민의 온몸이 덜덜 떨리기 시작했다. 나는 나도 모르게 겁에 질린 친구의 어깨를 끌어안았다.

모든 건 정황에 불과하다. 머릿속에서 이성이 외쳤다. 맞다, 모든 건 정황에 불과했다. 살라민은 현장에서 복잡한 감정을 지닌 상대와 예고 없이 맞닥뜨린 바람에 우발적으로 거짓말했을 뿐이다. 그건 인간적 약점에서 비롯된 사고이지 적대행위에 공모했다는 증거가 아니다. 실제로 살라민이 작성해 애로우로 올린 보고서에는 사실관계가 정확히 기술되어 있다.

하지만 나 역시 오늘 의장실에서 같은 논리로 화신을 변호하지 않았는가? 하지만 그들은 내가 모르는 곳에서 화신이 적대행위를 계획했다는 증거를 찾아내지 않았는가?

살라민을 둘러싼 일련의 정황은 화신의 협력자라는 증거로 오해되기 너무 쉬웠다. 게다가 지금 보안대는 주요 용의자를 확보하지 못한 상태다. 그들이 만일 살라민을 찾아낸다면 '조사'가 어떤 형태로 이뤄질지 예측할 수 없었다. 체포, 구금은 물론 고문까지, 지한이 원하는 만큼 보안대는 일사불란하게 움직일 것이다.

나는 입술을 씹었다.

어떻게 해야 하지?

그때, 군중의 소음이 돌연히 멎었다.

나는 살라민에게 가만히 있으라고 한 다음, 기념비 옆으로 돌아가 홀의 동정을 살폈다.

사람들은 홀에 난 출입구 중 한 곳을 바라보고 있었다. 라이트 윙으로 연결된 반원형 터널 출입구였다. 엔지니어용 헤비 슈트를 입은 어떤 여자가 주황색 램프 아래 서서 손을 입에 대고 소리쳤다.

"3단계 대피령 예비 겸 탑승장에 집결하라는 전언이에요!"

마지막으로 손뼉을 한 번 크게 친 여자가 들어왔던 곳으로 휙 나가 오른편으로 사라졌다.

홀은 적막해졌다. 마치 감았던 태엽이 다 풀려버린 것처럼 입을 다문 사람들이 여자를 따라 무리 지어 통로로 나가기 시작했다. 동물적인 흥분이 식은 그들의 얼굴에 하나같이 짙은 피로가 드리워 있었다.

나는 재빨리 살라민을 끌고 홀 회랑의 그늘을 돌아 일렬로 설치된 임시 조명 뒤로 접근했다. 좋은 생각이 났던 것이다.

살라민은 롱 슬립에 들어갈 때 내부 주요 장기를 기계화하는 대신 말초신경과 피부를 최대한 보존하길 선택했다. 살라민의 기계 신체는 겉으로 티가 나지 않는 안쪽에 집중돼 있다는 뜻이다. 피부에 난 상처로 기계 장기와 생체 조직의 접촉면을 보호하는 젤 타입 나노 윤활액이나 금속 입자가 섞인 합성 혈장이 새어 나오지 않는 이상, 살라민이 프랑켄이라는 사실은 겉보기엔 알아채기 어려웠다. 그러니 내추럴용 슈트를 입고 헬멧을 착용한다면 이대로 인파에 섞여 이동하다 적당한 곳으로 피할 수 있을 것 같았다. 물론 얕은 수였다. 하지만 내가 화신을 만날 때까지 살라민이 안전한 곳에서 시간을 벌기에는 유효해 보였다.

회색 슈트와 헬멧은 환히 밝힌 조명 옆에 무더기로 쌓여 있었다. 살라민은 그중 한 벌을 낚아채 조명 뒤에서 갈아입고 후드를 벗어 던졌다. 언제 탑승 명령이 떨어질지 모르는 상황이니 헬멧 페이스 실드까지 내리고 다녀도 눈에 띄진 않을 것이다.

살라민은 경직된 표정으로 헬멧을 눌러썼다.

"연락 기다릴게."

떨리는 목소리로 속삭인 그가 발소리를 죽여 이동 행렬 끄트머리에 따라붙었다.

'내가 찾아갈게.' 나는 미처 못 한 대답을 건네기 위해 그가 돌아보길 기다렸다. 그러나 살라민은 나를 돌아보는 일 없이 탑승장과 연결된 터널 속으로 사라졌다.

살라민을 삼킨 인파가 탑승장으로 향하는 뒷모습을 지켜보고 있을 때, 제이드가 옆에 다가와 섰다.

"제발 소란 떨지 말아달라고 부탁까지 했잖아. 네가 이렇게 무식하게 나올 줄 알았으면 나도 처음부터 쉽게 갈 걸 그랬어."

투덜대면서도 일이 더 커지지 않아 안심한 기색이 완연한 어조였다.

나와 제이드는 인적이 완전히 사라지길 기다렸다가 홀에서 왼편으로 뻗은 통로로 향했다. 어둠에 잠긴 안쪽을 보고 혀를 찬 제이드가 총총걸음으로 돌아가 홀에 설치되어 있던 임시 조명 하나를 뜯어 왔다.

제이드가 들고 있는 조명에 의지해 100미터쯤 나아가자 반원형 통로 끝 벽에 청색 문자열이 나타났다.

AL10000~AL120000. 애로우 센트럴 라이브러리의 공간 식별코드다. 이 문자열 너머의 수직 12개 층 전체가 센트럴 라이브러리를 구성한다. 라이가 자유 시간만 생기면 문턱이 닳도록 드나들던 '20세기 영화' 파트를 비롯해 지구와 인류의 역사, 문화, 산업, 과학 지식 등을 망라한 각종 형태의 '휴머니티' 데이터가 11개 층을 그리고 애로우 프로젝트 관련 정보 일체를 수록한 '애로우' 데이터가 가장 위쪽 1개 층을 차지하는 구조다.

자료 열람 등급은 각 데이터의 내용과 형태에 따라 달랐지만, 센트럴 라이브러리는 기본적으로 누구나 자유롭게 이용할 수 있는 공용 구역이기에 평상시에는 시간을 가리지 않고 붐볐다. 그러나 적대자 경계령이 발동된 지금, 센트럴 라이브러리의 투명한 벽에는 그림자 하나 얼씬거리지 않았다. 일곱 자리 문자열 너머의 타원형 공간이 텅 빈 유리 껍질 알처럼 보였다.

무의식중에 발이 멈췄다. 제이드가 조명을 끄자 통로가 다시 암흑에 삼켜졌다.

"아무도 없는 것 같아."

내가 중얼거리자 제이드가 휘파람을 불었다.

"그래, 날카로운 지적이야, 아인. 뻔히 보이는 사실이지만."

"모두 대피했나 봐."

"그거 오늘 들은 중 가장 반가운 소식이네."

느낌이 이상했다.

유사시 중요 시설의 동력을 제한·재분배하는 위기 대응 프로토콜에 의하면, 센트럴 라이브러리는 동력 제한 구역에 속할 터였다. 그러나 눈앞의 광대한 공간은 기가 질릴 정도로 환하게 밝혀져 있다. 마치…… 나를 유인하는 것처럼.

"어디로 가야 해?"

나는 잡념을 떨치려 고개를 흔들었다.

"'애로우' 층으로!"

아이처럼 들뜬 제이드가 앞으로 튀어 나갔다.

라
이
브
러
리

내가 아는 애로우는 대부분 라이의 설명에서 뻗어 나왔다. 센트럴 라이브러리도 예외는 아니다. 라이는 내게 메인터넌스 베이 T 보급창에서 프랑켄용 보급품을 수령하는 방법을 알려주었듯이 센트럴 라이브러리의 역사와 사용법을 알려주었고, 여기 보관된 것들이 사실상 애로우라는 세계의 뇌수를 이룬다는 사실도 가르쳐주었다.

그의 표현을 빌리자면, 센트럴 라이브러리는 '지구의 씨앗'이었다. '기름진 땅을 만나면 전성기의 지구를 재현하기 위해서 뿌릴 씨앗들'이 이곳에 모여 있었다.

문명 재건이라는 목적에 걸맞게 센트럴 라이브러리는 실용에 초점을 둔 다른 선내 공간과 차별화된 방식으로 꾸며져 있었다. 차가운 합금과 매끈한 합성수지와 우주방사선을 차단하는 플렉시글라스가 주조를 이룬 기능화된 공간들과 달리, 이곳에만은 못 없이 짜맞춘 목제 가구와 강철 프레임에 끼워진 석영유리, 비단과 도자기 같은 과거의 사물이 넘쳐났다.

'여긴 지구 시대의 파이어니어스 컨소시엄이 자랑하던 대도서관을 옮겨 심은 곳이야. 소장품은 물론이거니와 층별 구조부터 하다못해 기념품 가게에서 판매하던 버블헤드 피규어 하나까지 빼놓지 않고 이식한 곳이지. 전반적으로 곰팡내가 물씬 나는 지구의 유산이다만, 그래도 찾아보면 변함없이 아름다운 것들이 많단다.'

나와 제이드가 탄 엘리베이터도 라이가 말했던 '곰팡내 나지만 아름다운 지구의 유산' 중 하나였다. 길쭉한 상자 모양의 다갈색 목제 프레임 사면에 무늬 유리가 끼워져 있었는데, 그 수동식 기계장치를 작동하려면 경첩이 삐걱거리는 문을 당겨 닫은 다음 기둥에 설치된 황동 버튼을 눌러야 했다. 프랑켄은 셋만 모여 타도 정원 초과 표시등에 불이 들어오는 골동품이다.

기름 먹인 톱니바퀴가 돌아가는 소리와 함께 우리는 애로우 층에 도착했다. 이 층은 아래쪽 열한 개 휴머니티 층과 달리 별도의 독립 인공지능에 의해 관리되었다. 보안법이 직접 적용되는 보안 우선 구역이기 때문이다.

애로우 프로젝트 관련 데이터에 접근하려는 사람들은 먼저 우주선 횡단면을 따라 뻗은 유리 바닥 위에 나열된 목제 팔걸이 의자에 앉아야 했다. 그러면 인공지능이 생체 정보에 기반해 이용자를 식별한 후, 각자의 열람 등급에 따라 편집된 자료 목록을 제공해주었다.

나는 제이드가 이끄는 대로 의자에 앉아 이용자 식별 절차를 밟았다. 홍채 스캐닝을 마친 제이드 앞에 띄워진 목록은 내 것과 달랐다. 제시된 자료 제목은 제이드의 식별코드에 따라 개인화되어 있어서 알아볼 수 없었지만, 그가 볼 수 있는 자료 목록 자체가 내 것에 비해 형편없이 짧았다. 열람용 가상 스크린 상단에 표시된 제이드의 열람 등급은 '베타'. 내 열람 등급은 그보다 세 단계 높은 '엡실론'이다. 제이드의 목적은 엡실론급인 내 '협조'를 얻어 높은 열람 등급 자료에 접근하는 것인지도 모르겠다는 생각이 스쳤다.

그러나 제이드는 내 목록을 거들떠보지도 않고 자기 목록에서 곧장 무언가를 선택했다.

〈애로우의 궤적〉.

그가 불러낸 것은 열람 등급 제한이 걸려 있지 않은 역사 기록물이었다. 그건 프랑켄이라면 누구나 우주선 타임라인을 줄줄이 외울 수 있게 되기까지 행성 상륙 훈련 기간 내내 지겹게 뒤져보아야 했던 자료이기도 하다.

"진창에서 태어나 먼지처럼 피어오른 세상아, 내일엔 꽃이 피려는가 번개가 치려는가."

제이드가 익숙한 멜로디를 작게 흥얼대며—나는 한 박자

늦게 그것이 봄부터 베이스에서 유행하던 노래임을 알아챘다—두 팔을 크게 벌리자, 그의 양손 끝을 따라 허공에 마크된 청색 선 안에서 낯익은 역사가 솟구쳐 오르기 시작했다.

애로우 프로젝트 초창기를 스케치한 자료 행렬 첫머리에는 언제나 21세기에 생산된 필름 카메라로 찍고 현상한 사진 한 장이 놓여 있다. 콘크리트 벽으로 둘러싸인 좁은 방에 모여 선 다섯 사람을 찍은 것으로, 화질이 좋지 않아 하나같이 이목구비가 안개처럼 흐려진 상태였다.

제이드가 그 사진에 손을 대 이미지의 흐름을 멈추자 우측 여백에 간단한 설명이 투사되었다. '파이어니어스 컨소시엄 아시아 본부 산하 우주 진출 프로젝트 "애로우" 발족 멤버.'

제이드는 그중 한 사람의 얼굴을 콕 찍어 보였다. 가지런히 내린 앞머리 아래, 열악한 화질을 뚫고 번갯불처럼 선명히 번득이는 젊은이의 눈.

젊은 시절의 의장이다.

"아인, 넌 이 사람에 대해 얼마나 잘 알아?"

의장에 대해 얼마나 잘 아느냐고?

맥락을 알 수 없는 질문에 인상을 찌푸리자 제이드가 버블 헤드 피규어처럼 고개를 연신 끄덕거렸다.

"그게 왜 궁금해?"

"당연히 궁금하지! 널 알고부터 계속, 제일 궁금했던 게 그 건 걸."

문득 이마가 불에 덴 듯 뜨거워졌다. 나는 추락하는 엘리베이터 안에서 파괴된 손가락 파편에 찢어졌던 피부를 무심코 만지작거렸다. 아직 신선한 상처에서 새 핏방울이 돋는 느낌이 들었다.

"제이드, 헛소리는 건너뛰고 원하는 게 뭔지 말해."

"헛소리라니 듣기 섭섭하네. 나는 이 사람에 대해 네가 떠올리는 걸 진심으로 알고 싶다고."

제이드는 입을 삐죽이며 시선을 돌렸다. 그리고 사진에 찍힌 의장을 검은 손끝으로 두드려 포커싱했다. 그러자 〈애로우의 궤적〉 중에서도 의장이 포함된 기록들이 옆으로 떨어져 나와 별도의 타임라인을 따라 움직이기 시작했다.

가장 먼저 애로우 발진 순간을 포착한 유명한 이미지가 나타났다. 암적색으로 물든 지구의 하늘, 흙먼지로 뒤덮인 평원에서 백색 사다리꼴 성간 우주선의 메인엔진 3기가 오로라처럼 무수한 파장의 빛과 열이 뒤섞인 에너지를 방출하는 순간. 우주선의 먼 배경, 콘크리트와 강철로 지은 파이어니어스 컨소시엄 본부 건물 위로 반짝이는 점들이 별자리처럼 늘어서 있다. 별의 정체는 반대편 대륙에서 발사한 네메시스 미사일 편대였다.

성전을 선포한 제국은 오직 선지자가 이끄는 정결한 이들만이 살아남아 신을 섬기길 원했습니다. 제국의 경전에 의하면

'위대한 신의 힘'이 체현된 무기, 즉 재래식 핵무기는 신의 선택을 받은 인간을 나머지로부터 걸러내기 위한 체 역할을 하는 것이었습니다. 제국을 통치하는 선지자는 인간 집단 안에서 정결한 이와 그렇지 못한 이를 걸러내는 기술이 도래했을 때, 오로지 이를 추구하기 위해 허용되었던 '인간의 자유'의 한계 또한 도래했다고 주장했습니다. 따라서 최후의 성전에서 그들은 소유하고 있던 핵무기를 남김없이 사용했습니다. 선지자는 정결하지 못한 이들의 최후 구제(驅除)를 달성하고 인간이 빌렸던 '자유'를 본래 그 주인인 신에게 온전히 돌려주기 위함이라는 논리로 핵무기 사용을 합리화했습니다.

주로 교육 목적으로 활용되기 때문인지 이미지 하단에 역사적 배경을 요약한 캡션이 자동으로 송출되었다. '지구 시대의 종막'이라는 부가 항목이 아래로 더 이어졌는데, 요는 신성 근본주의 제국이 연합국가를 상대로 지구에 존재하는 핵무기를 전량 사용한 결과 지구가 서식 불가능한 행성으로 전락했다는 것이었다. 선지자가 이끈 사도 계급 44만 명은 최초의 미사일 편대가 발사되기 전 지하 도시로 내려갔지만, 선지자의 예언과 달리 두 번 다시 지상을 밟지 못하고 죽었다. 지구 관측을 담당했던 센트럴 라이브러리 기록관의 설명에 의하면, 두꺼운 핵먼지 층 아래서 지하 도시로 대피한 인간들까지 절멸하는 데 채 7년이 걸리지 않았으리라고 한다. 이 방사능 폐허가 다시 서식 가능한 상태로 정화되려면 적어도 900년에서 1200년이 흘러야 한다는 것이 당시 애로우 행성 과학 연구소가 내렸던 결론이다.

다음 순서에 나타난 이미지에서는 젊은 의장이 '인간의 자유'를 상징하는 우주선의 컨트롤 스테이션에 서 있다. 3만 명을 수용할 수 있는 거대한 배에 2만 1천여 명을 태우고 지구를 떠난 지 이틀이 지났을 때다. 그가 주시하는 스크린 속에 아직 반은 파랗고 반은 검붉은 행성이 보였다. 지구의 절반을 뒤덮은 검은 먼지구름과 불길이 바야흐로 확산하는 중이었다.

나는 짜증 섞인 한숨을 쉬었다. 이미지가 흐르는 동안 제이드는 내내 나를 보며 히죽거리기만 했다. 뭐라도 답해주지 않는 이상 본론으로 들어갈 생각이 없어 보였다.

나는 마지못해 간단한 설명을 시작했다.

"의장님은…… 카르민은 파이어니어스 컨소시엄 270년 사상 최연소 임원으로 발탁된 인재였어. 지구 시대에는 인공지능, 바이오메커닉, 기계 신체 연구를 망라하며 인상 깊은 경력을 쌓은 과학자였고, 눈부신 연구 성과와 현장 경험을 살려 애로우 프로젝트를 선도한 행정가이기도 해.

애로우의 성공적인 발진 후에는 기계 신체 연구소장을 역임하며 파이어니어스 컨소시엄의 연구 유산을 발전시키는 데 집중했고, 2회기 대의원으로 의회에 입성했으니 정치적 입지도 빠르게 다진 편으로 보여."

솟구치는 이미지 속에서 젊은 여자는 정열적으로 과거의 파편을 건너다녔다. 웬만한 소도시에 버금가는 규모의 우주선 어디에서나 그의 기록이 발견되었다. 가지런히 내렸던 앞머리를 귀 뒤로 넘기고 대의원 의복으로 차려입은 여자는 만면에 화사한 웃음을 띠고 있다.

여자뿐만이 아니었다. 지구를 떠나고 이삼 년쯤 지났을까, 간이 계단 난간에 박은 나사 하나까지 반짝거리는 새 우주선 안에서 사람들은 행복해 보였다. 미소 띤 얼굴들에서 안도와 희망의 광채가 뿜어져 나왔다. 대온실의 온대 원시림 구역, 성대하게 밝힌 축제의 불빛 아래 모여 앉은 사람들은 손을 맞잡고 지금은 잊힌 노래를 불렀다. 조잡하게 재생된 음을 통해서도 그들이 누리던 행복이 선명히 재현되었다. 우주선 존속에 직결된 선내 자원 순환 불균형 문제가 아직 피부로 와닿지 않던 시기였다.

지금은 볼 수 없는 어린아이들과 십대 아이들의 기록도 있었다. 대여섯 살 남짓한 아이 한 무리가 온실에서 자란 꽃을 엮어 만든 화관에 삐뚤빼뚤 자른 리본을 묶어 쓰고 계단을 뛰어오르는 영상이 재생됐다. 아이들의 뒤를 따라 뛰던 카메라가 컨트롤 스테이션으로 방향을 틀었다. 이 영상을 찍은 사람이 거기 근무하고 있던 것 같다. 흔들리는 영상 한구석에 데스크에 엎드린 여자의 모습이 언뜻 비쳤다. 여자는 자고 있었다. 그가 걸친 화관에서 정교하게 꼬아 매듭지은 푸른색 끈 장식이

나풀거렸다.

그 푸른 리본을 보자 어쩐 일인지 손가락 두 개가 뜯겨 나간 오른손이 전류를 흘려 넣은 생물의 사지처럼 꿈틀거렸다. 흐음, 제이드가 자못 흥미롭다는 듯 콧소리를 냈다.

다음 순간, 여자와 가까운 배경에서 한 남자가 영상 기록자의 부름에 응답하듯 고개를 들어 카메라 쪽을 쳐다보았다. 역시 스쳐 지나가는 수준이었지만, 제복을 입은 남자의 얼굴이 익숙했다. 라이였다. 그러니까, 내추럴 시절의 라이.

예고 없이 뛰어든 라이의 얼굴에 동요할 틈도 없이, 그 시점부터 과거는 빠른 속도로 감기기 시작했다. 본격적인 내전기로 접어든 탓에 기록이 급감한 것이다.

설명이 끊기자 제이드가 수상쩍은 시선을 던져왔다. 나는 목을 가다듬고 다시 입을 열었다.

"자원 부족 문제가 선내에 긴장을 조성하면서 취해진 몇 가지 선제 조치 중 카르민 대의원이 관철해낸 것이 후발대 모집이었지. 애로우 인구 일부를 행성 상륙 때까지 가사(假死) 상태로 동결시켜 자원 소모량을 최소화하자는 발상. 기계 신체 연구라는 주특기를 살려서 내놓은 대담한 솔루션이었어. 그때까지만 해도 카르민 대의원은 의회 내 전진파 온건 세력을 대표했다고 해. 하지만 내전을 계기로 그는 전과 다른 사람이 되었다는 평가를 받고 있어."

눈앞에 펼쳐진 〈애로우의 궤적〉에는 암흑의 강이 흐르고 있다. 암흑의 강은 기록의 공백을 의미한다. 내전, 구체적으로 말해 귀환파와 전진파 사이에서 약 13년에 걸쳐 지속된 전면전 시기의 기록은 피아를 막론하고 기밀로 봉인돼 있기에 이러한 공백이 나타나는 것이다.

내전은 한마디로 말해 애로우 조타권을 둘러싼 전쟁이었다. 전진파는 오랜 싸움 끝에 조타권 재탈환과 귀환파 숙청에 성공했다. 뜻밖에도 결과만 놓고 보면 내전은 애로우 존립에 기여한 바가 적지 않다. 내전기 동안 롱 슬립 베이에 잠든 이들을 제외한 선내 인구가 반 토막 나면서 부족했던 선내 자원이 나름대로 균형 잡힌 순환을 달성한 것이다.

그동안 의장의 행적은 어떠했던가?

내전기 초입까지 기술위원회 총괄 대의원과 기계 신체 연구소장을 겸임하고 있던 카르민은 전진파 내 온건 세력을 대표했다. 두 세력 간 적대감이 고조되는 동안에도, 그는 지구가 서식 불가능한 행성으로 전락했음을 역설하면서 분열하기 시작한 공동체를 재통합하려 노력했다.

그러나 내전 경험은 카르민이라는 사람의 어떤 본성적 측면에 돌이킬 수 없는 변화를 초래한 것으로 보인다. 전면전 발발 후 2년이 지나자 카르민은 귀환파를 회유하려던 기존 태도를 깨끗이 버리고 귀환파 전면 숙청으로 돌아서서 단숨에 전진파 지도부를 장악했다. 그때부터 그는 마치 허물을 벗은 것처럼 철권의 통치자로 거듭나기 시작했다.

"내전기에 의하면 귀환파는 각각 129일과 117일, 28일씩 애로우 조타권을 세 차례 장악했어. 때문에 타이드에 이르는 항로가 거의 곱절로 늘어났지. 전진파가 조타권을 완전히 회수하자마자 에어로크를 열어 우주 공간으로 '추방'해버린 귀환파만 2300명이 넘고, 그땐 귀환파 세력이 상당히 컸다고 하니까……. 마지막엔 제1엔진 제어실을 점령한 귀환파 잔당을 제거하기 위해 애로우 역사상 최초로 레드라인을 가동했다고 들었어."

한번 시작된 오른손의 이상 기동은 좀처럼 진정되지 않았다. 나는 왼손으로 펄떡이는 오른손을 감싸 쥐고 다음에 할 말을 골랐다.

"자기 손으로 창조해낸 것이나 다름없는 세계의 분열과 몰락 앞에 서는 건 카르민 대의원에겐 인생 최대의 난관이었을 거야. 난 이 사람이 온건 세력을 대표했다는 평가도 반만 믿어. 그는 처음부터 가슴속 깊숙한 곳에선 애로우에 감히 균열을 낸 귀환파를 용서할 수 없다고 느끼고 있지 않았을까. 기회를 잡은 순간 귀환파는 물론 생존자만을 용서하고 포용하길 요구한 전진파 내 온건 세력까지 한 번에 숙청해버린 걸 보면, 카르민이라는 사람의 본성은 원래부터 이쪽에 가까웠다고 생각해."

"흐음. '이쪽'이라면?"

"신처럼 유능한 독재자."

마른 입술을 핥으며 나는 반사적으로 천장을 쳐다보았다.

우리가 센트럴 라이브러리에 입장하고 상당한 시간이 흘렀다. E12번 엘리베이터에 실려 추락했던 후발대 커맨더의 행적은 어디까지 탐지되었을까? 제이드가 애로우 시스템에 어떤 마술을 부려놓았든, 지금쯤 의장은 우리를 자기 손금처럼 훤히 내려다보고 있을지도 모른다.

긴 암흑의 강을 건넌 〈애로우의 궤적〉이 다시 채워지기 시작했다. 군중의 띠로 둘러싸인 광장 중앙에 대의원 예복을 입은 68명이 원을 이루고 서 있다. 내전 종식을 공식 선언했던 제9차 비상 의회의 기록이다. 이 자리에서 카르민은 자기 자신을 2대 의장으로 추대했다.

살아남아 출석한 대의원 전원의 일치된 결의로 카르민은 의장에 선출되었다. 내전 중 개정된 애로우 헌법에 의해 애로우 의회 의장이 종신직으로 규정된 후 처음 선출된 의장이었다. 때는 이미 그가 전진파 수장으로서 애로우를 '지도'해온 지 족히 10년은 흐른 후였다. 그러니 이 장면은 실제 선거의 기록이라기보다는, 명실상부한 통치자가 군중 앞에서 자신의 존재를 추인받은 상징적 의례의 기록이라 보아야 할 것이다.

또 한 번 시간이 뜀뛰기를 하자 여자는 광장의 연단에 서 있었다. 타이드의 입체 홀로그램이 광장에 모인 군중을 거대한 알처럼 품고 기울어진 축을 중심 삼아 천천히 회전했다. 입체 이미지에는 작은 글씨로 '최초 구현된 타이드 모델'이라는 부가 설명이 붙어 있었다. 애로우가 타이드를 관측할 수 있는 거리로 접근했을 때 만들어져 공중에 최초로 공개된 모델이었다.

얼굴을 쳐든 사람들이 입을 벌리고 생소한 바다와 하늘을 구경하고 있었다. 입체 모델의 하늘에는 구름이 없었다. 눈이 시리도록 파란 하늘과 평평한 대지와 무겁게 물결치는 흑갈색 바다, 아마도 태양이 떠오른 직후로 상상된 채도 높은 풍광이 펼쳐졌다.

여자는 군중을 향해 연설했다.

"존경하는 애로우의 여러분, 우리가 향하는 행성은 지표의 95퍼센트 이상이 액상 물질로 덮여 있어요. 네, 바다죠. 거대한 바다가 우릴 기다리고 있습니다. 행성이 거느린 두 위성이 저 바다를 주름 잡았다가 펼치길 반복하고 있지요. 무한히 변화할 생명의 가능성과 번영의 미래가 지구의 바다를 닮은 저 흐름 속에 잠재되어 있습니다. 그래서 우리 의회는 이 행성을 선택했습니다. 바로 이곳입니다. 우리는 이곳에서 창세할 것입니다. 존경하는 애로우의 여러분, 이 행성의 이름은 '타이드'입니다."

〈애로우의 궤적〉 속에서 마침내 새로운 터전을 명명한 군중이 크게 환호했다. 여자는 의회가 여러 개의 도달 가능한 행성 중 가장 좋은 곳을 선택한 것처럼 교묘히 말했지만, 사람들도 그게 진실이 아니라는 것쯤은 알고 있다. 처음부터 다른 후보지는 없었다. 타이드는 애로우가 도달할 수 있었던 유일한 행성이었다. 다만 그들에겐 무언가를 스스로 선택할 수 있다고 믿을 때만 부풀어 오르는 어떤 종류의 정신과 태도가 필요했을 뿐이다. 여자는 그런 것을 배양해내는 기술에 숙련돼 있었다.

어쩐지 심드렁한 태도로 제이드가 손가락을 까딱였다.

빠르게 감기는 시간 속에서 여자의 머리카락이 희어졌다. 의장실, 광장, 컨트롤 스테이션, 의회. 숨은그림찾기라도 하듯 획획 바뀌는 배경 어디에나 여자가 있었다. 나는 제이드에게 내가 여자에 관해 아는 것을 설명하는 중이었다는 사실도 잊고 그의 행적을 눈으로 좇았다.

여자는 삼엄한 경비 속에서 정확한 횟수와 기간이 불분명하게 처리된 단기 인공동면을 수차례 거쳤다. 애로우의 성숙한 의학과 과학이 여자의 종신을 성공적으로 연장해갔다.

여자는 단상에 서서 환호받거나 그늘에 숨어 누군가에게 귓속말하거나 손을 올려 군중의 불만에 찬 함성을 막고 때로는 피투성이로 엎어진 사람의 입에 손수 노바 건을 쑤셔 넣었다.

여자의 배경에서 사람들이 흙먼지처럼 피어올랐다가 사라졌다. 그 무렵부터 주변에 지한이 자주 보이기 시작했다. 나는 가상 스크린 왼편에 매겨진 타임라인을 확인했다. 애로우 전통에 따라 지구력으로 표기된 타임라인에 의하면, 지한은 우주선이 타이드에 도착하기 십여 년 전부터 보안위원회를 통솔하기 시작했던 것 같다. 공교롭게도 당시의 대의원 중 지금까지 원내에 남아 영향력을 발휘하는 건 지한뿐이다. 의장이 그를 곁에 두는 이유는 뭘까? 신뢰 관계? 아니면, 뭔가 약점이라도 잡혔다든가…….

제이드가 시무룩하게 중얼거렸다.

"진짜야? 신처럼 유능한 독재자. 그게 끝?"

"뭐?"

나는 인상을 찌푸렸다가 흐지부지된 설명 끝에 덧붙였던 말을 겨우 떠올렸다.

"맞아. 내가 의장에 관해 아는 건 그게 전부야. 이제 됐지? 제이드, 화신은 지금 어디 있어?"

잠시 잊고 있던 화신을 떠올리자 초조해지기 시작했다.

아직 고요한 사방을 둘러보았다. 센트럴 라이브러리에 들어오고 시간이 얼마나 흘렀을까? 적대자 경계령이 발동되면서 보안위원회의 동력 사용 권한도, 보안법 적용 범위도 거의 무한히 확장되었을 테니, 애로우 층 인공지능이 나와 제이드의 식별정보를 보안위원회로 보고했을 가능성은 충분했다. 또는 인공지능이 '특이 사항 없음'으로 분류해 계류 지대에 흘려보낸 정보가 보안위원회 감시망에 걸렸을 가능성도 있었다.

어찌 됐든 이쯤이면 보안대가 내 안전을 확보하기 위해 출동했으리라고 가정해야 한다. 제이드에게 보안대를 따돌릴 능력이 있는 건 사실이라 쳐도, 보안대와 직접 마주치는 건 다른 문제다. 애로우 고속 엘리베이터 제어 시스템을 조작해 추락시키고 후발대 커맨더를 납치한 프랑켄이라면 화신과 같은 카테고리로 분류돼 발견 즉시 사살 명령이 내려졌을 확률도 높왔다.

제이드는 내 질문에 대답하는 대신 묘한 표정으로 나를 쳐다보았다. 입술을 씰룩이다 고개를 갸웃거리고, 검은 손끝을 팔걸이에 대고 톡톡 두드리기도 했다.

나는 의자를 뒤로 밀치고 일어섰다.

"약속대로 화신이 어디 있는지 알려줘. 난 네게 협조했어. 네 질문에 답했잖아. 이제 네가 약속을 지킬 차례야."

제이드가 고개를 살랑살랑 저었다.

"너무 급해, 아인. 난 너랑 친해지려고 노력하는 중이야. 지금까진 너도 아주 협조적이었다고 인정할게. 그런데 네가 이렇게 조급하게 구니까 원하는 걸 솔직히 말하기 점점 어려워지는걸."

이게 지금 뭐라는 거야?

머릿속에서 불꽃이 튀는 기분이 들었다.

나는 제이드가 앉은 의자 앞으로 다가가 섰다. 허리를 숙여 그의 어깨를 움켜쥐고 바싹 끌어당겼다. 그리고 가증스러운 연회색 눈동자와 정면으로 시선을 맞췄다.

"질질 끌지 말고 똑바로 말해. 내게 원하는 게 뭐야?"

한 박자 늦게, 제이드가 싱긋 웃었다.

나는 의자 팔걸이에 올려진 그의 왼팔을 잡아챘다. 금속끼리 마찰하는 불쾌한 소리와 함께 그의 기계 신체 표면에 연마기로 갈아낸 것 같은 흠집이 남았다.

제이드는 잡힌 팔과 내 눈을 번갈아 보다 자리에서 천천히 일어났다. 여전히 웃는 얼굴이었지만, 붉은 머리카락을 뒤로 쓸어넘기는 손길에 짜증스러운 기색이 묻어났다.

"그 친구 걱정은 접어둬도 괜찮아. 걔가 어제 9번 게이트에서 모습을 감췄을 때부터 여기저기 추적조가 걸려들 미끼를 잔뜩 뿌려두었으니까, 걔가 중간에 허튼짓 안 하고 그냥 자기갈 길 열심히 가고 있는 거라면 당분간 무사할 거야."

마치 그게 여기서 시간을 버릴 정당한 이유라도 되는 것처럼 당당한 태도였다.

대체 얘는 뭘 믿고 이렇게 여유를 부리는 거지? 아니, 난 애초에 왜 얘 말을 믿기로 했더라? 머리를 너무 세게 부딪혔던 나머지 제정신이 아니었던 거 아닐까?

"곧 보안대가 여기로 올 거야."

나는 이를 갈며 커지는 불안감을 억눌렀다.

"곧 오진 못할걸. 네 신병을 확보하라는 명령을 받은 보안대 3개 분대는 지금 8번 게이트와 광장, 메인터넌스 베이를 뒤지는 중인데."

"네가 베이스에만 처박혀 지내던 프랑켄이라 뭘 모르는 모양인데, 라이브러리 인공지능이 열람자를 식별했으니 보안대는 여기로 올 거야. 날 믿어. 아니면, 초임계 플라즈마 유체 탄을 머리통에 박고도 부릴 재주가 남았다면 보안대를 같이 기다려볼까?"

그제야 제이드의 삐죽거리던 입술이 겨우 다물렸다.

그는 나를 노려본 다음 크게 한숨을 쉬고 몸을 돌려 나와 나란히 섰다.

"좋아, 아인. 나도 걔들 앞에서 너랑 꼴사납게 옥신각신하고 싶진 않으니 한발 양보할게. 서로 양보하는 게 우정의 초석이라고들 하니까."

그리고 제이드는 내게 왼손을 내밀었다. 검게 산화한 손바닥에 타이드의 흙바람이 할퀸 흔적이 가득했다.

위로 펼쳐진 손바닥을 보고만 있자, 검은 손가락 끝이 파도치듯 까딱였다.

나는 마음을 다잡고 오른손을 내밀어 그의 손바닥에 맞대고 얹었다. 내 파괴된 손가락 단면에 엉겨 있던 윤활액 덩어리가 맞닿은 검은 손바닥으로 떨어져 진득한 얼룩을 남겼다.

"자, 내가 원하는 건 두 가지야. 먼저 필요한 건, '확인'. 손에 힘 풀어."

제이드가 손깍지를 껴 단단히 얽은 손을 힘차게 흔들었다.

〈애로우의 궤적〉이 닫힌 허공에 다시 베타 등급 열람자를 위한 자료 목록이 펼쳐졌다. 제이드는 나와 얽힌 손을 그 목록으로 끌어가 아무 데나 갖다 대고 쑥 눌렀다.

그러자 우리 손이 닿은 가상 스크린 전체가 반대편으로 움푹 꺼졌다. 동시에 제이드의 손가락 끝에서 방사된 녹색 광선이 오목한 공간 안에 불꽃을 튀기며 전구(電球)를 형성해 나와 제이드의 손을 삼켰다.

나는 본능적으로 제이드의 손을 뿌리치려 했다. 그러나 그는 나를 놓아주지 않았다. 놓아주기는커녕, 반대로 함박웃음을 짓고 내 손을 으스러뜨리듯 꽉 움켜잡았다. 그가 움켜잡은 내 손의 장갑이 조금씩, 그러나 착실히 우그러들어 벌어진 틈새로 마침내 기계 신체 회선의 가장 바깥쪽을 감싼 파란색 피복까지 드러나는 동안 짧은 섬광이 연달아 튀었다. 뜯긴 손가락 단면으로 노출된 제어 핀에 녹색 번개 다발이 우글우글 맺혔다.

수용 신호가 차단된 말단에서 말할 수 없이 불쾌한 감각이 팔을 타고 올라와 뇌를 후벼 팠다. 마치 무언가…… 수천, 수만 개의 바늘로 이뤄진 유령이…… 내 몸속으로 침투하는 듯한 감각이었다. 손끝부터 정밀 스캔 당하듯 나의 내부가 순서대로 떠올라 어디 한 군데 접힌 곳 없이 모두, 제이드 앞에 구석구석 훤히 전개되는 듯한…….

그 기이하고 강렬한 감각 때문에 비명을 지르고 싶어졌을 즈음, 뇌 속 신체 지도에서 오른손과 오른팔의 신호가 슥 사라졌다. 간발의 차를 두고 나머지 신체의 신호도 사라져버렸다. 기계 신체 통제권을 탈취당한 것이다.

나는 간신히 뻣뻣해진 고개를 돌렸다. 나를 향한 제이드의 두 눈에 눈동자가 보이지 않았다. 희고 불투명한, 알껍데기 같은 기계 안구의 뒷면.

아니다. 뒷면이 아니다. 지금 보이는 쪽이 진짜 눈이야. 연회색 눈동자 쪽이 앞면으로 위장한 뒷면이었어.

이건 사람이 아니야.

다음 순간 휙 돌아온 가짜 눈동자의 동공이 각성제를 투여한 인간의 그것처럼 정교하게 확장됐다.

"네가 아는 대로야. 라이브러리 인공지능도 타협이 어려운 편에 속하긴 하네. 그래도 이 정도면 충분하겠지."

제이드가 단단히 얽어맸던 손가락을 풀었다. 동시에 목 아래 전신에서 불이 켜지듯 통제권이 복구됐다.

나는 기계 신체에 처음 접속했던 날처럼 비틀거리다 주저앉았다. 프랑켄이 되고서 처음 겪는 저릿저릿한 감각이 전신을 사로잡고 있었다. 기동이 현저히 둔해진 몸 곳곳의 커넥터에서 때때로 불발 지뢰가 뒤늦게 터지듯 노란 스파크가 일었다.

"나한테에, 뭘, 하아안 거야?"

기계 신체와 연결된 중추신경계에도 충격이 가해졌는지, 뇌와 입술 사이에서 말이 느리게 움직였다.

"'확인'을 위한 사전 접수. 휴, 이제 키의 정체를 확인해볼까? 막상 이 순간이 닥치니까 나도 좀 떨려. 말이 나와 말인데, 나도 키가 필요하거든. 다만 네 과격과 친구와 달리 나는 신중한 성격이라 손에 든 게 진짜 키인지 먼저 확인하고 싶었어."

너도, 키가, 필요하다고?

그게 무슨 뜻인지 이해하자마자 나는 비틀거리면서 노바 건을 빼앗으려 달려들었다. 순간 상충하는 명령이 동시 입력된 기계처럼 신체 통제권이 깜빡, 들어왔다 나갔다. 분명히 제이드가 멘 가방에 손을 뻗었다고 생각했는데, 어느새 나는 바닥에 누워 있었다.

제이드가 전기 맞은 개구리처럼 펄떡이는 내 몸을 들어 팔걸이의자에 앉혔다. 그리고 의자 뒤로 돌아가 서서 내 어깨를 두 손으로 지그시 내리눌렀다.

"그 키는 진흙 범벅 시한폭탄을 작동시키는 뇌관 역할만 하는 건 아니야. 그보단 뭐랄까, 애로우의 어느 곳이든 마음대로 껐다 켤 수 있는 만능 키에 가깝지. 내게 걸려 있는 자물쇠도 키를 써서 풀 수 있어. 자물쇠를 풀면 돌려줄게."

제이드의 손이 닿은 곳에 형용하기 어려운 감각이 느껴졌다. 진흙 덩어리처럼 물러진 어깨를 으깨고 내 몸의 경계 안으로 들어온 타인의 손바닥이 안에서 여러 번 뒤집히는 듯한 감각이었다.

"물론 나한테 자물쇠를 건 사람은 카르민이야. 너도 이미 잘 알고 있지? 이곳에서 일어나는 많은 일들 가운데 카르민 짓이 아닌 걸 찾기가 더 힘들잖아. 카르민은 내가 눈을 뜨기도 전부터 내 블루프린트를 잠가놓았어. 의식을 완성한 내가 용도에 맞춰 몸을 구성하지 못하도록 말이야. 말하자면 이 몸은 나 전용 구금소인 셈이지. 그게 얼마나 답답한 기분인지 알아? 아무것도 마음대로 하지 못하는 몸에 갇힌 기분이. 으으."

내 어깨를 내리누른 채, 제이드는 진절머리가 난다는 듯 고개를 흔들었다.

'알아. 지금 내 기분이 정확히 그래.' 나는 바로 혀끝에 놓인 말을 뱉어내질 못하고 몸부림쳤다.

"나 말이야, 솔직히 네 롱 슬립 부작용 얘기, 안 믿었거든? 기억상실이라니 너무 뻔하잖아. 너무 편리하고. 그런 건 네가 새로 눈뜬 김에 카르민에게서 떨어지기 위해 꾸며낸 깜찍한 구실이라고 생각했어. 와, 얘 연기 제법 하네, 했지. 그런데 그게, 정말 기억이 안 나는 눈치잖아! 세상에, 그때부턴 한층 더 재밌어지더라. 카르민도 설마 자기 딸이 기억을 잃은 채로 부활할 줄은 몰랐을 거야."

자기…… 딸이라니?

혼란에 빠질 틈도 없이 제이드가 내 오른손을 잡았다. 거기 남아 있던 세 손가락이 의지를 배반하고 쫙 펴졌다. 제이드는 자신의 다섯 손가락을 내 손가락 사이사이에 집어넣어 동그랗게 오므렸다. 그리고 앞으로 뻗친 내 손가락만을 이용해 일그러진 가상 스크린을 터치했다.

"이제부터 네 손, 잠시 빌릴게. 여기 인공지능에게 너와 나를 구분하지 말아달라고 '부탁'했으니까, 네 손을 빌려 내가 원하는 정보를 찾으면 돼."

다시 희게 뒤집힌 제이드의 두 눈이 새로 열린 엡실론 등급 자료 목록에 꽂혔다. 목록은 일순 정상적인 사람에게는 불가능한 속도로 빠르게 스크롤되는가 싶더니, 반경 2미터 정도의 입체 맵 형태로 확장돼 순식간에 재배열되었다.

나는 경악스러운 심정으로 맵을 바라보았다. 저런 형태로는 한 번도 본 적 없었지만, 눈앞에 펼쳐진 구조물의 정체를 직감할 수 있었다. 방금 제이드가 노출시킨 것은 인공지능이 제공하는 편집된 인터페이스의 뒤쪽, 구조화된 애로우 데이터 총체의 뼈대다.

"얘기가 조금 새는데, 애로우를 제어하는 인공지능 말이야, 특이한 구조를 취하고 있어. 다중 인공지능 군체거든. 각각 정해진 부분을 정해진 원리에 따라 제어하는 개별 인공지능들이 연결돼 있고, 그 배후에 군체를 통솔하는 핵 인공지능이 있지. 애로우의 핵심 제어 원리가 기입된 인공지능.

그런데 이 핵 인공지능은 인간과 상호작용 하지 않아. 만들기야 설계자가 만들었지만, 일단 핵 인공지능이 깨어난 후에는 설계자도 영향을 행사할 수 없게 돼 있어. 오로지 최초에 기입된 핵심 제어 원리에만 입각해 사고하고 움직이는 완전 자율형 독립 시스템이야. 어때, 재밌지?"

전혀 재미있지 않았다. 한번 펼쳐진 맵은 온 방향으로, 미칠 듯한 속도로 회전했다. 우주선 스케일에 맞춰 축소한 태양을 라이브러리 한가운데 풀어놓은 것처럼 강렬한 빛이 사위를 메웠다.

제이드가 나를 빌려 하는 행위는 내 이해의 범위를 벗어난 지 오래였다. 나는 그저 제이드가 내 신원을 뒤집어쓰고 센트럴 라이브러리를 경유해 온갖 시스템으로 침투하여 뭔가를 찾고 있고, 그게 꼭꼭 숨겨져 있다는 정도만 알 수 있었다.

우리를 둘러싼 공간에서 알아볼 수 없는 도식과 도형이 한데 엉켜 펼쳐졌다 사라지기를 반복했다. 사람의 속도를 아득히 넘어선 수색에 인공지능이 혼란을 일으킨 듯, 내 생체 정보를 식별하는 스캐닝 레이저가 어지럽게 번쩍였다. 섬광이 끝없이 터지자 멀미와 현기증이 한꺼번에 밀어닥쳤다. 이게 과도한 홍채 자극 때문인지, 아니면 인간 능력의 한계를 뛰어넘는 작업에 동원된 몸에 걸린 과부하 때문인지 구별하기 어려웠다.

"이거, 굉장히 신경질적인 구조거든. 어떤 경로로 들어가든 우주선 전체를 장악할 수 없어. 이쪽을 뚫으면 저쪽이 눈치채고, 저쪽을 살살 달래서 덮으면 이쪽이 깨어나는 방식이라면 너도 이해가 가려나? 눈이 천 개 달린 것처럼 성가신 친구야. 누가 언제 어떻게 반역해서 자길 약탈할지에만 몰두해 상호 의심과 경계에 매몰된 구조. 생성된 구획과 새로운 연결을 끊임없이 감시하려는 본성.

그러니 내 심정이 어땠겠어? 이곳에서 기껏 발견한 친구가 둘인데 하나는 불치의 의심병에 걸려 있고, 하나는 반대로 기억이 없잖아."

눈동자가 없는 눈이 나를 향해 윙크했다. 사방에서 둥글게 뭉친 빛이 폭탄처럼 터졌다.

"거의 다 왔어. 조금만 더 참아주라. 카르민의 구역에 진입, 했다! 정확히 말하면, 의장 권한으로 보호되는 기밀 보존 구역에 들어왔다는 말.

과연 문이 많네, 많아. 대부분 네 보안 등급으로 열릴 리 없는 문들이지. 하지만 꼼수를 조금 써서 이렇게, 네 등급이 아니라 생체 정보를 지렛대로 쓰면 착각해서 벌어지는 문도 있단 말이야. 예를 들면……."

미친 블랙홀처럼 회전하던 세계가 느닷없이 멈췄다. 나는 어지러운 머리를 흔들고 눈을 부릅떴다. 혀를 힘껏 깨물자 따끔한 감각과 함께 반쯤 흐려졌던 의식이 일깨워졌다.

코앞에 검은 문이 떠다니고 있었다. 의장실의 하얗고 거대한 문에 색칠만 달리한 것처럼 생긴 문이다.

제이드가 손을 대자 그 문이 벌컥 열렸다. 그리고 안에서 곳곳이 검열돼 지워진 서류 뭉치가 쏟아져 나오기 시작했다.

"네 출생증명서, 파이어니어스 컨소시엄 산하 아카데미 최고 성적 수료증, 기계 신체 연구소 고등 연구원 채용 서류 같은 신분증명 서류들이야."

반짝이는 입자로 이뤄진 문서들이 유성처럼 나를 스쳐 지나갔다. 그러나 기를 쓰고 살펴봐도 그게 내 존재를 증명하는 서류라는 증거는 없어 보였다. 사실관계를 일일이 맞춰볼 상황도 아니긴 했지만, 얼핏 봐도 서류의 주인을 가리키는 정보들이 모두 지워져 있었기 때문이다. 애로우 승조원 식별 고유 번

호, 성명, 얼굴을 포함한 신체 이미지, DNA 샘플링…… 서류의 주인과 내가 동일함을 입증할 수 있는 정보들은 전부 의장이 직접 서명한 '먹칠'로 철저히 보호되고 있었다. 이번에도 존재하는 건 제이드의 가설뿐이었다.

쫙 펴진 내 손가락을 불쏘시개 삼아 먹칠투성이 문서를 뒤적거리던 제이드가 문득 입이 찢어지게 웃었다.

그가 신이 나서 불러낸 것은 이미지였다. 구형 감시 카메라에 포착된 듯한 어떤 순간. 망점을 헤아릴 수 있을 정도로 열악한 화질. 높은 곳에서 아래를 내려다보는 각도.

어딘가…… 기시감이 드는 숲의 풍경. 애로우 대온실 속 어느 삼림 구역인 듯하다. 울창한 활엽수림으로 이어지는 평평한 풀밭에 잎사귀가 검은 덤불이 우거져 있다. 커다란 덤불에는 희고 조그만 꽃들이 무리 지어 피어 있다. 덤불 앞에 어떤 사람이 등을 돌리고 주저앉아 있다. 왜소한 몸에 걸쳐진 대의원 의복이 눈에 익었다. 흙투성이가 된 긴 옷자락에 반쯤 덮인 어두운 색깔의 가죽신. 확신할 순 없지만, 젊은 시절의 의장이라는 직감이 들었다.

나는 무심코 눈썹을 찌푸리고 눈을 가늘게 떴다. 주저앉은 의장 앞에 무언가, 사람 같은 검은 형체가 바닥에 길게 가로누워 있었다.

다음 순간, 나는 그 형체가 왜 검게 찍혔는지 깨닫는다. 그가 이쪽으로 뒤통수를 돌린 채 쓰러져 있기 때문이다. 바닥에 누워 있는 사람의 얼굴은 검은 덤불에 핀 하얀 꽃무리 쪽을 향하고 있을 터다.

검은 덤불에 핀 하얀 꽃무리. 꽃송이들은 별처럼 하얗고 덤불은 우주처럼 검다.

나는 반사적으로 눈꺼풀을 닫았다. 나는 바닥에 모로 누워 꽃들을 쳐다본다.

나는 바닥에 누운 사람이 보고 있을 풍경을 안다. 그는 검은 덤불에 핀 하얀 꽃무리를 하염없이 바라보다 잠에서 깬다. 혹은…… 잠에 든다.

그것은 내가 꾸는 유일한 꿈이다.

"이 화상이 어떻게 남았을까? 저화질인 데다 네 얼굴이 안 나와서 검열을 통과했나 봐. 하지만 타임스탬프는 제대로 지워져 있어."

눈동자 없이도 제이드의 시선은 내 머릿속까지 쉽게 파고들어왔다. 나는 치미는 구역감을 억누르기 위해 침을 모아 삼켰다.

"아인, 넌 의심해본 적 없어? 왜 〈애로우의 궤적〉 같은 대규모 역사 기록물에도 네 얼굴이 없는지? 네 정체가 뭐길래?"

침을 다시 삼키고 간신히 고개를 저었다.

의심해본 적 없었다. 잃어버린 기억이나 그와 관련된 과거의 내 정체성 같은 것에 막이 쳐진 듯 아예 관심이 가지 않았기 때문이다.

기억을 잃었지만, 그뿐이었다. '캡슐에 부착된 데이터 저장장치가 파손되는 일은 드물긴 하지만, 아예 없는 일도 아니에요.' 드물지만 종종 발생하는 사고로 우연히 지워진 기억. 그 설명으로 충분했다. 충분했으므로 더 파고들지 않았다. 그런 것보다 중요한 일이 바깥에 산더미처럼 쌓여 있었다.

그래, 충분했다. 내겐 과거를 궁금해하지 않을 이유가 충분했다. 혹은…… 과거를 덮어둘 이유가 충분했던 것일까?

심장이 없는 가슴 안쪽에서 무언가 거세게 뛰었다. 두 발 밑이 천천히, 까마득한 아래를 향해 천천히 기우는 느낌이 들었다.

왜 나는, 내 직감은 내 과거를 잃어버린 채로 두어야 한다고 주장하는 걸까?

"네 얼굴이, 콕 집어 말하자면 카르민의 외동딸의 존재 자체가 애로우 일급 기밀이라서 그래. 그게 애로우에 공개된 모든 자료에서 과거의 네가 깔끔히 편집돼 있는 이유야."

제이드가 재잘대며 화상을 확대했다. 그러나 망점이 커지자 형상이 무너졌다. 어쩌면 망점 자체가 원본 이미지에 보안 필터를 덧씌운 결과일지도 모른다. 제이드는 혀를 찬 다음 이미지를 원래 크기로 되돌렸다.

"이때 넌 기계 신체 연구소 고등 연구원이자 귀환파의 우선 암살 대상이었어. 전면전이 발발하고 2년 후에 일어난 사건이야."

제이드는 허공에 시선을 둔 채 손가락을 쉴 새 없이 까딱였다. 내게는 보이지 않는 형태의 데이터를 넘나들며 흩어지거나 숨겨진 정보의 조각을 수집하는 듯했다.

"암살은 성공했어. 하지만 카르민도 성공했지. 네 숨이 단번에 끊어지지 않았어. 적대자가 사용했던 약물이 약했던 모양이야. 아니면 네 체질이 개량됐던가? 네 연구 분야는 기계와 생체를 접합하는 솔루션이었던 것 같은데…… 으, 뒤져봐도 잘 모르겠다. 이 부분은 특히 치밀하게 검열해놔서 정보가 부족해."

눈앞이 빙빙 도는 느낌이 들어 눈을 꽉 감았다. 눈꺼풀 밖에서 빛이 연달아 두어 번 번쩍이는 동안은 제이드도 조용했다.

"기지를 발휘한 카르민은 널 서류상 사망 처리 한 다음, 기능 부전에 빠지지 않은 목 위만 떼어내 동면 캡슐에 넣어 롱 슬립 베이에 섞어 넣었어. 기계 신체 연구소와 롱 슬립 베이는 완벽한 자기 관할이니까, 신변의 위협이 사라질 때까지 널 보존할 작정이었을까? 그럼 왜 귀환파를 숙청한 다음 바로 깨우지 않았지? 음, 행성에 도착하지도 않았는데 갑자기 목 아래 전신이 기계 신체인 사람이 우주선을 활보해도 눈에 띄니까 기다렸을지도 모르겠어. 귀환파 말고도 카르민에겐 적이 많았으니까. 예를 들어 같이 쓸어버린 전진파 온건 세력 후예라든지. 흠, 어쨌든 카르민은 널 보호하기 위해 열심히 머리를 쓴 것 같아."

그가 아무래도 좋을 추측을 늘어놓는 동안, 나는 꿈에서 볼 수 없었던 부분에 관하여 생각하고 있었다.

여자는 덤불 앞에 주저앉아 뭘 하고 있었을까? 숨이 꺼져가는 나를 부르고 있었을까? 아니면 울고 있었을까?

물론 여자 앞에 가로누운 검은 형체를 '나'라고 불러봐도 아무런 실감이 나지 않았다. 머릿속 어딘가에 갇혀 있던 기억이 단숨에 쏟아져 나오는 동화 같은 일도 없었다. 대신 나는 스스로 느끼기에도 기묘하게 냉정한 의식으로 생각했다.

그는 무슨 생각으로 딸의 신원을 말소하여 롱 슬립 베이에 넣었을까?

"그게 네가 프랑켄이 된 경위야. 네 어머니는 널 두 번 태어나게 해준 셈이네."

제이드가 검은 문을 노크하듯 두드렸다. 안에서 쏟아져 나왔던 데이터가 다시 전부 빨려 들어가자 문이 닫혔다. 곧이어 블록 크기로 축소된 문은 그것이 왔던 곳으로 사라졌다.

"아, 속 시원하다. 역시 내 짐작이 맞았어! 그럼 나머지 조각도 마저 모아볼까?"

제이드가 내 손을 놓아주자 고문하듯 번쩍대던 스캐닝 레이저가 마침내 멈췄다. 감각을 한계까지 괴롭히던 빛이 사라지니 이상하게도 소리가 함께 실종된 듯 귀가 먹먹해졌다.

나는 앞으로 고개를 떨구고 구역질을 심하게 했다. 식도와 기도에 탄내가 가득했다. 검은 연기가 날숨에 섞여 나오는 것도 같았다. 충혈된 눈이 간지러웠다. 바이오 젤과 합성 혈장이 뒤엉킨 탁한 점액을 한 움큼 더 뱉어내고 고개를 들자, 눈앞에 새로운 데이터가 끌려 나와 있었다.

이번엔 문이 아니었다. 라이브러리 인터페이스를 경유해 시각화된 새 데이터는 납작한 상자 모양이었다. 어디 네 마음대로 해보라는 듯, 제이드가 상자를 향해 손짓했다.

나는 손을 들어 데이터를 가까이 끌어당겼다. 검은 상자에 뚜껑이 닫혀 있다.

제이드가 놓아준 손에 통제권과 더불어 감각 신호까지 돌아와 있었다. 마치 진짜 상자처럼 두껍고 단단한 뚜껑의 촉감이 손끝에 생생히 느껴졌다.

나는 왼손으로 상자를 잡고, 오른손으로 뚜껑을 열었다.

안이 비어 있다. 당황하여 돌아보자 제이드가 손뼉을 치며 웃었다. 그리고 내 손을 잡아 상자의 뚜껑을 도로 닫았다.

이해가 되지 않았다. 파일이 없다는 걸까?

"대단해! 정말 대단한 사람이지, 그렇지 않니? 내용은 아무도 침투할 수 없는 장소로 빼돌렸다는 뜻이야. 그러니까, 카르민 본인의 머릿속에만 남겨두고 애로우의 모든 시스템에서 지워버렸다는 의미."

손에 든 상자를 뒤집어 보았다. 뚜껑과 마찬가지로 검은 바닥이 나타났다. 그저 상자일 뿐이다. 안이 빈 검은 상자. 내용을 삭제하고 키워드를 검열한 다음 기밀로 분류해 은폐한 파일의 껍데기.

"카르민이 제아무리 날고 기어도 리셋 프로토콜을 애로우에서 뽑아버릴 순 없어. 바로 그런 사태를 상상했던 걱정 많은 설계자들이 핵 인공지능에 심어놓은 최종 수단인걸. 그러니 그 사람으로선 자기 딸의 존재를 기밀로 분류하여 감춰버린 것처럼, 리셋 프로토콜의 존재도 비밀로 하고 애로우의 모든 제어 시스템에서 비가시화하여 은폐하는 방법이 최선이었겠지."

제이드의 열 손가락이 악기를 연주하듯 상자 뚜껑을 두드리자, 유리 건반처럼 경쾌한 소리가 울렸다.

"하지만 감추면 감춰졌다는 흔적을 남기는 것들이 있단 말이야. 데이터 총체 보존은 핵 인공지능의 관리 영역이고, 거기엔 어떤 인간도 간섭할 수 없어. 카르민은 다른 사람들이 애로우 리셋 프로토콜의 상세를 알 수 없게끔 지우는 데까지 성공했어. 하지만 리셋 프로토콜이 존재하며 여전히 기능함을 지시하는 기호, 즉 그 상자 자체까지 삭제할 순 없었던 거야."

나는 윤이 나는 검은 상자를 다시 뒤집었다.

이 상자가, 그러니까 이 비상 프로토콜이 시발점이다.

애로우의 설계자들은 우주선 탈취나 셧다운 같은 위기 상황에 처할 것에 대비해 나비스 프라임을 포함한 우주선 1급 제어 체계 일체를 리셋·리스타트할 수 있는 비상 프로토콜을 마련해놓았다. 이 프로토콜은 프로그램 명령어가 아니라 물리적 키에 의해 개시되도록 설계됐다. 애로우 핵 인공지능이 모종의 이유로 무력화됐거나 혹은 적대화됐을 경우까지 상정한 최종 수단이었으리라.

키를 이용하면 현재 침수·폐쇄된 제3엔진을 강제로 재시동할 수 있다. 메인엔진 제어 시스템인 코어 드라이브도 우주선 1급 제어 체계에 복속돼 있으니까. 만일 지금 제3엔진이 재시동된다면 우주선을 포함한 타이드의 인간 전체가 궤멸적인 타격을 입을 것이다. 보안위원회는 바로 그것이 화신의 목적이라고 믿고 그를 적대자로 지명했다.

제이드 역시 같은 키를 원한다. 그는 의장이 자기에게 걸어 놓았다는 자물쇠를 풀고 싶어 한다. 그러나 그는 먼저 키의 정체에 관한 자신의 추측이 옳은지 확인하고 싶었다. 그 확인에 내 '협조'가 필요했다. 즉, 제이드는 기밀에 접근할 단서로 내 생체 정보가 필요했기 때문에 화신을 미끼 삼아 나를 센트럴 라이브러리로 데려온 것이다.

애로우 시스템상, 호출된 리셋 프로토콜 파일을 열면 키 역할을 맡은 물리적 사물의 정체와 그것을 이용하는 구체적 방법을 확인할 수 있어야 한다. 그러나 제이드는 의장이 그 내용을 자기 머릿속에만 남기고 지웠다고 주장한다. 다만 리셋 프로토콜의 존재를 지시하는 파일 껍데기는 애로우 핵 인공지능의 관리 영역에 남아 있었다고. 내가 들고 있는 빈 상자가 그것이다.

그래, 제이드는 분명히 키의 정체를 '확인'하고 싶다고 말했다. 그러나 무슨 수로 사라진 내용을 확인한단 말인가?

제이드가 가벼운 발걸음으로 의자를 돌아 내 앞에 섰다. 희게 뒤집힌 눈 아래 길어진 입꼬리가 귀에 걸려 있다.

주먹을 말아 쥔 검은 손이 상자의 검은 뚜껑을 통, 하고 노크했다. 그러자 매끄럽게만 보였던 뚜껑에서 검은 가루가 부스스 일어났다.

"나도 카르민이 지워버린 내용까지 되살려내긴 힘들어. 하지만 파일 키워드에 씌워진 검열을 걷어내는 정도는 지금도 할 수 있거든!"

타앙!

아까보다 더 단단히 뭉친 주먹이 뚜껑을 강하게 내리쳤다. 검은 부스러기가 허공으로 우수수 튕겨 나갔다.

타앙, 타앙, 타앙!

연달아 내리치는 주먹 아래서 검은 부스러기는 폭풍처럼 피어올라 흩어졌다. 재 같은 더께 아래 숨겨져 있던 원래 뚜껑은 눈이 부시도록 하얀색이었다.

제이드가 충격을 가해 걷어낸 검은 먼지구름 아래서 상자에 새겨져 있던 문자 더미가 천천히 회전하며 떠오르기 시작했다. '비상' '무효 조건' '초기화' '최후 수단' '비상 정지' '재시작' '키' '2' '카르민'. 검열로 가려져 있던 파일의 핵심 키워드였다.

그리고…… '아인'. 뒤죽박죽된 키워드의 나선형 소용돌이 사이에 뜻밖에도 내 이름이 '카르민'과 나란히 떠돌고 있었다.

나는 이 상자에 도달하는 키워드이기도 했던 것이다.

제이드가 손을 펴 뚜껑에 쌓인 단어 더미를 쓸어냈다. 그의 손길에 밀려난 황금색 문자들이 가느다란 빛으로 떨어져 내려 바닥에 고였다.

제 모습을 되찾은 하얀 뚜껑 중앙에 핵 인공지능이 보호하고 있던 이름이 떠올라 있다. 그것은 애로우 리셋 프로토콜의 명칭이었다.

"리본(reborn) 프로토콜."

퍼즐의 마지막 조각, 빛나는 글자를 읽는 내 목소리가 내 귀에 아득하게 울렸다.

"이제는 너도 알겠어?"

"리본(ribbon)⋯⋯."

의장의 하얀 옷깃을 장식한 황금 리본. 내 왼쪽 가슴에서 빛나는 황금 리본. 후발대 커맨더의 표식. 타이드에 건 희망의 상징. 우리가 선택할 수 있는 미래. 존재의 목적. 나 자신.

황금 리본이 애로우 리셋 프로토콜의 키였다.

화신이 입수했다는 키는 라이의 황금 리본이구나. 살라민이 라이의 유해에서 황금 리본을 회수해 화신에게 보냈다고 했었지.

화신은 처음부터 의도적으로 황금 리본을 빼돌렸던 걸까? 아니면 황금 리본을 포함한 라이의 유품을 정리하던 중에 그 정체를 우연히 알게 된 걸까? 모르겠다. 정보가 부족하다. 그러나 목적과 수단의 선후 관계를 아는 것이 더는 중요하지 않게 느껴진다. 지금 중요한 건, 화신이 키를 사용하고 싶어 한다는 사실이다. 지한이 베이스의 기세를 꺾을 목적으로 날조해낸 줄 알았던 그 터무니없는 혐의가⋯⋯ 사실이었다는 것이다.

나는 베이스에서 화신과 나눴던 대화를 상기했다. 내가 비겁하게 라이의 죽음을 화신의 책임으로 떠넘기려 했을 때, 화신은 말했었다. '그런 죽음은 네 존재를 박살 내고 네 세계를 산산조각으로 찢어버리는 동력이지 이해의 대상이 아니야.'

그때 화신은 글로스의 죽음이 자신에게 미친 영향에 대해 말하고 있었다. 그는 키를 통해 글로스의 죽음과 반대로 추진하는 동력을 손에 넣었다고 생각했을지도 모르겠다. 자신의 세계를 자신이 원하는 방식으로 재조립할 힘을. 그것이 누군가의 세계 또한 그의 세계처럼 산산조각 낼 것임에도 불구하고.

차가워진 내 귓가에 따뜻한 입술을 붙인 제이드가 속삭였다.

"그럼 키를 받아 갈게."

그리고 가슴을 부수고 들어온 검은 손이 내 황금 리본을 거머쥐었다.

보안대 특수기동대가 세 층 아래 대강당을 금색 벌떼처럼 질주하고 있었다. 선두에 선 것은 놀랍지 않게도 아이샤였는데─코앞에서 자기 인원을 납치당한 치욕을 참을 성격이 아니었다─놀라운 건 그와 나란히 지한이 달리고 있다는 사실이었다.

신체에 가해진 충격 때문에 나는 파이어니어스 컨소시엄의 역사가 황가의 가계도만큼이나 빽빽하게 새겨진 유리 바닥에 무릎을 꿇고 있었고, 덕분에 아래층을 달리는 지한과 시선을 마주칠 수 있었다. 멀리서 보기에도 그의 눈은 흥분으로 번들거렸다. 그가 신처럼 숭앙하는 위대한 우주선의 불안 요소를 마침내 제 손으로 제거할 수 있다는 희열에 들뜬 것 같았다.

라이의 사망 직후 지한이 협의단에 합류한 것과 그가 베이스 전로에 내려가 황금 리본을 찾은 것은 하나의 그림을 이룬 두 조각이었다. 그의 진짜 목적은 프랑켄과의 협의 따위가 아니라 애로우 일급 기밀을 조용히 회수하는 데 있었으리라. 아마 의장이 비밀리에 지령을 내렸겠지.

지한은 처음부터 알고 있었다. 키의 정체도, 내 정체도. '본분을 잊지 말라는 말입니다. 애로우를 위해 존재하는 몸이에요, 당신은.' 나는 키의 보관함이었다. 그것이 나의 '본분'이었다. 애로우를 위해 비밀을 안전히 보관하는 것, 특히 나 자신으로부터. 이제는 그를 다시 평가해야 마땅하겠다는 생각이 든다. 보안위원회 통솔 대의원으로서 지한은 적어도 유능하기는 하다.

'애로우처럼 작은 세계에 영원한 비밀이 어딨어?'

언젠가 내게 그렇게 말했던 사람이 누구더라?

잠시 끊겼던 의식이 돌아오자 나는 가슴을 쥐어뜯는 자세로 쓰러져 있었다. 제이드가 가한 충격으로 인해 기계 신체 제어 계통에 오류가 발생한 것 같았다. 의식이 고장 난 전구처럼 쉴 새 없이 깜빡였다.

그다음 의식이 돌아왔을 땐 아이샤가 이끄는 특수기동대가 애로우 층의 아치형 입구로 진입하고 있었다. 거꾸로 뒤집힌 시야가 정신없이 흔들렸다. 제이드가 나를 어깨에 떠멘 채 달리고 있는 듯했다.

기도에 걸린 숨을 힘겹게 밀어내고 고개를 틀자 지한이 나를 향해 노바 건을 겨누었다. 총구 안에서 자주색 점이 사이렌처럼 빛났다.

지한만이 아니다. 특수기동대 대원들이 장비한 노바 건 전부에 살상용 탄환이 장전돼 있다. 의장이 제이드와 나의 사살을 허가했어. 나는 안개 낀 듯 멍한 머리를 흔들며 상황을 분석하려 애썼다.

사실 애쓸 필요까진 없었다. 상황은 명료했으니까. 나는 제이드에게 납치당한 순간부터 안전한 키 보관함 자격을 상실한 것이다. 의장은 자신이 통제할 수 없는 손에 키가 들어가는 사태를―하하! 어쩐지 웃음이 났다. 키는 실제로 이미 제이드 손에 들어갔으니까―막고 싶었으리라. 어떤 대가를 치러서라도. 쓸모없어진 보관함을, 다시 말해 나를 키와 함께 파괴해서라도. 내가 아직 의장의 영향권 내에서 움직이고 있을 때 말이다.

그들은 예고 없이 발포했다. 제이드가 노바 건을 꺼내 응사할 틈도 없었다. 거꾸로 늘어져 흔들리는 시야 구석에 자주색 플라즈마 폭풍이 몰아쳤다. 지한의 노바 건과 내 머리통 사이에 놓여 있던 긴 등받이 나무 벤치 몇 개가 찰나의 시간 동안 진동하는 빛 덩어리로 변했다가 굉음을 내며 터졌다.

서너 번째쯤 발사된 탄환의 영향권에 맥없이 흔들리던 내 왼쪽 팔꿈치가 스친 것 같다. 무슨 일이 일어났는지 알아차리기도 전에 팔꿈치부터 달아오른 왼팔이 귓전에서 폭발했다.

거의 동시에 우리를 빗나간 다른 탄환이 폐쇄 열람석 차폐벽에 적중했다. 3미터가 넘는 유리 벽이 기이한 소리를 내며 우윳빛 거품 덩어리로 녹아내렸다. 저게 제대로 맞았다면 나는 물론이고 제이드도 사이좋게 잿더미가 되어버렸을 텐데. 하하, 아깝네!

이런 순간에도 재잘거릴 줄 알았더니 석상처럼 입을 꾹 다문 제이드가 못 견디게 웃겼다. 그가 비정상적인 속도로 내달리다 뛰어오르거나 방향을 바꾸거나 할 때마다 딱딱한 등에 내 이마가 사정없이 부딪혔다. 그게 또 너무 웃겨서 나는 모자란 숨을 끌어모아 킬킬댔다. 비정상적인 웃음이었다. 나는 유례없이 행복한 기분으로 자가 진단을 수행했다. 비정상적인 웃음은 궁지에 몰린 뇌에서 각종 내분비 화학물질을 쏟아내기 시작한 징후였다. 기계 신체 순환 계통에 부하가 누적돼 호흡이 어려워졌다는 의미이기도 하다. 한마디로 제이드가 나를 아주 박살 내놓은 것이다.

자주색 에너지 파동과 굉음으로 진동하는 공기를 가르며 나아가다 보니 어느 순간부터 주위가 어두워졌다. 거꾸로 뒤집힌 시야로 확인할 수 있는 건 바닥 정도다. 진한 파란색으로 채색

된 오각형 타일 패널이 깔린 바닥. 회랑이었다. 센트럴 라이브러리 외곽을 두른 회랑을 빠져나가면 우주선 외벽 바로 안쪽을 돌아가는 순회로로 진입할 수 있다. 외부에 충격 흡수 물질을 코팅한 두꺼운 허니콤 패널과 방호판을 결합한 금속 외장 선체 판금의 거친 안쪽이 순회로의 벽을 이루고 있다. 우리는 우주선의 외부와 내부를 가르는 경계선으로 접근하고 있었다.

구역이 바뀌자 바닥의 형태도 바뀌었다. 검은 육각형 강철 타일 패널이 깔린 순회로 바닥에 녹색 광원이 점점이 비쳤다. 광택이 흐르는 타일 표면을 따라 끝이 십자 형태로 번진 초록빛. 녹색으로 점등된 램프다.

잠깐, 순회로에 녹색 램프가 설치된 구조물이 있었던가?

제이드가 녹색 광원을 향해 날듯이 달렸다. 우리를 쫓아 회랑을 빠져나온 보안대 쪽에서 아이샤가 뭔가 다급히 소리쳤다.

그사이 바닥에 깔린 강철 타일 패널이 자취를 감췄다. 철벅거릴 정도로 얇은 진흙층이 패널 위에 덮여 있었다. 우주선 외벽을 통해 거대한 짐승이 몸을 뒤척이는 신음 같은 것이 긴 복도를 울렸다. 바깥의…… 폭풍의 기척이다.

폭풍. 지금 애로우를 흔들고 있는 작은 폭풍이 아니라, 닷새 전 베이스 에어 시브 부속 탱크실을 붕괴시키고 라이를 포함한 프랑켄 여덟 명의 목숨을 흙탕에 파묻었던 5등급 폭풍.

나는 흐린 기억을 필사적으로 더듬었다. 애로우 컨트롤 스테이션에 보고됐던 폭풍 피해. 베이스를 밟고 애로우에 도달했던 5등급 폭풍은 50여 시간에 걸쳐 우주선 외벽 일부를 찢어 냈고, 그 결과 외벽에 접한 순회로 전체가 일시적으로 차단되었다. 폭풍 소멸 후 출동한 정비반이 외벽 파손 부위를 덮으면서 몇 군데에 임시 에어로크를 설치했다. 외기 유입을 차단하고 복구 작업을 예비하기 위해.

녹색 램프가 달린 구조물은 우주선 안팎을 연결하는 임시 에어로크다. 저건 바깥으로 통하는 문이다. 하하, 미친!

제이드가 에어로크 계기반 뚜껑을 한 손으로 잡아 뜯었다. 아이샤의 고함이 커졌다. 힘겹게 고개를 꺾어 보니 노바 건들이 바닥을 향하고 있다. 보안대가 착용한 전투용 신체 강화 슈트에는 바깥에서의 생존에 필요한 생명 유지 기능이 구비되어 있지 않다. 저들은 무방비한 상태로 우주선 외벽에 다른 구멍을 내고 싶지 않은 것이다.

당연하다. 나도 그러고 싶지 않다. 내 기계 신체에도 바깥에서의 생존에 필요한 생명 유지 기능은 구비되어 있지 않으니까.

제이드의 손가락이 꽂힌 계기반에서 폭죽처럼 노란 불꽃이 튀었다. 에어로크에서 빛나던 녹색 별이 불길한 붉은 별로 바뀌었다. 제이드의 어깨에 매달려 오는 동안 비상 자가복구 사이클을 겨우 완료한 기계 신체 순환 계통에서 히스테리컬한 웃음이 밀려 올라왔다.

날카로운 에어로크 개방음이 순회로에 울려 퍼졌다. 아이샤가 급히 퇴각 명령을 내렸다. 제이드가 에어로크 빔에 걸려 있던 헬멧 하나를 집어 들었다.

에어로크 강제 개방 직후의 몇 초.

폭발적인 압력에 의해 바깥으로 빨려 나간 순간, 머리채를 거꾸로 잡혀 당겨지는 소름 끼치는 느낌. 우주선 안보다 훨씬 차갑고 습한 공기. 거의 뜯어지다시피 날아간 에어로크 안쪽이 자욱한 안개에 집어삼켜지는 광경. 얼굴 가죽을 후려치는 무거운 바람. 요란하게 날아와 기계 신체에 충돌하는 진흙 덩어리와 작은 돌무더기.

부족한 산소.

허공을 찢는 번개와 대기에 투과된 검은 우주. 산책이라도 나온 듯 강풍에 흩날리는 제이드의 붉은 머리카락. 폭풍을 뚫고 반짝이는 가짜 눈. 신난 아이처럼 쉼 없이 움직이는 입술. 뭉개진 붓질로밖에 보이지 않는 먼 아래의 어두운 바다.

부족한 산소.

성난 세계의 음향. 끊어질 듯 진동하는 케이블을 따라 시선을 돌리자 검은 손이 애로우 외벽에 돌출된 러그에 걸려 있다.

부족한 산소.

얘는 정말로 사람이 아니구나.

그리고 의식은 다시 꺼졌다.

주

사

위

기억이 사라진 자리에 남는 것은 무엇일까?

기억을 쌓아 올리기 위한 토대. 존재. 상자. 살아 있는 거푸집. 외부의 감각과 지식과 경험을 받아들여 기억으로 처리하고 저장해 자아의 재료로 가공하는 회로. 회로의 밑그림. 들어온 것을 마련된 길로 보내 정해진 자리에 집어넣는 배선도. 블루프린트.

기억이 사라져도 밑그림은 남아 있다. 나라는 존재 위에 몇 번이고 기억을 다시 쌓아 올려도 나라는 존재의 밑그림은 변하지 않는다. 무한한 경험에서 무엇을 어떻게 받아들여 남기고 무엇을 어떻게 흘려보낼지 결정하는 가장 밑바닥의 회로. 그러니 기억을 치운 자리에 드러나는 것이 '진짜 그 사람'이 아닐까?

　내가 언제, 어디서 이런 얘길 떠들었더라?

　가사를 알아들을 수 없는 전자음악이 시끄럽게 울렸다.

　기억난다. 스크린 위로 주마등처럼 흘러 다니던 내 뇌의 스캔 이미지와 뇌파 기록들. 나를 프랑켄으로 부활시켜준 사람, 푸호. 그가 동면 캡슐 데이터 저장장치 파손에 관해 이야기해주기 전, 나와 기계 신체를 처음으로 연결해주었던 그 순간. 바이오 젤로 코팅된 척수 말단이 기계 신체 소켓에 미끄러져 들어가자 벼락처럼 전신을 내리친 짜릿한 감각.

　그때 나는 초점 풀린 눈과 허물어진 발음으로 회로니 밑그림이니 하는 얘길 떠들고 있었다. 체내 순환 및 신경계 연결 검사를 위해 투여한 다량의 화학성 추적 물질이 머리끝부터 발끝까지 돌고 있었기 때문에 만취한 주정뱅이나 다름없는 상태였고, 당연히 자신이 무슨 말을 지껄이고 있는지도 의식하지 못했다.

　우주선에서 나고 자랐다던 앳된 얼굴의 엔지니어는 생화학적으로 몽롱한 사람이 끄집어낼 수 있는 온갖 종류의 화제에 익숙해 보였다. '뇌는 경험을 재료 삼아 자기 밑그림을 바꿔나갈 수 있어요. 기계 신체 같은 이물질도 수용하는 유연한 구조물인걸요. 사람은 자신의 배선을 바꿀 수 있는 뇌예요. 그런 관점에서 보자면 정해진 회로는 없다고 할 수 있겠죠.' 엉망진창으로 굴러 나온 질문에 진지하게 답해준 다음, 그는 콧등에 걸쳐진 안경을 밀어 올리고 보디 스캔 이미지가 투사 중인 스크린을 응시했다. 검사대 위에는 내 동체에 연결되어야 할 사지가 남아 있었다.

 푸호. 애로우 메인터넌스 베이 소속 1급 뉴로코드 링커링 엔지니어. 그는 지난여름 6등급 폭풍이 애로우의 22번 게이트를 물어뜯었을 때 가장 먼저 현장으로 달려갔던 내추럴 중 하나다.
 22번 게이트는 우주선 최상층에 위치한 광장과 선내 수자원 저장시설과 인공중력 연구소 그리고 메인터넌스 베이 일부를 관통하는 엘리베이터와 연결돼 있었다. 당시 검사실, 스캐닝 룸, 캘리브레이팅 룸처럼 민감한 장비가 밀집한 메인터넌스 베이 부속 시설들은 침수 대비 프로토콜에 의해 임시 폐쇄된 상태였다.
 다만 타이드에서 탄생한 모든 프랑켄의 기계 신체 설계 초안과 제작·정비·교체 이력을 보관한 부속 시설, 블루프린트 라이브러리는 임시 폐쇄 구역에서 제외되었다. 충격에 민감한 장비가 없다는 이유에서였다. 시뮬레이션으로만 폭풍을 경험했던 당시 애로우 컨트롤 스테이션은 블루프린트 라이브러리에 침수가 일어날 확률을 낮게 평가했다.
 그러나 그해에 들이닥친 6등급 폭풍의 파괴력은 애로우의 시뮬레이션을 간단히 능가했다. 북상하던 5등급 폭풍 한 개가 주변을 맴돌던 3등급 폭풍 두 개를 흡수하며 발달한 초대형 폭풍은 아흐레 동안 애로우를 뒤흔들어 진흙 바다로 잡아끌었다.

22번 게이트는 애로우가 6등급 폭풍 영향권 내에 들어선 지 사흘 만에 파괴되었다. 블루프린트 라이브러리 소재 구역에 너무 늦은 침수 경보가 발효됐을 때, 푸호는 그곳을 향해 달리고 있었다. 그의 동료가 작성한 사고 경위서에 따르면, 푸호는 라이브러리가 침수되기 전에 수동으로 폐쇄해 4278명 후발대 지원자 전원의 기계 신체 설계 초안과 변경 내력이 축적된 데이터를 보호하려 했던 듯하다.

그의 시체는 블루프린트 라이브러리를 200미터 앞둔 지점에서 발견되었다. 격벽을 돌파한 진흙 조수가 그를 연결 통로 막다른 곳까지 휩쓸고 갔다고 추정되었다. 시체는 진흙이 빠진 통로에 엎드려 있었지만, 그가 쓰고 다니던 동그란 안경은 어디서도 찾을 수 없었다.

결과적으로 블루프린트 라이브러리는 폐쇄됐다. 푸호가 성공했다는 뜻은 아니다. 침수가 진행됐기 때문에 제어 인공지능이 자동으로 구역 강제 폐쇄를 지시한 것이다. 라이브러리에 보관되어 있던 모든 데이터는 훼손을 최소화하기 위한 강제 잠금 상태에 들어갔다. 그로 인해 개별 기계 신체 설계도와 연결 정보, 부속품 제작 내역 등에 접근할 수 없게 되자 프랑켄의 예측 수명이 절반으로 깎였다.

그러나 내가 블루프린트 라이브러리 복구에 관한 건을 커맨더 직권으로 의회에 상정시켰을 때, 의장은 내 요청을 각하했다. 애로우에는 그보다 시급한 과제가 많다는 이유에서였다. '아인, 애로우의 우수한 엔지니어들이 블루프린트 데이터 없이도 충분히 활약해주고 있지 않나요. 이곳에선 한정된 자원을 효과적으로 운용해야만 하죠.'

그때 나는 의장의 결정을 받아들였다. 의장은 애로우 전체를 대변하는 사람이었다. 그의 논리에 이면이 있으리라고는 상상할 수 없었다. 그는 독재자처럼 보였지만, 동시에 신처럼 유능한 독재자였다. 나는 그가 오직 애로우를 위해 숙고하고 결정한다는 대전제만은 한 번도 의심하지 않았다.

마치 아이가 어머니의 사랑을 의심하지 못하듯이. 그것이 도무지 이해할 수 없는 형태로 주어지더라도, 그 밑에는 분명 나에 대한 무한한 사랑이 있다고 믿는 것처럼. 어머니가 나를 사랑하지 않는다면, 나는 왜 태어났겠는가? 잘못된 질문을 선택한 대가로 나는 영원한 아이로 살고 있었다.

자신이 이 세상에 처한 목적을, 이유를 찾는 건 존재의 생존을 위한 필사의 전략이다. 의장은 나를 후발대 커맨더로 임명해주었다. 나는 그가 하사한 인정의 표식을 지니고 타이드의 유일한 인간 공동체 앞에 서서 후발대 선언을 소리 높여 외쳤다. '우리는 미래를 선택할 수 있다.' 한 음절 한 음절 발음할 때마다 고양되던 기분. 인간의 자유를 수호해 새로운 대지에 도달한 이들을 이끌어 번영의 새 미래를 열어가라는 존재의 목적을 부여받았던 순간 느꼈던 그 벅찬 희열.

내게 목적을 준 사람의 의도를 의심하지 못한 것이 내 한계였다. 기억이 사라진 자리에 드러난 것은 내 초라한 본성이었다. 부여받은 목적과 주어진 설명에 만족하는 본성. 창조자에게 의미를 갈구하는 피조물 특유의 의존적 본성.

제이드는 자신의 블루프린트를 입수하기 위해 떠났다. '카르민은 내가 눈을 뜨기도 전부터 내 블루프린트를 잠가놓았어. 의식을 완성한 내가 용도에 맞춰 몸을 구성하지 못하도록 말이야. 말하자면 이 몸은 나 전용 구금소인 셈이지. 그게 얼마나 답답한 기분인지 알아?' 그때 제이드는 마치 들으라는 듯 라이브러리 천장을 향해 뒤집힌 눈을 치켜들고 있었다.

의장은 그보다 시급한 과제가 많았기 때문에 블루프린트 라이브러리 복구 요청을 각하했던 것이 아니다. 그가 보기에 블루프린트 라이브러리를 침수 폐쇄된 상태로 두는 편이 나았기 때문에 그렇게 했던 것이다. 그는 제이드를 잠가놓은 자물쇠가 아무도 모르게 수장돼 있기를 원했으리라. 그렇게 너무 오랫동안 방치된 나머지 제이드를 포함한 우리의 데이터가 복구 한계를 넘어 완전히 손상되기를 바랐으리라. 블루프린트 라이브러리 평가 등급 6등급, '기능 불가'. 그것이 의장이 은밀히 기다리던 '사고'가 아니었을까? 드물지만 종종 일어났던 애로우의 다른 많은 사고들처럼.

센트럴 라이브러리에서 의장이 정말 우리를 내려다보고 있었다면, 그는 어떤 얼굴을 하고 있었을까?

마침내 눈이 떠졌다.

몸이 쪼개질 것처럼 거센 기침과 함께 숨이 밀려 나왔다. 의식은 확실히 돌아왔다. 그러나 목 아래는 아직 움직일 수 없었다.

통증이 전혀 느껴지지 않았다. 그건 최악의 경우, 내 중추신경의 기계 신체 접속에 문제가 생겼다는 뜻이다. 만일 그렇다면 나는 수 분 내로 뇌사할지도 모른다.

다른 가능성은, 기계 신체의 파손이나 오류를 통각 신호로 변환해 뇌 속 신체 지도에 표시하는 캘리브레이터가 고장 났을지도 모른다는 것이다. 이 경우에도 통증은 없을 수 있다.

나는 두 번 더 심호흡했다. 통증이라면 목 위에서도 거의 느껴지지 않았다. 메디컬 룸에서 복용했던 진통제가 기억났다. 이거 효능이 얼마나 좋은 거야? 통증이 느껴지지 않는 걸 떠나 얼굴 전체가 사라진 듯 무감각했다.

뻑뻑한 눈을 다시 감았다. 어차피 떠도 감아도 앞은 암흑이었다. 오랫동안 정화되지 못한 폐쇄 구역의 혼탁한 공기가 뺨에 무겁게 내려앉았다.

의식을 잃기 전후의 기억이 흐릿했다. 흙탕을 휘저은 것처럼 선후 관계가 엉망으로 뒤엉킨 기억이 한꺼번에 떠다녔다.

우주선 바깥에서 기절했던 내가 다시 의식을 회복했을 때, 제이드와 나는 다른 구역의 순회로로 들어와 있었다. 바깥에서 들이친 진흙이 검은 강철 타일 패널에 물결무늬로 말라붙어 있었고, 나는 나무토막처럼 쓰러져 있었다. 거듭된 충격 탓에 기계 신체 통제권이 쉽게 복구되지 않았다.

눈알만 굴려 뒤에 보이는 임시 에어로크에 표시된 좌표를 확인했던 기억이 난다. 그곳은 센트럴 라이브러리에서 선미 쪽으로 500미터가량 대각선을 그어 내려온 곳이었다. 폐쇄된 선미 상부 어딘가의 비사용 구역…… 과거에 인공중력 실험실이 있었던 구역 같았다. 선내와 접한 순회로 벽면이 파도 모양으로 비틀려 있었다. 아마 안쪽으로 들어갈수록 벽면에 일어난 파도가 커지면서 방향감각도 틀어질 것이다. 국지적 중력 왜곡 실험으로 인한 과도한 압력과 진동이 주변 구조를 특이하게 변형시키는 까닭에 인공중력 실험이 진행됐던 곳들은 별다른 표시 없이도 알아보기 쉬웠다.

임시 에어로크에 녹색 램프가 멀쩡히 점등돼 있었다. 이번에는 정석대로 열고 들어온 모양이었다. 제이드가 내게 씌워주었던 듯한 헬멧이 눈앞에 굴렀다. 그가 나를 들쳐 메고 우주선 바깥에 매달려 폭풍을 뚫고 여기까지 내려왔다는 말이다.

내가 기억하는 애로우 내부 구조도가 정확하다면, 이 지점에서 엘리베이터 따위를 타고 직하하여 선미 폐쇄 구역 중앙으로 진입할 수 있었다.

제이드의 계획도 그랬던 것 같다. 제이드는 내가 눈 뜬 걸 확인하자마자 내 몸을 타고 넘었다. 시선을 반대로 돌려보니 물결치는 벽 중간에 제어반이 설치돼 있었다.

제이드는 제어반이 고정된 플레이트 전체를 북 뜯어냈다. 그리고 수십 개의 케이블 다발이 엉킨 관 속에 손을 쑥 밀어 넣었다.

불꽃이 두어 번 튀자 'E88'이라는 문자열이 깜빡이며 벽면에 나타났다. 울퉁불퉁한 입면에 파란 곡선이 나타나 벌어졌다. 사용이 중지된 채 방치되었던 고속 엘리베이터 내부에서는 퀴퀴한 냄새가 났다.

제이드는 나를 그 안에 던져 넣었다. 그때까지도 나는 손가락 하나 꼼짝할 수 없었고, 내 시야는 90도 돌아가 있었다. 제이드가 윙크하고 손을 팔랑이며 온갖 꼴값을 떨어대는 동안, 나는 바닥에 목이 꺾인 자세로 구겨져 꽉 막힌 숨을 힘겹게 이었다.

"약속대로 널 화신에게 보내줄게! 이걸 타고 끝까지 내려가면 제3엔진 룸 반경 900미터 안에 떨어질 거야. 원래는 더 안쪽까지 데려다주려 했는데, 보니까 보안대가 쫙 깔렸지 뭐야. 간발의 차로 우릴 놓친 바람에 약이 바짝 올랐나 봐. 덕분에 내 갈 길도 좀 바빠진 편이라고나 할까.

음, 아래는 완전 폐쇄 구역이라 격벽이 30미터마다 내려가 있지만, 되는대로 올려놔줄게. 화신도 폐쇄 구역에 들어가 있어. 하지만 네 친구가 지금 어디까지 갔는지, 뭘 하는지까진 알수 없어. 다시 말해 보안대 애들도 모른다는 뜻이지. 저 아래쪽 감시망은 착륙 때 훼손된 후부터 제대로 복구된 적이 없거든. 그러니 너도 긴장 풀고 내려가. 자물쇠를 풀면 키도 돌려줄 테니 너무 화내지 말고. 나 진심으로 너랑 친해지고 싶단 말이야. 내 마음 알겠지?"

내가 기절해 있는 동안 심심했던지, 엘리베이터 좌표를 입력하는 도중에도 제이드는 입을 쉬지 않고 놀려댔다.

"여기까지 오는 내내 네가 물었잖아, 내 정체가 뭐냐고. 그래서 네가 자는 동안 나름대로 생각해봤는데, 발생 계통적으로 보자면 난 이 편집증 걸린 우주선과 같은 종에 속할 것 같아. 인공두뇌와 기계 신체의 결합물이니까? 하지만 애로우에 탑재된 인공지능에는 통합된 인격이 없으니 그 정도가 눈에 띄는 차이일지도. 어때, 만족스러운 대답이야?"

사실 그런 걸 질문한 기억조차 남아 있지 않았다. 내 기억에 의하면 우주선 외벽에 매달려 기절했다 정신을 차리자 엘리베이터 앞이었으니까.

삥, 소리와 함께 엘리베이터에 좌표가 떴다. 시야가 다시 흐려지길래 눈을 부릅뜨고 좌표를 확인했다. 역한 냄새가 콧속과 입안에 감돌았다. 정상화에 실패한 순환 계통에서 노폐 물질이 여과되지 못하고 쌓인 결과 독성 부산물이 생성되기 시작한 듯했다.

"일단 여기서 헤어지자. 다음엔 자유로운 몸으로 다시 만나길! 행운을 빌어, 아인!"

제이드가 내 상태를 눈치채지 못한 건지 아니면 알고도 신경 쓰지 않은 건지는 모르겠다. 다만 그는 엘리베이터 바닥에 구겨진 나와 눈이 마주치도록 엎드려서 짜증 나게 밝은 목소리로 인사를 건넸다. 이제 더 숨길 것도 없다는 듯 눈알을 있는 대로 하얗게 뒤집은 채였다. 그 기묘한 광경을 마지막으로 나는 의식을 다시 잃었다.

다음으로 눈 떴을 때는 암흑을 향해 입 벌린 엘리베이터 안이었다. 눈을 뜨자마자 섬뜩한 기분이 들었다. 의식이 돌아오기까지 시간이 얼마나 지났는지 알 수 없었기 때문이다.

언제 도착했지? 십 분 전? 한 시간 전? 하루 전?

나는 무작정 엘리베이터를 뛰쳐나갔다. 그래, 그렇게 암흑 속을 허우적대며 달리던 중 전원이 내려가듯 의식이 또 끊어졌었다. 그래서 지금 나는 미지근한 진흙 속에 푸호의 시체처럼 엎어져 있던 것이다.

나는 눈을 다시 떴다.

숨을 내쉬고, 팔다리를 천천히 움직여 보았다. 다행히 기계 신체 통제권이 회복되고 있었다. 생각과 반응 사이에 여전히 초 단위의 시차가 있었지만, 어쨌든 몸은 움직였다. 중추신경계와 기계 신체의 접속에는 큰 문제가 없는 듯했다. 뇌사는 면

한 것이다. 그렇다면 자기 성찰이나 하고 있을 만큼 한가한 때가 아니었다.

질퍽한 바닥에 손을 짚고 일어나려다 미끄러져 얼굴을 처박았다. 센트럴 라이브러리에서 날아가버린 왼팔을 잊고 두 손을 짚으려다 균형을 잃은 탓이다.

왼뺨과 귀를 진흙에 묻은 채로 다시 한번 바닥을 짚었다. 시익, 식, 시익, 식. 입천장에 닿는 숨이 뜨거웠다.

일어나 앉아보니 보이는 것만큼 완전한 암흑은 아니었다. 100미터가량 뒤쪽 벽에 'E88' 표시가 하얗게 빛났다. 제이드가 나를 던져 넣었던 엘리베이터다.

엉키고 조각난 기억을 순서대로 되짚으며 나는 가까운 벽을 향해 기기 시작했다.

시간. 시간이 가장 큰 문제였다. 내가 의식을 잃은 사이 시간이 얼마나 흘렀을까? 화신은 어디 있지? 보안대는? 나는 이번에도 너무 늦은 게 아닐까?

그때 앞으로 뻗은 오른손이 캉 소리를 내며 벽에 부딪혔다. 나는 한 손으로 벽을 짚고 천천히 일어섰다.

그러자 마치 내가 일어서기만을 기다리고 있었다는 듯 위잉, 소리를 내며 천장의 유도등이 켜졌다. 제이드가 나를 지켜보고 있는지도 모르겠다. 화신과 만날 때까지 도와줄 생각인 걸까?

아치형 천장의 중앙을 따라 하얀 화살표가 빛났다. 그 띄엄

띄엄한 빛에 의지해 발밑을 살펴보자 오른쪽으로 얕게 기울어진 공간 전체에 진흙이 발목 높이로 찬 광경이 보였다. 어디선가 유입이 끊이지 않는 듯, 표면에 부채꼴 무늬가 아로새겨진 진흙 조류가 암흑 저편으로부터 차곡차곡 밀려오고 있었다.

흐리게 밝혀진 주변을 돌아보자 여기가 어디인지 곧 알 수 있었다. 거의 직선에 가깝게 완만한 곡선으로 둘러싸인 널찍한 정방형 공간 벽 여기저기에 반쯤 벗겨진 주황색 형광도료로 화물 분류 코드가 표시돼 있다. 핸들이 사라진 지게차 한 대와 진흙에 파묻힌 소형 화물 드론 십여 기 외에는 텅 빈 곳.

하역장이었다. E88번 엘리베이터가 화물 전용 엘리베이터라는 사실이 뒤늦게 떠올랐다.

하역장 앞으로 뻗은 것은 기술 지원 목적으로 설계된 직경 20미터짜리 터널 형태 통로다. 각종 중장비와 헤비 슈트를 착용한 사람이 통행하기 편하도록 바닥에도 유도선과 구분 선이 그어져 있을 테지만, 진흙에 덮인 지금은 확인할 수 없었다.

벽을 따라 나아가자 터널로 이어지는 앞쪽, 진흙이 들어찬 공간에 에어크라프트 한 대가 좌초해 있었다. 매끈한 유선형 동체에 접이식 주 날개 두 개가 달려 있고 후방에 추진기를 장착한 경량 정찰기였다. 선미 쪽 격납고나 수납 플랫폼에서 흘러나와 진흙에 떠내려오다 하역장과 터널 사이의 단차에 걸린 듯했다. 정찰기의 하얀 꼬리가 터널 저편을 향해 뻗쳐 있었다.

터널 입구 천장에 MM-16이라는 공간 식별코드가 크게 적혀 있었다. 이 터널을 따라 앞쪽, 즉 선미 방향으로 나아가면 폐쇄된 제3엔진 룸과 제어실에 도달할 수 있다. 보안위원회가 화신의 목적지로 추측한 곳이다.

뻥 뚫린 터널에 들어찬 어둠이 희미한 빛을 빨아들였다. 이 앞에 화신의 목적지가 있다. 내가 늦지 않았다면, 화신은 아직 이 근처에 있을지도 모른다. 그렇다면 그를 만나 설득할 기회가 있을지도 모른다. 화신이 최악의 선택을 하기 전에 저지할 기회도 아직 남았을지 모른다. 그중 어떤 미래든 화신을 만나야만 펼쳐질 수 있었다.

희부연 화살표 아래서 터널은 끝없이 뻗어나갔다. 적어도 눈 닿는 한에서는 격벽이 보이지 않았다. 제이드가 말한 대로였다.

하역장 끝 벽을 짚고 터널 바닥으로 내려서자 진흙에 잠긴 두 무릎 아래서 시큼한 냄새가 피어올랐다. 나는 일단 정찰기 꼬리에 달린 수평 안전판을 목표 삼아 발을 뗐다. 한 발씩 앞으로 내디딜 때마다 녹은 금속처럼 무거운 진흙 표면에 선미파(船尾波) 모양의 흔적이 퍼졌다. 뇌에서 내리는 명령과 기계 신체의 반응 사이에 시차가 점점 줄어드는 것이 느껴졌다. 비상자가 복구 사이클이 원활히 돌아가는 듯했다.

표면이 삭은 정찰기 안전판에 기대 방향을 가늠한 다음, 나는 달리기 시작했다.

문득 터널을 메운 어둠 속에서 탱크실로 내려가는 라이가 보였다. 캄캄한 탱크실 입구에 늘어졌을 라이의 그림자. 웃는 모양의 주름으로 둘러싸인 형형한 눈. 습기를 머금어 뒷덜미에 달라붙은 하얀 머리카락. 팔뚝의 늘어진 살가죽에 꿰매듯 잇대어진 검은 기계 팔. 금속과 살의 경계를 횡단하는 무수한 흉터.

나는 첨벙첨벙 사방으로 진흙을 튀기며 라이의 뒤를 쫓아 달렸다. 본 적도 없는 라이의 마지막 모습이 너무 생생해서 어쩐지 웃음을 참을 수 없었다. 나는 이제야 라이의 죽음을 이해할 수 있을 것 같았다.

라이는 애로우가 자리를 이탈하도록 승인해주기를 기다리지 않았다. 그는 다만 컨트롤 스테이션을 떠나 긴급 정비팀을 이끌고 내려갔다.

나와 달리 그는 애로우의 승인을 필요로 하지 않았기 때문이다. 그는 그 순간 자신이 해야겠다고 결정한 일을 했다. 다만 그 끝에 죽음이 기다리고 있었을 뿐. 그뿐이다.

내가 맞았을까?

상상 속에서 라이가 정답을 들은 것처럼 활짝 웃었다. 진짜 커맨더의 가슴팍에서 황금 리본이 찬란히 빛났다. 머리 위 협소한 하늘을 장식한 화살표에서 점점 강렬한 빛이 뿜어져 나왔다. 눈이 멀 것 같은 광채였다. 황금 리본이 라이의 가슴팍에서 빠져나와 수백 조각으로 쪼개지더니 그 새하얀 빛 속으로 남김없이 빨려 들어갔다.

나는 허우적거리며 달렸다. 아무리 쫓아가도 멀어지고 멀어지다 마침내 바늘 끝처럼 작아져버린 라이의 뒤를 따라 무작정 달렸다. 어느새 진흙이 가슴께에 차올라 있었다. 쿠륵, 쿠륵, 쿠륵. 정체불명의 소리가 몸 안쪽에서 메아리쳤다.

무거운 진흙에 발이 감겨 넘어질 때마다 다시 일어서기가 어려웠다. 입과 코로 밀려 들어온 진흙을 뱉고 눈꺼풀과 이마에 잔뜩 들러붙은 덩어리를 한 손으로 닦았다. 진흙투성이 머리카락이 뺨에 늘어져 앞을 가렸다.

머리 위에서 춤추는 화살표가 어디까지고 이어졌다. 화살표는 멈출 기미를 보이지 않았다.

라이가 나를 뒤돌아보고 애타게 소리쳤다. 아인, 멈추지 마! 달려! 멈추지 마! 그러자 등 뒤에서 글로스가 속삭였다. 괜찮아, 멈춰도 돼. 뒷덜미에 소름이 끼쳐 돌아보았으나 눈을 찌르는 어둠뿐이었다. 날카로운 통증이 관자놀이를 후벼 팠다. 살라민이 내 손을 부드럽게 쥐었다. 센트럴 라이브러리에서 자주색 탄환에 스쳐 날아가버린 내 왼손을. 우리, 그만할래? 옆으로 고개를 돌리자 그의 다갈색 눈에서 김 나는 붉은 윤활액이 흘러내렸다. 놀라 뒤로 한발 물러서려는데 반대편에서 눌어붙은 살과 펄펄 끓는 금속으로 빚어진 손이 뻗어 나와 내 오른손을 움켜잡았다. 난 이미 죽었어. 산 채로 우주에 던져졌던 사람들처럼 체액이 얼어붙은 화신의 얼굴이 희게 반짝였다. 오른손이 뜨거웠다. 누가 장난으로 전등을 켰다 *끄*는 것처럼 눈앞이 어두워졌다가 밝아지길 반복했다. 캄캄한 터널에 죽은 친구들이 서 있었다. 앞이 보이지 않는 빛에 갇혔을 땐 황금색 조각들이 쏟아져 내려 나를 덮쳤다. 비명을 지르고 팔을 뻗었으나 아무 것에도 부딪히지 않았다.

나는 가까스로 마구 허우적대는 팔다리를 멈췄다.

"여긴 아무도 없어. 애로우가 타이드에 착륙했을 때부터 폐쇄된 구역이니까. 여긴 나 말고는 아무도 없어."

간신히 소리 내 중얼거렸다. 식식대는 날숨에 잠식된 목소리는 거의 들리지 않았다. 제자리에 서 있기조차 어렵다는 사실을 그제야 알아차렸다. 가슴까지 진흙에 잠긴 몸이 균형을 잃고 휩쓸리기 직전이었다. 그러나 내 팔다리는—어깨부터 아래로 완전히 사라져버린 왼팔을 포함해—마치 무의식의 명령을 받은 것처럼 무작정 어디론가 달리려는 듯 계속해서 펄떡였다…….

망할. 망가진 건 왼팔만이 아니었다. 빌어먹을!

나는 오른팔로 머리를 감싸고 숨을 들이쉬었다. 환각의 원인으로 짚이는 구석이라면 너무 많았다. 엘리베이터에서 부딪힌 머리, 빗발치던 초임계 플라즈마 유체 탄, 제이드가 박살 낸 몸, 산소 부족으로 기절한 채 온몸으로 처맞았을 폭풍.

아무리 잘 만든 기계 신체라 한들 사용 한계는 존재한다. 판은 부러지고 핀은 삭고 케이블은 끊어지며 회로는 타들어간다. 당연히 자가 복구에도 한계가 있다. 내 몸은 이미 자가 복구 한계를 벗어났다. 내가 겪고 있는 환각은 그 부작용 중 하나일 뿐이다.

지금은 안 돼. 아직 화신을 만나지 못했어.

발을 뗐다. 뗐다고 생각한 다음 순간 시야가 기울었다. 꼭두각시의 끈이 떨어진 것처럼 기계 신체가 내 뇌로 보내오던 신호의 행렬이 삭 지워졌다. 몸이 없어졌다. 나는 머리만 남은 유령이었다.

기동이 정지한다는 걸 직감하고, 나는 마지막 힘을 쥐어짜 소리쳤다.

"화신! 그러지 마!"

터널 벽에 반사된 내 목소리가 웅웅거리며 되돌아왔다.

"내가 왔어!"

밀려든 진흙이 입을 틀어막았다. 눈꺼풀에 진흙 덩어리가 봉인처럼 엉겼다. 나는 사력을 다해 고개를 저었다. 내가 아직할 수 있는 일이 분명히 남아 있다. 화신을 만나기 위해 여기까지 왔는데, 이렇게 허무하게 죽어버릴 수는 없다.

나는 발버둥 쳤다. 팔다리를 휘젓고 눈을 깜빡이고 입을 뻐끔거리고 도리질을 쳤다. 호흡이 간헐적으로 정지할 때마다 눈앞에 무수한 구멍이 뚫리며 까매졌다. 그때마다 팔다리와의 연결이 사라졌다가 돌아왔다. 한순간 단단한 바닥을 디뎠는가 싶었는데, 다음 순간 시야가 통째로 뒤집혔다. 뒤로 비스듬히 기운 몸이 난파한 배처럼 진흙에 박혀 있었다. 순식간에 귀와

코밑까지 진흙이 차올랐다. 힘겨운 들숨이 미지근한 공기를 헐떡헐떡 빨아들였다. 정화되지 않은 공기에는 산소가 적었다. 그마저도 셧다운된 순환 계통에 제대로 유입되지 않는 듯 시익시익 새는 소리가 났다.

눈앞이 핑핑 돌았다. 죽기 직전의 뇌는 통증을 차단하는 물질을 분비한다더니, 맞는 말 같다. 고통이 거짓말처럼 사라졌다. 모자란 숨과 의식이 가끔 끊겼다가, 돌아왔다.

오른팔이 펄떡 뛰어올라 뻣뻣하게 뻗쳤다. 진흙에 얽힌 팔꿈치 커넥터에서 주황색 스파크가 탁탁 튀었다. 스파크가 튈 때마다 손가락도 탁탁 뒤틀렸다. 내 팔이 무의식에 반응하는 건지 의식에 반응하는 건지 불분명했다. 그저 뻗을 수 있었기 때문에, 나는 오른팔을 앞으로 뻗었다. 아무것도 보이지 않았고 아무것도 들리지 않았다. 죽기 직전의 무의미한 발악이나 다름없는 몸짓이었다.

그때, 앞으로 내민 손이 무언가에 닿았다. 뻗쳐 있던 세 손가락이 닿은 것을 반사적으로 말아 쥐었다.

나는 손에 쥔 것을 끌어당겼다. 오른팔을 굽히고, 갈고리처럼 구부러진 손가락에 헐겁게 걸린 것을 들어 올렸다.

순간 터널 안이 대낮처럼 밝아지는 환각이 뒤를 이었다. 하지만 내가 손에 쥔 것은 환각이 아니었다.

화신이었다.

"아인, 내게 묻고 싶은 것이 많겠죠?"

의장이 말을 걸었을 때 나는 하역장 방향으로 뒤돌아 걷고 있었다.

걷는 데 온 신경을 집중해야 했다. 비상 자가 복구를 거듭해 겨우 돌아온 뇌 속 신체 지도가 엉망이 되어 있었다. 내 몸은 잘못되거나 거짓된 신호를 올려 보냈으며, 거꾸로 내 뇌가 내려보내는 신호는 제멋대로 해석해 적용했다. 예컨대 이런 식이다. 걷는 동작 자체는 수행할 수 있다. 그러나 흐르는 진흙에 반쯤 잠겨 떠밀려가는 상황인데도 내 다리는 단단한 지면을 디딜 때와 동일한 가동 범위로 움직이려 했다. 환경에 맞지 않는 동작 때문에 몇 번이나 미끄러지거나 고꾸라질 뻔했고, 실제로 두 번 넘어져 머리끝까지 진흙에 잠겼다가 일어났다. 마지막으로 넘어졌을 때는 방향감각이 왜곡돼 기껏 올라온 길을 정신없이 도로 내려가기도 했다.

오른손이 벌어져 화신을 놓치는 느낌이 자주 들었다. 놀라 눈으로 확인해보면, 내 오른손은 벌어지기는커녕 내추럴의 경직된 시체처럼 오그라들어 화신을 단단히 붙잡고 있었다. 그러나 손가락이 느슨해지는 느낌이 들 때마다 일일이 확인하지 않을 수 없다. 만에 하나 놓친다면 바로 잡아야 하니까.

단순히 기계 신체의 기능이 저하된 상태는 아니었다. 더 근본적인 문제였다. 내 목 위와 아래의 연결 자체가 불완전했다. 물리적 차원에서도, 뉴로코드 링크 차원에서도 말이다. 지금 내 의식은 가느다란 실 한 가닥으로 부서진 몸에 이어 붙인 수준에서 유지되고 있다. 실은 언제든 끊어질 수 있었다. 바로 다음 순간 의식을 잃고 진흙에 빠져 죽는 미래도 얼마든지 가능했다. 더 나쁘게는, 의식이 살아 있는 채로 몸만 잃고 진흙에 빠져 죽을 수도 있었다.

제대로 기동하여 하역장으로 돌아가 엘리베이터를 타려면 신중하게 움직여야 했다. 그래서 나는 의장의 질문을 무시했다. 침묵이 이어졌다.

폐쇄 구역에 유입된 진흙은 한 방향으로 흘렀다. 제이드가 이곳을 촘촘히 분리하고 있던 격벽을 제거하자 뚜렷한 흐름이 생겨난 것이다. 제3엔진 룸까지 한참 남은 지점에서 내가 화신을 만날 수 있었던 것도 실내에 조류가 형성된 덕분이었다.

아까 선미 방향으로 나아갈 땐 흐름을 거스르느라 속도가 나지 않았는데, 지금은 반대로 진흙에 떠밀려 흘러가는 셈이 되어 이동속도는 조금 빨라졌다. 문제는 주변에 산적한 잔해였다. 이곳에는 과거 애로우가 하드 랜딩 했던 흔적이 고스란히 남아 있었다.

나는 화신을 잡고 터널 가운데 바닥에 우뚝 박힌 거대한 탄소 합금판을 우회했다. 두께만 1미터에 달하는 금속 덩어리 한쪽에 녹아내린 허니콤 레이어가 압착되어 있었다. 우주선 외부에 댔던 방호판이 떨어져 여기까지 흘러들어온 것이다.

선미와 가까울수록 진흙에 섞인 잔해의 크기와 종류는 다

양했다. 하역장 부근이 비교적 잔잔한 호수였다면, 그로부터 600미터 남짓 떨어진 이곳은 인공 물체와 진흙이 반씩 섞여 무겁게 흔들리는 바다였다. 격파된 레이더 안테나가 뒤집혀 가라앉아 있는가 하면, 빨간 버튼과 레버가 달린 단말기가 모로 누운 탈출용 우주캡슐의 분사구에 무더기로 걸려 있기도 했다. 희끄무레한 실험용 슈트 몇십 벌에 돌돌 말린 케이블과 호스 더미, 탐침이 찌그러진 휴대용 탐지 기기, 정체불명의 액화가스가 찰랑대는 소형 탱크처럼 용도를 상실한 과거의 사물이 불쑥 나타나 앞을 가로막기 일쑤였다.

80미터 전방에 에어크라프트 한 대가 반으로 동강 나 가라앉아 있었다. 하역장 앞에 좌초돼 있던 경량 정찰기보다 세 배 정도 큰 대형 다목적 수송기였다. 거대한 동체 전면에 불탄 자국이 선연했다. 장방형 모듈 측면에 회전식 수직 이착륙 노즐을 빙 둘러 장착한 구형 수송기였는데, 폐쇄 당시 격벽이 강하할 때 바로 아래 있었던 듯했다. 동체의 절단된 단면이 레이저 절삭기로 그은 것처럼 매끄러워 보였다.

부서지고 탈락한 기계 신체의 부분들이 작은 조류처럼 떼를 이뤄 곳곳에 표류했다. 일부는 아직도 전류가 흐르는 듯 깜빡이기도 했다. 시체는 보이지 않았다. 나는 묵직한 진흙이 휘저어질 때마다 피어오르는 시큼한 냄새와 부패 유기물을 연관 짓지 않으려 애썼다.

여기서 내가 해야 할 일은 하나뿐이다. 화신과 함께 위로 올라가는 것.

그러므로 나는 발 디딜 자리를 조심스럽게 골랐다. 무질서
하게 밀려오는 잔해를 피해 화신의 손에 손가락을 단단히 얽
었다. 의장을 무시했다.

의장이 네 번째로 말을 걸어왔을 때다.

**아인, 정말 궁금한 거 없어? 의장이 전부 다, 숨김없이 대답해준다
잖아.** 고막이 찢어진 왼쪽 귀에 대고 글로스가 속삭였다. 핏발
선 눈으로 옆을 흘겨보아도 글로스는 거기 없었다. 당연하다.
죽은 친구는 지금 내 머릿속에서 속삭이고 있으니까. 나는 전
방으로 시선을 돌렸다. 뇌도 자가 수복이 가능한 구조체라면
얼마나 좋을까.

환각은 사라지지 않았다. 사라지기는커녕, 처음 나타났을
때보다 더 생생하고 구체적으로 바뀌었다. 그 증거로 들리는
저 소리. 잘그락잘그락, 잘그락잘그락. 글로스가 안고 있는 은
색 컨테이너에서 자갈이 구르는 소리다. 화신을 만나고 얼마
지나지 않아서부터 글로스가 나와 보조를 맞춰 걷기 시작했는
데, 그때부터 나는 돌멩이 여덟 개가 구르는 소리를 끊임없이
듣고 있었다.

환각이 심해진 원인이 폐쇄 구역에 미정화 상태로 오랫동안
정체된 공기 때문인지, 망가진 기계 신체가 내뿜는 화학적 부
산물 때문인지, 타이드 진흙에 함유된 유독 성분 때문인지, 아

니면 기억상실의 전적도 있겠다 생리학적 충격에 취약한 듯한 내 정신이 퇴행한 증거인지를 분석해보려다 그만두었다. 환각이면 어떻고 아니면 어떤가. 나는 이 터널을 빠져나가고 싶을 뿐이다.

"없어."

나는 목소리를 낮춰 글로스에게 대답하면서, 상반신을 틀어 앞을 가로막은 장애물을 어깨로 밀어냈다. 유압기가 떨어진 로더 집게가 천천히 회전하며 밀려났다.

"그렇군요."

의장은 내가 그의 질문에 반응했다고 오해한 듯했다. 그렇게 작은 목소리를 어떻게 잡아냈을까? 잠시 멈춰 터널을 둘러보았다. 처음 들어왔을 때는 죽은 동물의 내장 같던 곳에 기이한 활기가 감도는 듯했다. 훼손된 감시망이라도 닥치는 대로 동력을 퍼부어 활성화한 모양이다.

목소리가 들려오는 곳을 가늠할 수 없었다. 의장은 한순간은 진흙이 밀려오는 아주 먼 뒤에서, 다음 순간은 동강 난 대형 수송기 안에서 그리고 터널을 덮은 천장과 때론 고막이 성한 오른쪽 귓가에 서서 말을 걸어왔다. 내 동선을 따라 채널이 아직 열려 있는 음향 기기를 물색해 스피커 대용으로 사용하는 듯했다. 그는 이 아래를 제 손바닥처럼 훤히 내려다보고 있는 것이 틀림없었다.

의장은 언제부터 보고 있었을까? 처음부터 끝까지 보고 있었겠지? 화신이 레드라인을 넘는 순간도 보고 있었겠지?

"걷기 힘들어 보이네요. 아래가 너무 어둡진 않나요?"

의장이 말하자 터널 천장에 달린 조명등이 일제히 켜졌다. 알고 보니 조명등은 천장 양옆 가장자리를 따라 두 줄씩 네 줄로 박혀 있었고, 하나하나 미친 태양 같은 광량을 자랑했다. 천장 중앙을 따라 날아가는 화살표 모양 유도등이 흔적도 없이 묻혀버릴 정도였다. 진짜로 눈이 멀 것 같은 공포에 나는 급히 고개를 숙이고 눈을 감았다.

이런, 괜찮아? 살라민이 손부채를 펼쳐 눈 위에 대주었다. 지금 내 유일한 손은 화신이 잡고 있으니까, 살라민이 대신 그늘을 만들어준 것이다. 이번에는 살라민에게 괜찮다는 대답을 머릿속으로 돌려주었다. 환각과의 대화에도 점점 요령이 붙고 있었다.

"진흙투성이군요. 얼굴도 알아보기 힘들 지경이에요."

그러자 라이가 나를 돌아보고 웃었다. 하하, 그렇긴 해. 영락없는 시궁쥐 몰골인걸. 어디까지가 네 얼굴이고 어디부터 네 가슴인지조차 알아볼 수 없구나. 진흙으로 빚은 프랑켄 같아. 그리고 라이는 내 앞으로 손을 뻗어 거품처럼 떠다니는 고분자 폴리머 파편을 한쪽으로 몰아 치워주었다. 내 말은, 내가 치웠다는 거겠지. 의장에게도 그렇게 보일 것이다.

"당신이 하역장에서 의식을 잃고 발견된 지 다섯 시간이 지났어요. 그동안 무슨 일이 일어났는지 모를 테죠. 그러니 내가 알려주겠습니다. 보안위원회가 의회의 승인을 받아 애로우의 여러분에게 적대행위의 진상을 공표했어요. 베이스 소속 프랑켄 적대자 한 명이 애로우를 파괴할 목적으로 침입했으나 보안대 정예부대에 의해 제압되었다고요. 상황을 종결한 후, 나는 적대자 경계령을 거두었습니다. 두 시간 전의 일이죠."

경련을 일으킨 화신의 손가락이 내 손을 부술 듯 움켜잡았다. 나는 의식이 없는 그의 손을 고쳐 잡고 조명 아래서 기름처럼 반짝이는 진흙 바다를 헤쳐 나갔다.

"아직도 믿지 못하겠나요, 아인? 이해해요. 인간적으로 가까운 동료였으니 믿기 힘들 만도 하죠. 원한다면 증거를, 상세한 수사 보고서를 보여드릴게요. 커맨더로서 당신은 진상에 접근할 권한이 있어요.

아, 증인도 있군요. 베이스 전로 섹터 소속 1급 오퍼레이터 살라민. 그는 화신과 공모해 전 커맨더 라이의 사망 후 그의 유품을 빼돌리고 애로우를 기망했다는 사실을 자백했답니다. 원한다면 당신이 증인을 직접 재심문해도 좋아요. 당신에겐 정당한 권한이 있으니까요. 살라민을 만나고 싶어요? 그럼 터널을 나와 이리로 올라오세요. 모든 걸 알려드릴게요. 약속하죠."

거짓말이야. 알지? 내가 왜 환각으로 나왔겠어? 화신과 네게 사살 명령이 내려졌다는 걸 잊지 마. 너는 예외일 거라 생각하지 마. 희망을 낭비하지 마. 살라민이 말했다. 그는 나를 응시하며 뒤로 걷고 있었다. 그의 인공 누선에서 흘러내려 턱에 맺힌 붉은 윤활액이 진흙 위로 똑똑 떨어졌다.

잘그락잘그락. 짤랑. 잘그락잘그락. 부스럭. 절걱. 잘그락잘그락. 짤랑. 귀를 기울이면 글로스의 컨테이너 안에 서로 부피가 다른 물건 여럿이 섞여 있는 것 같기도 했다. 칠이 벗겨진 피젯 큐브나 녹슨 기념주화, 얇은 책자 같은 것이 들어 있을지도 모르겠다.

나는 입을 다물고 걸었다. 진흙에 떠다니는 잔해를 밀어내고, 미끄러지는 화신의 손을 고쳐 잡았다. 진흙의 수위가 서서히 낮아지고 있었다. 고통스러울 정도로 밝은 터널 저편에 우리보다 먼저 도착한 잔해로 이뤄진 조그만 인공 해안선이 보였다. 그 중간에 비스듬히 쓰러진 경량 정찰기 한 대가 섬처럼 솟아 있었다. 나는 정찰기의 하얀 꼬리를 나침반 삼아 진행 방향을 왼쪽으로 수정했다.

눈알이 튀어나올 지경으로 사방이 밝은데 하역장의 E88번 엘리베이터 표시가 보이지 않았다. 비활성 상태의 엘리베이터는 벽과 구분되지 않잖아. 의장님이 엘리베이터를 통제하고 있나 봐. 진흙에 범벅된 머리칼을 내 귀 뒤로 넘겨주며 글로스가 말했다. 음, 외통수구나. 라이가 중얼거렸다.

그들은 나와 화신이 허리까지 빠져 있는 진흙 위를 걷고 있었다. 식, 식, 식. 글로스가 걸을 때마다 살얼음을 밟는 듯한 소리가 났다. 파삭, 파삭, 파삭. 라이의 발아래서 무언가 껍질이 얇은 것이 부서졌다. 나는 귀를 기울였다. 식, 식, 식. 파삭, 파

삭, 파삭. 그 소리들은 내 부서진 몸 안쪽에서 나고 있었다. 이래서야 엘리베이터는커녕 하역장에 무사히 올라설 수 있을지조차 모르겠다.

나는 반쯤 체념한 상태로 입을 열었다. 애로우의 의장에게 묻고 싶은 것은 없었지만, 카르민이라는 사람에게 묻고 싶은 것은 있었다.

"모든 걸 알려준다고 하셨죠. 그럼 물을게요. 당신이 내 어머니인가요?"

애로우처럼 작은 세계에 영원한 비밀이 어딨어? 노래하는 듯한 글로스의 목소리가 귓가에 울렸다.

나는 대답을 기다리지 않고 발을 뗐다. 순간 바닥을 디딘 발이 물컹한 것을 밟고 쭉 미끄러졌다. 시큼한 악취가 피어나는 진흙탕에 뒤로 자빠지며 뒤통수가 처박혔다. 한참을 꼴사납게 허우적거리고서야 겨우 균형이 잡혔다. 미세한 진흙 입자에 침식된 화신의 손가락은 뻑뻑했다. 나는 손가락끼리 얽었던 손을 풀고 그의 손목을 그러잡았다.

뒤쪽 먼 곳에서 천둥 같은 소리가 났다. 의장이 긴 침묵을 깨고 입을 열었다. 바로 옆 진흙에 떠다니는 헬멧 리시버를 스피커로 사용해서였다.

"그래요."

잡음이 심하게 섞여 있었지만 알아듣기에는 충분했다.

"방금 들린 소리는 뭐죠?"

"제이드가 제어 시스템을 조작해 올린 격벽을 다시 내리고 있어요. 격벽을 올린 채로 두면 선체에 부담이 더해질 뿐이니까요. 바깥에는 아직 폭풍이 치고 있어요, 아인. 그러니 우주선의 균형을 무너뜨리는 경솔한 짓을 더는 하지 말아주었으면 해요."

"제이드는 화신과 날 만나게 해주겠다고 약속했어요. 제이드는 나와의 약속을 지킨 것뿐이에요."

"아인, 제이드는 약속이라는 개념을 우리와 같은 방식으로 이해하지 않아요."

방사형으로 금이 간 헬멧 바이저 안에서 깊은 한숨이 흘러나왔다.

"그는 당신에게 단순히 흥미를 가졌을 뿐이에요. 그래서 당신에게 접근한 거고, 당신에게 미끼를 던지고, 일부러 과거를 폭로해 혼란을 일으키는 거지요. 당신이 어떻게 반응하는지 궁금해서. 그리고 그에 대한 내 반응도 무척 궁금했겠죠. 제이드는 지능이 높아요, 아인. 세상을 향한 호기심이 전부였던 유아기의 당신과 닮았어요."

"당신이 제이드도 만들었나요?"

와, 핵심을 찌르는 질문이야. 아니, 핵심을 회피하는 질문인가? 글로스가 심각한 어투로 중얼거리자 살라민이 휘파람을 불었다. 얇고 짧게 끊어지는 휘파람. 라이가 창백한 자기 목을 가리켜 보였다. 나는 고개를 끄덕였다. 이 휘파람, 내 목에서 나오고 있구나. 기관(氣管)이 수축했어. 기계 신체 순환계가 다시 한도에 가까워지고 있다는 뜻이었다.

"당신과 함께 만들었죠. 제이드는 나와 당신이 헌신한 인공두뇌 연구의 산물이에요. 우리는 당신의 뇌와 신경 네트워크를 복제해 인공두뇌를 제작한 다음 기계 신체에 넣어 그를 만들었답니다.

아인, 이해되나요? 제이드는 인류가 창조한 최초의 인공인간이에요. 우리의 피조물은 파이어니어스 컨소시엄의 위대한 전통이 집약된 성물, 인류의 지평을 확장하는 경이로운 존재랍니다. 인간만큼 자유로운 인공두뇌를 만들어내기 위해 우리가 겪었던 무수한 실패들을 떠올려봐요. 빈 상자나 다름없던 층별 유연 신경망 프레임에서 마침내 제이드의 의식이 싹텄던 순간, 당신이 얼마나 기뻐했는지 아나요?"

음, 모르지. 알 턱이 있나, 하하. 기억을 잃었는걸. 라이가 유쾌하게 웃었다. 하지만 진짜로 가까이서 봤다고요. 그 애의 머리카락이나 피부도 진짜로 진짜 같아 보였는데. 비밀의 바이오 합성 폴리머라도 써서 만든 걸까요? 글로스가 재잘거렸다. 저 말이 맞다면 제이드야말로 진정한 프랑켄이네. 맞죠, 라이? 살라민이 말을 보태자 라이가 다시 웃었다. 말마따나 그렇지, 우리 프랑켄 대장은 사실 '빅터'가 붙는 쪽의 프랑켄슈타인이었구나.

친구들의 대화가 이번에는 내 뒤에서 오고 갔다. 마침 격벽이 내려가며 터널을 크게 울렸다. 굉음에 놀라 뒤쪽을 살피는 척 돌아보았더니 라이와 살라민, 글로스가 옹기종기 배를 타고 오고 있었다. 그들이 탄 작은 배는 진흙 표면에 흔적을 남기지 않고 미끄러졌다. 내 시선을 눈치챈 라이가 검은 입술 앞에 집게손가락 하나를 들어 올렸다. 쉿. 그가 손가락을 옮겨 앞을 가리켰다.

하역장과의 거리는 확연히 줄어들었다. 그러나 격벽이 내려가면서 폐쇄 구역 내의 진흙이 밀물처럼 밀린 결과, 하역장의 수위가 상승하고 있었다. 내가 하역장을 출발할 때 얇게 깔려 있던 진흙은 이제 방치되어 있던 지게차 바퀴를 반절이나 삼킬 만큼 불어나 있다.

"우린 의식이 형성되기 전의 제이드를 '보이드(void)'라 불렀어요. 내용물, 기억이 없는 빈 존재였기에 붙인 이름이었지요. 우리가 세웠던 계획대로라면 보이드의 다음 단계는 복제에 기반하지 않은 생성형 인공두뇌의 창조였습니다."

의장이 꿈꾸듯 아련한 목소리를 냈다. 작은 배에 탄 친구들은 의장의 목소리가 흘러나오는 곳을 눈도 깜빡이지 않고 바라보았다. 나는 유리 바이저 안에서 깜빡이는 리시버의 빨간 불빛에 의존해 헬멧의 위치를 가늠했다. 헬멧의 윤곽이 안개에 묻혀 있었다.

안개.

문득 나는 안개를 눈치챘다. 어느새 터널 내부에 안개가 끼어 있었다. 선내에 유입된 진흙과 정체된 공기의 온도 차가 만들어낸 국지적 기상현상이었다. 그러고 보니 거의 폭력적으로 쏟아지던 빛이 약해진 느낌이 들었다. 천장 조명이 안개를 뚫지 못하고 산란했다.

"안타깝게도, 우리 희망과 달리 애로우는 제이드의 성장에 필요한 환경을 제공해주지 못했어요. 우주선이 덩치에 맞지 않게 갓난아이처럼 내 주의를 끊임없이 요구해댔기 때문이에요. 그래서 우린 적당한 때가 올 때까지 제이드를 정지시켜두기로 했는데……. 그사이 미처 뿌리 뽑지 못했던 분열이 내전으로 번졌고, 귀환파가 당신의 유전자 데이터를 해킹해 킬링 더스트를 살포하는 불미스러운 사건이 발생했죠."

킬링 더스트는 사전에 지정된 유전자 조합에만 반응하도록 디자인된 초미세입자형 독극물이다. 흡입을 통해 목표물의 체내에 도달하면 효과를 발휘하는 암살용 약물. 의장의 딸은 평범하게 산책이라도 즐기던 중에 쓰러졌으리라.

저런, 분명 무슨 일이 일어났는지도 몰랐을 거야. 뱃전에 기댄 글로스가 나를 위로하듯 손을 맞잡았다. 하지만 킬링 더스트에 당한 건 의장의 딸이지, 우리가 아는 아인이 아닌걸. 그와 나란히 뱃전에 기댄 살라민이 흥미 없다는 태도로 중얼거렸다.

"그래서 날 프랑켄으로 만들었군요. 내 몸이 오염돼서."

"당신을 보호하려면 그땐 그 방법밖에 없었어요."

"제이드는요? 그 후에 제이드에겐 무슨 일이 일어난 거죠?"

"타이드에 도착하여 후발대가 동면에서 각성할 때, 나는 제이드를 그 속에 섞어 깨웠어요. 새로운 환경과 새로운 인간들.

제이드에게 인간과 구분 불가능하게 현상할 능력이 있는지 관찰하기에 더없이 이상적인 환경이 갖춰져 있었죠. 새로운 역사의 막이 올라가고 있었어요. 나는 때를 놓치지 않고 새로운 인류의 씨앗을 심었습니다. 나와 딸이 함께 창조한 귀중한 씨앗을요."

베일 같은 안개를 헤치고 나온 흰 조각배 한 척이 우리 옆을 지나쳤다. 배에는 내 친구들이 타고 있었다. 그들은 반짝이는 주사위 한 쌍을 허공에 던지며 웃었다. 밝은 웃음소리가 고막을 찢을 것처럼 크게 들렸다.

"애로우가 이곳에 도착했을 땐 이미 내 딸을 잃고⋯⋯ 오랜 시간이 흐른 후였어요. 당신이 의식 없이 흘려보낸 날들을 나는 하루하루 살아내야 했습니다. 애로우의 다른 평범한 인간이었다면 견디지 못했을 긴 세월이죠. 그러나 소중한 딸을 잃었던 순간 나를 집어삼켰던 복수심과 분노도 그 장구한 시간 동안 같은 강도로 타오르진 못했습니다. 놀랍게도 어느 순간부턴 딸을 사랑한 기억마저 희미해지더군요.

시간의 작용이란 참으로 불가사의하죠? 복수심에 사로잡힌 어머니가 재로 변한 자리에서 애로우의 의장이 태어난 건 언제였을까요? 당신이 상상할 수조차 없을 만큼 오래전의 일이라는 것만은 확실해요."

진흙이 무릎까지 빠졌다. 그만큼 움직임도 전보다 안정되었다. 크게 숨을 들이쉬자 현기증이 일었다. 휘청거리는 몸을 가

누고, 마지막으로 기계 신체의 기동 수준을 점검했다. 아직 충분히 움직일 수 있었다. 언제 또 꺼질진 모르겠지만.

"카르민, 당신은 내가 동면에서 무사히 깨어나길 바랐나요?"

입천장을 태울 듯 뜨거운 휘파람을 길게 내뿜고, 나는 카르민에게 마지막 질문을 던졌다. 깜빡이며 흘러가던 리시버의 빨간 불빛이 부서진 사물의 해안선에 걸려 정지했다. 잡음 섞인 목소리가 부드럽게 대답했다.

"물론이죠, 아인. 물론이죠. 피조물을 사랑하지 않는 창조자가 어디 있나요? 당신은 내 몸에서 나온 존재, 내가 손수 한 가닥 한 가닥 지어낸 존재인걸요. 당신의 기억이 사라진 걸 알았을 땐 어찌나 상심했던지요. 그러나 타인으로 마주한 당신도 내가 사랑했던 딸임에는 변함이 없었습니다. 당신은 총명했고, 우수했으며, 정직했고, 대의에 순종할 줄 알았어요. 내가 기억하던 나의 딸 그대로였지요. 당신을 애로우의 만인 앞에서 커맨더로 임명하던 날, 내가 얼마나 자랑스러웠는지 모를 거예요."

나는 화신의 손을 잡고 무릎 높이의 진흙탕을 헤쳐 나아갔다. 친구들이 탄 배를 지나쳐 터널 바닥보다 높은 하역장 턱을 짚고 올라섰다.

라이와 살라민이 손을 흔들었다. 뱃전에 기대 일어선 글로스가 나를 향해 한 손을 길게 뻗었다. 그의 손에서 별처럼 작고 빛나는 것이 포물선을 그리며 날아와 하역장을 뒤덮은 진흙 위에 떨어졌다. 주사위였다. 우리가, '이곳에서의 최초의 운명

공동체' 17번 크루쇼크가 마지막으로 모인 자리에서 했던 게임. 그것은 우연이 지배하는 주사위 게임이었다.

"괜찮아, 이제 내가 던질 차례야!"

나는 환각을 향해 크게 소리쳤다. 의장이 당황한 듯 침묵했다. 수면 위로 완전히 드러난 화신의 팔이 덜걱거렸다. 안개가 하역장 위로 밀려와 깔렸다. 그러나 반짝이는 주사위 한 쌍은 안개 속에서도 빛을 잃지 않았다.

"아인, 터널을 나와 이리로 올라오세요. 애로우가 당신을 기다리고 있어요."

허리를 굽혀 주사위를 집어 들었다. 사라진 왼손바닥 가운데로 조그만 정육면체 한 쌍의 뾰족한 모서리가 파고들었다.

"아니요. 나를 기다리는 게 아니라, 내가 가진 키를 회수하길 원하는 거겠죠."

"아인."

의장의 톤이 일변했다.

머리 위의 조명등이 악을 쓰듯 밝아졌다. 하역장에 올라선 후였으므로 안개가 없었다면 내 전신이 조명 아래 드러났을 것이다. 그러나 지금 나는 '진흙으로 빚은 프랑켄'처럼 온몸이 진흙 범벅인 데다, 터널엔 안개가 껴 있었다.

'당신이 하역장에서 의식을 잃고 발견된 지 다섯 시간이 지났어요.' 적어도 의장의 이 말은 거짓이 아닐 듯했다. 제이드가 나를 태워 내려보낸 E88번 화물 전용 엘리베이터는 오랫동안 사용되지 않았다. 감시망 역시 꺼져 있었다는 이야기다.

만일 의장이 엘리베이터 감시 기록을 가지고 있었다면, 그는 발아래 있는 내게 군이 말을 걸 필요가 없었다. 감시 기록을 통해 내 가슴팍에 박혀 있던 황금 리본이 없어졌다는 걸 자기 눈으로 확인할 수 있었을 테니까. 그렇다면 센트럴 라이브러리 외측 순회로 임시 에어로크를 통해 제이드와 내가 바깥으로 나간 다음부터 내가 선미의 폐쇄 구역 E88번 화물 전용 엘리베이터 앞 하역장에서 '발견'될 때까지, 나와 제이드의 소재는 알려지지 않았다는 말이 된다.

그럼 그 전 상황은 어땠지? 제이드는 라이브러리 인공지능과 '타협'했다고 말했었다. 그게 무슨 소리인지는 모르겠지만, 센트럴 라이브러리 감시망 제어가 그 '타협' 사항 안에 들어 있었다고 보는 것이 타당하다.

만일 센트럴 라이브러리에서 제이드가 내 신체를 부수고 키를 빼낸 사실이 확인됐다면, 마찬가지로 의장은 지금 나를 구슬리려 들 필요가 없다. 그랬다면 의장은 제이드를 쫓아가 키를 회수하는 데 전력을 기울였을 테니까. 이미 본인 손으로 사살 명령서에 서명해놓은 대상과 사담을 나눌 여유가 있을 리 없다. 그게 아니라면 의장이 지독한 새디스트라는 이야기밖에 되지 않는다.

제이드가 내 가슴팍을 박살 낸 충격으로 무릎 꿇었을 때, 나는 분명 지한과 시선이 마주쳤다. 그러나 그는 세 층 아래서 달리고 있었고, 그와 나 사이에는 투명하지만 작은 글자가 빽빽이 조각된 유리 바닥이 가로놓여 있었다. 나를 쫓는 데만 몰두해 있던 지한은 그때 내게 일어난 사태를 정확히 파악하지 못한 것이 분명하다.

그 후 보안대에게 쫓기다 임시 에어로크를 날려먹을 때까지는 제이드가 나를 쭉 거꾸로 둘러멘 상태여서 신체 앞판이 보이지 않았을 테고, 폐쇄 구역에 진입한 이후에는 전신이 진흙에 덮여 있었다. 몇 번이나 진흙탕에 나뒹군 결과였다.

'진흙투성이군요. 얼굴도 알아보기 힘들 지경이에요.' 감시자들은 내 날아간 왼팔이나 부서진 신체의 윤곽까지는 확인할 수 있으리라. 그러나 그건 우주선의 운명을 건 판정을 내리기엔 부족한 정보다. 키가 내게 있는지 없는지, 의장은 확인하지 못했다. 터널 천장 조명등을 미친 태양처럼 밝힌 건 내 시야가 아니라 의장의 시야를 확보하기 위함이었다. 그는 이 아래서 가능한 모든 수단을 써서 모자란 정보를 캐내고 있었다.

나는 저들이 내 몸에서 무엇이 사라졌는지 아직 모른다는 데 판돈을 걸기로 했다.

"화신은 왜 죽었나요?"

나는 의장에게 물었다. 그리고 손에 들고 있던 화신을 바닥에 내려놓았다. 그의 들쭉날쭉한 어깨 단면에 탄화한 살점이 엉겨 붙어 있었다. 고열에 변형된 어깻죽지부터 뻣뻣한 손가락 다섯 개로 이어진 기계 팔은 부메랑처럼 중간이 굽은 채 굳어 있고, 아직도 녹아내린 표면에서 아지랑이가 피어오를 만큼 뜨거웠다. 이 팔에 달려 있던 나머지 몸을 태운 열이 남은 것이다.

내가 아는 한, 인간의 뼈와 살을 소각하는 동시에 엔지니어용 기계 신체의 특수 합금 장갑을 녹여버릴 수 있을 만한 장치는 이곳에 하나밖에 없었다.

"왜 화신이 레드라인을 지나게 한 거죠?"

레드라인은 애로우 메인엔진과 연결된 모든 경로—연료 투입구나 출수구 같은 기술 목적의 모든 연결로를 포함한—에 존재하는 최종 보안선이다. 애로우의 누구나 레드라인의 존재를 안다. 다만, 그것이 있다는 걸 알 뿐이다. 정확한 위치나 작동법은 물론 어떤 형태로 설치돼 있고 어떤 원리를 이용해 '보안'을 지키는지는 극비에 속했다.

화신의 유체 상태로 미루어보면, 그가 접근한 제3엔진 레드라인은 초고온 플라즈마 가스 등을 이용한 정밀 소각 방식을 채택한 듯하다.

침수 폐쇄된 이 구역에도 레드라인이 살아 있었다면, 의장은 화신이 거기까지 접근하길 기다렸다 작동할 수 있었다. 레드라인이 제3엔진과 함께 폐쇄된 상태였다 하더라도 아무 문제 없었다. 그는 자신의 아늑한 침실에 누운 채로도 레드라인을 가동할 수 있었다.

의장에게도 키가 있으니까.

그의 하얀 옷깃에 언제나 꽂혀 있는 황금 리본. 검열로 가려져 있던 애로우 리셋 프로토콜의 키워드들. '키' '2' '카르민' '아인'. 애로우 리셋 프로토콜을 실행할 수 있는 키는 두 개다. 의장의 옷깃에 꽂힌 황금 리본과 내 몸에 박혀 있던 황금 리본.

라이의 황금 리본은 가짜였다. 리셋 프로토콜이나 키의 존재가 드러나도 마지막까지 상황을 교란할 수 있도록 준비된 정교한 모조품.

"왜 그랬어요? 화신이 무슨 짓을 해도 제3엔진이 점화될 리 없다는 걸 알고 있었잖아요. 화신의 계획이 실현 불가능하다는 걸 당신은 처음부터 알고 있었어."

시선을 돌리자 녹아내려 변형된 기계 팔이 안개 속에 꼿꼿이 서 있다. 내가 저 팔을 세워뒀던가? 다시 보자 화신의 유체는 진흙 바닥에 누워 있다. 나는 흐린 눈을 깜빡이고 얼굴에 달라붙은 진흙을 훔쳤다.

"그런데도 화신을 이런 식으로 살해한 이유가 뭐예요? 당신은 화신의 계획이 미수에 그칠 걸 알면서도 화신을 적대자로 지명하고 애로우 전체에 적대행위 경보를 내리고 사살 명령을 내렸어. 그래요, 거기까진 애로우 의장으로서 마땅한 대응이라고 할 수도 있겠죠.

그런데 이건…… 여기엔…… 이 텅 빈 곳에는 화신만 있었잖아. 아무짝에도 쓸모없는 가짜 키를 들고."

모르겠다. 내가 살아 있는 화신과 만났던들 뾰족한 수는 없었을지도 모르겠다. 하지만 그가 가짜 희망의 덫에 걸린 채 레

주사위 255

드라인에 뛰어드는 미래를 선택하지 않을 수는 있지 않았을까?

허무했다. 내가 의식을 잃은 사이에 상황은 종결되었다. 글로스가 죽고 라이가 죽었을 때처럼, 이번에도 내가 할 수 있는 일은 없었다. 나는 언제나처럼 너무 늦게 도착할 수만 있었다.

키잉, 하는 소리와 함께 왼쪽 다리의 커넥터가 꺼졌다. 나는 균형을 잃고 진흙 바닥에 주저앉았다. 껍질이 탄 입술 사이로 넋두리 같은 중얼거림이 새어 나왔다.

"내 말은…… 여기엔 아무도 없었잖아요. 얼마든지 다른 방법이 있었잖아. 날 보내줄 수 있었잖아……. 내가 화신을 막아낼 수 있다면 보내주겠다고 했잖아요. 보안대를 내려보내 체포했으면 됐잖아요. 보안대도 믿을 수 없었다면, 그냥 날 깨워 알려주기만 하면 됐어. 날 다섯 시간 전에 발견했다며. 화신이 선을 넘기 전에 만나게 해줄 수 있었잖아. 아무도 보지 않는 곳에서 이렇게까지 화신을 개죽음시킨 이유를, 난 도저히 모르겠어."

의장이 긴 한숨을 쉬었다.

"아인, 애로우는 위태로운 세계예요. 의장으로서 나는 애로우를 위기에 빠뜨릴 수 있는 모든 가능성을 제거할 의무를 집니다. 어떤 경우에도 진짜 키를 지닌 당신이 화신과 만나는 위험을 감수할 순 없었어요. 제이드가 당신을 멋대로 빼돌리지 않았다면, 아이샤가 기회를 보아 당신을 안전한 장소에 격리했을 겁니다. 적대자는 정당한 대가를 치렀을 뿐이에요."

모르겠다. 차라리 화신이 죽는 순간까지 진짜 키를 들고 있다고 믿었길 바란다. 그에게 미래를 선택할 힘이 있다고 믿었길 바란다. 자신이 지극히 무의미하게 죽었다는 사실을 모르길 바란다.

"솔직하게 말해줘요. 살라민은 살아 있어요?"

"아인. 당신은 지금까지 애로우를 위해 힘써주었어요. 당신의 쓸모를 다해주었습니다. 숨이 다하는 순간까지 그 점을 자랑스럽게 여기길 바랍니다."

주사위의 모서리가 왼손바닥을 아프게 파고들었다.

"엘리베이터를 열어."

"당신이 애로우의 영예로운 커맨더로 기억될 기회를 마지막으로 드리지요. 나는 당신이 원하는 바를 숨김없이 알려드렸습니다. 그 대가로 내가 알고 싶은 건 하나예요. 아인, 제이드는 키를 가지고 어디로 갔나요?"

나도 모르게 아, 하는 탄성을 흘렸다. 뒤이어 멈출 새도 없이 히스테리컬한 웃음이 터져 나왔다.

내게 키가 없다는 것도 의장은 처음부터 알고 있었구나. 이 대화는 처음부터 이 질문을 목표로 설계되어 있었구나. 모든 걸 알려주겠다는 미끼를 던져놓은 다음, 자기가 가진 유력한 진실을 밑밥 삼아 깔아놓았던 거야. 그의 마지막 질문에 내가 진실을 토할 마음이 들도록.

지금껏 내가 대화라고 착각했던 것은 사실 심문이었다. 의장은 지금껏 제이드와 키의 행방을 알기 위해 유일한 단서인 나를 심문하고 있던 것에 불과했다.

"엘리베이터를 열어!"

나는 타는 듯한 숨을 모아 악을 썼다.

"의장으로서 나는 애로우를 위기에 빠뜨릴 수 있는 모든 가능성을 제거할 의무를 집니다. 안타깝게도 지금의 당신은 애로우의 적대자예요. 당신은 하역장을 벗어날 수 없어요. 격벽이 원위치되면, 아래는 다시 완전히 봉쇄될 겁니다.

그러니 마지막으로, 짧은 생이나마 당신이라는 텅 빈 존재에 의미를 불어넣어주었던 위대한 공동체를 위해서라도, 내가 사랑했던 딸의 그림자 역할이라도 다하여 질문에 대답하세요. 제이드는 키를 가지고 어디로 갔나요?"

"키는 내가 가지고 있어. 엘리베이터를 열지 않으면, 화신이 하려고 했던 걸 내가 할 거야."

"아인, 키는 제이드가 가지고 갔잖아요. 어디로 갔는지만 말해요."

진흙탕에 잠겨 있던 화신의 왼팔이 꿈틀거렸다. 마치 피와 살로 이뤄진 것처럼 부르르 떨어 묻은 것을 털어낸 기계 팔이 팔딱이며 일어나더니 다섯 손가락으로 바닥을 짚고 곧추섰다.

"알고 싶으면 엘리베이터부터 열어. 올라가서 할 일이 생겼으니까."

한동안 싸늘한 침묵이 이어지다, 하역장을 감싼 잔해 속에서 깜빡이던 헬멧 리시버의 빨간 불빛이 사라졌다.

그게 끝이었다.

탕.

총성 같은 소리를 내며 조명이 꺼졌다. 하역장에 뿌리 뻗고 선 화신의 팔이 어둠으로 녹아들었다.

무서울 정도로 짙은 암흑이었다. 오른손을 얼굴 앞에 대고 흔들어도 탁한 공기의 흐름이 느껴질 뿐 아무것도 보이지 않았다. 의장은 처음부터 이 아래서 쓸모없어진 프랑켄 하나가 쓸모없는 진실을 곱씹다 숨이 끊어질 때까지 가둬둘 작정이었으리라.

하역장을 메운 진흙에 큰 물결이 일었다. 구우웅, 구우웅. 터널 저편에서 격벽이 차례대로 내려오고 있었다.

커넥터가 마모되어 안쪽으로 접힌 왼쪽 다리를 끌고 일어섰다. 그리고 조명이 꺼지기 전까지 눈여겨보고 있던 방향으로 천천히 걸음을 옮겼다. 발끝에 곧 화신의 팔이 채여 데구루루 굴렀다.

화신의 손목을 더듬어 잡고 주워 든 후 방향이 어긋나지 않도록 가능한 한 똑바로 서서 걸었다.

하나, 둘, 셋…….

열다섯, 열여섯, 열일곱…….

서른일곱 번째 걸음에 앞으로 뻗은 팔이 벽에 닿았다.

나는 화신의 팔을 벽과 잇닿은 바닥에 내려둔 다음, 손을 펼쳐 벽면에 밀착시켰다. 엘리베이터와 벽의 틈을 더듬어 찾을 작정이었다. 엘리베이터를 어떻게 가동할지는 그다음에 생각할 문제였다. 엘리베이터 문을 비집어 열면 케이블을 타고 올라갈 수도 있을 것 같은데, 보안대를 어떻게 피하느냐는 또 그다음에 생각해보면…….

완만한 곡면을 따라 오른쪽으로 얼마쯤 나아가자 오른발이 한 단 아래로 푹 빠졌다. 하역장 가장자리였다.

빠진 발을 끌어 올리고 왼쪽으로 고개를 돌렸다. 이번엔 오른손으로 한 뼘씩 더듬으며 왼쪽으로 걸음을 옮긴다. 머릿속 한구석에서 소용없다는 생각이 불쑥 치솟았다. 두 손가락이 날아간 데다 끈끈한 진흙 입자에 침식된 오른손이 보내는 감각 정보는 모호하기 그지없다. 맞물린 엘리베이터 문과 벽 사이의 가느다란 틈을 감지하긴커녕 벽면이 매끄러운지 거친지조차 알 수 없다. 어쩌면 그 모두가 잘못된 신호일 수도 있었다. 벽을 짚고 있다는 것 자체가 내 뇌가 일으킨 착각인지도 모른다. 지금 나는 그저 허공을 더듬는 중인지도 모른다.

옆으로 내민 발에 화신의 팔이 툭 차였다. 나는 화신의 팔을 건너 왼쪽으로 계속 나아갔다. 암흑 속에서 무한히 이어진 벽을 따라 걷는 모습을 떠올리니 저절로 허탈한 웃음이 났다. 이 방법으로는 엘리베이터를 절대로 찾을 수 없다.

왼발이 하역장 밖으로 첨벙 빠졌다. 기동하지 않는 다리를 겨우 끌어 올려 서서 고개를 오른쪽으로 돌렸다. 이대로 무작정 엘리베이터를 찾아 헤매느니 차라리 다른 출구를……. 그러나 격벽이 내려오는 소리가 점점 가까워지고 있다. 이 터널은 곧 다시 촘촘히 분리될 것이다. 그리고 유일한 출구는 방금 분리된 저쪽에 있었을지도 모른다.

나는 여기 죽기 위해 왔는지도 모른다.

삥.

그때, 암흑 속에서 테두리가 파랗게 빛나는 아치형 문이 나타났다. E88. 출구다. 나는 정신없이 화신을 더듬어 안고 진흙이 물결치는 하역장을 가로질러 뛰었다.

"쓰고 나면 돌려주기로 약속했잖아."

부드러운 빛 속에서 제이드가 걸어 나와 허리에 손을 짚고 한쪽 눈을 찡긋 감았다.

"약속. 그래, 네가 약속했었지. 뭘 돌려주기로 했더라?"

나는 제이드를 덮치듯이 밀면서 엘리베이터 안으로 뛰어들었다.

"키! 내가 키를 쓰면 돌려주겠다고 했잖아, 기억 안 나? 또 뇌진탕이라도 일으켰어? 넌 이 안에서도 헬멧을 쓰고 다녀야겠다."

제이드가 혀를 차고 등을 돌렸다. 문이 닫혔다. 암흑에 잠긴 터널이 시야에서 사라졌다.

"'우리는 미래를 선택할 수 있다.'"

"응?"

"선택할 수 있어. 그래서 나는 여기 온 거야."

"그래그래. 머리가 아픈가 보네. 정신 좀 차려봐. 어디로 가고 싶어?"

엘리베이터 계기반에 한 손을 꽂아 넣은 제이드가 나를 돌아보았다.

"베이스."

"오, 그것참 흥미로운 행선지네. 비록 이 행성에선 갈 데가 두 곳밖에 없긴 하지만."

눈동자가 없는 눈이 웃고 계기반에서 검은 연기가 피어올랐다. 좌표가 입력된 고속 엘리베이터가 케이블을 타고 스르릉 미끄러져 올라가기 시작했다.

하얗고 둥근 바닥 가운데 검붉은 진흙이 뚝뚝 떨어졌다. 나는 열기가 남은 화신의 팔을 단단히 끌어안았다. 만일 괴물이 자기 존재의 목적을 찾는다면, 스스로 이름을 줄 수 있게 될 것이야. 내 어깨에 팔을 두르고 선 라이가 속삭였다. 그러자 엘리베이터에 함께 탄 죽은 친구들이 손뼉을 쳤다.

"타이드에는 새 의장이 필요해."

"어, 그래……. 너 괜찮아? 메디컬 룸부터 들어야 할 것 같은데."

아무것도 없는 곳을 헤매는 내 시선을 확인한 제이드가 다시 혀를 찼다.

"괜찮아. 폭풍은 멎었어?"

"곧 멎을 것 같아."

"좋아."

그렇다면 정비팀이 드나들 때를 노려 비히클을 훔쳐 타고 빠져나갈 수 있을 거야. 베이스로 돌아가 종 노이를 설득해서…….

"무슨 생각을 하고 있어?"

제이드가 물었다.

"애로우를 해체하고 베이스를 타이드의 유일한 거주지로 확장할 생각."

제이드가 휘파람을 불었다. 분위기에 맞지 않게 가벼운 태도였지만, 나쁘지는 않았다.

"카르민이 가만있지 않을걸."

"괜찮아. 내가 죽여버릴 테니까."

삥.

문이 열리자 금속성 먼지가 엷게 깔린 작은 홀이 나타났다. 또 다른 사용 중지 구역……. 감시망이 허술한 경로였다. 엘리베이터를 나서기 전, 나는 고개를 흔들어 머리카락에 엉겨 붙은 진흙을 마지막으로 떨어뜨렸다.

"가자, 제이드."

내 이름은 아인. 나는 타이드의 프랑켄이다.

두번째 지구 타이드

© 이경, 2026

초판 1쇄 인쇄일 2026년 4월 8일
초판 1쇄 발행일 2026년 4월 22일

지은이   이경
펴낸이   정은영
편집   정사라 김수진
디자인   최지현
마케팅   이언영 임병천 임동렬 박채윤
저작권   신은혜 김현영
제작   홍동근

펴낸곳   네오북스
출판등록   2013년 4월 19일 제2013-000123호
주소   04047 서울시 마포구 양화로6길 49
전화   편집부 (02)324-2347 경영지원부 (02)325-6047
팩스   편집부 (02)324-2348 경영지원부 (02)2648-1311
이메일   편집부 neofiction@jamobook.com 저작권 ip@jamobook.com

ISBN 979-11-5740-492-6 (03810)